U0907808

世界经典
现代诗
赏读

# 心的深处有个宇宙

吴昕孺 编著

CTS 湖南文艺出版社

**图书在版编目（CIP）数据**

心的深处有个宇宙 ：世界经典现代诗赏读 / 吴昕孺编著. -- 长沙 ：湖南文艺出版社，2023.10

ISBN 978-7-5726-1189-6

Ⅰ. ①心… Ⅱ. ①吴… Ⅲ. ①诗集—世界 Ⅳ. ①I12

中国国家版本馆CIP数据核字(2023)第089046号

# 心的深处有个宇宙：世界经典现代诗赏读

**XIN DE SHENCHU YOU GE YUZHOU: SHIJIE JINGDIAN XIANDAISHI SHANGDU**

编　　著：吴昕孺
出 版 人：陈新文
责任编辑：耿会芬
责任校对：徐　晶
整体装帧：天行健设计
内文排版：钟灿霞

出版发行：湖南文艺出版社
（长沙市雨花区东二环一段508号 邮编：410014）
网　　址：http://www.hnwy.net
印　　刷：长沙超峰印刷有限公司
经　　销：新华书店
开　　本：880mm×1230mm 1/32
印　　张：16
字　　数：302千字
版　　次：2023年10月第1版
印　　次：2023年10月第1次印刷
书　　号：ISBN 978-7-5726-1189-6
定　　价：72.80元
（若有质量问题，请直接与本社出版科联系调换）

# 目录

## 故乡

[德] 荷尔德林（1770—1843）　石厉 译

正如船夫带着他的收获，
从遥远的岛屿快乐地返回恬静的河边；
我会回到故乡的，
假如我所收获的多于我所失落的。
从前哺育我成长的可亲河岸，
你难道能医好爱情带给我的烦恼？
曾经在其中玩耍过的树林，
如果我回来，还能再一次让我平静？
在那清凉的小溪边，我曾注视着泛起的水波，
河岸旁，我曾望着漂向远方的小船……
不久我又要回来了，又要见到那些
曾经与我相守的山峰，还有故乡
让人安全的，也是让人崇敬的轮廓，
就在母亲的屋子里，我和兄弟姐妹亲热地拥抱，

我将和你们交谈，你们缠紧我吧，
像绳索一样缠紧我，治好我的心病。
亲情如故！可是我知道，
爱情带来的创伤不会很快痊愈，
就是妈妈唱给我的摇篮曲，虽然一直安慰着我，
却也不能将烦恼从我的胸中驱走。
因为诸神从上天赐给我们火种的时候，
同时也赐给我们痛苦，
因此痛苦永存。我是大地的
儿子，我拥有爱，同时我也拥有痛苦。

## 哪里有危险，哪里就有拯救



对于荷尔德林，一般读者可能了解得不是太多，但他有一句诗，我敢保证绝大部分朋友都听说过："诗意地栖居。"对呀，这句诗的原创者就是荷尔德林，全句如下："人充满劳绩，却诗意地栖居于大地之上。"当然，荷尔德林这句话的意思，并不是要人人都去写诗，做一个诗人，而是他认为，只要良善、纯真与心灵同在，人就会不再怨尤地用神性的尺度来测量自身；一旦人能以神性为尺度，他的纯洁就会连璀璨的星空都比不上。这种良善与纯真，就是"诗意地栖居"的全部内涵。《故乡》正是荷尔德林诗意地栖居大地的一个明证。

写"故乡"这种题材的诗，时间点是我们首先要关注的。李白的"举头望明月，低头思故乡"是在远离故乡的旅途上写的，所以突出了一个"思"字。宋之问的"近乡情更怯，不敢问来人”，写的是归家途中、即将回到故乡前的刹那感受，所以突出了一个“怯”字。贺知章的“儿童相见不相识，笑问客从何处来”是指已经回到了故乡，多开心啊，所以突出了一个“笑”字。那荷尔德林这首《故乡》的时间点在哪里呢？

我们来看开头：“正如船夫带着他的收获，/ 从遥远的岛屿快乐地返回恬静的河边；/ 我会回到故乡的，/ 假如我所收获的多于我所失落的。”这一句透露的意思很明显，“我”还没有回到故乡，但“我会回到故乡的”，这里诗人设置了一个前提：假如收获的多于失落的。

这就有悬念了。诗人写这首诗时，到底是收获多还是失落多呢？诗中没有答案给我们，接下来是两个问句：“从前哺育我成长的可亲河岸，/ 你难道能医好爱情带给我的烦恼？ / 曾经在其中玩耍过的树林，/ 如果我回来，还能再一次让我平静？”诗人自己问自己，也就是说，答案连他自己都不知道。但接连两次发问，从这局势看，诗人的失落似乎多于收获。对于要不要回到故乡，他内心很是纠结。

“如果我回来”这句，像一根刺，深深地扎进诗人的心里。为了平静一下自己的情绪，于是，他展开了回忆：“在那清凉的小溪边，我曾注视着泛起的水波，/ 河岸旁，我曾望着漂向远方的小船……”回忆很节制，想起以前只想坐着小船漂向远方，而今“我”在远方，却只想坐着小船，回到故乡。

诗人用“不久我又要回来了”启动诗歌的第二乐章。我们注意这个时间点，诗人实际上并未回去，下面的诗句直至结束，都是诗人想象中的回到故乡的画面。这样一个维度，更能让读者体会到诗人内心深处的彷徨。尤其是“就在母亲的屋子里，我和兄弟姐妹亲热地拥抱”，如此热乎动人的场面，因为虚拟而更让人揪心。

接下来，诗人索性改变人称，消除距离感，变成与兄弟姐妹面对面：“我将和你们交谈，你们缠紧我吧，/像绳索一样缠紧我，治好我的心病。”但诗人知道，即便如此，爱情的创伤也不会很快痊愈。莫说兄弟姐妹们的安慰，就是妈妈再给“我”唱小时候的摇篮曲，也无法将烦恼从“我”胸中驱走。这是为什么？

因为“我”不是一个孩子了，“我”长大了；因为“我”不仅仅属于故乡，“我”还怀抱着远方；因为“我”不再只有童年的欢乐，“我”还有爱情的烦恼；因为“我”不仅拥有你们的爱，还拥有上天赐予“我”的痛苦——这都是“我”应该去承担的，因为，“我”是大地的儿子。

就这样，诗人在想象中，通过一次故乡之旅，完成了自己人格和灵魂的升华：他由一名从故乡走出去的少年，变成一个对人类有担当的大地之子。那么，他回不回故乡，他的收获多还是失落多，又有什么区别呢？故乡永远在他心中，而他所有的失落都将变成他的收获，变成人类的收获。

荷尔德林也用自己的一生，实践着他这些诗句所表现的思想。他在图宾根大学神学院读书时，和黑格尔同住一个寝室，另一位哲学家谢林比他们晚两年进来。这三位伟大的德国人成了好朋友。谢林年纪轻轻便名满天下；黑格尔虽历经挫折，也在年过半百之后成为西方古典哲学的集大成者；唯独荷尔德林，终其一生，没有荣耀，只有贫困，天才有如白虹贯日，爱情却像灰飞烟灭。他活了 73 年，寿不算短，却有一半时间是在疯癫中度过……但他留下的宝贵诗篇，越来越受到后来者的珍视。他说："作诗是清白无邪的事业。"在邪恶日益冒头的时代，他的"清白"日益耀眼。他又说："哪里有危险，哪里就有拯救。"随着危险从各个领域向人类和生命逼近，拯救从来没有像现在这样刻不容缓。

荷尔德林敏锐地意识到，世界将进入漫漫黑夜，人类将迈向贫困时代。什么样的漫漫黑夜：上帝死了，技术为王，物欲横流，心灵的眼睛瞎了。什么样的贫困时代：信仰危机，价值缺失，道德沦丧，精神的花园里一片荒芜。所以，我们要寻找光明，要用神性来规范人，要诗意地栖居大地，完成人类自身的救赎。

荷尔德林死后，他的诗歌和思想开始焕发光芒。哲学家海德格尔尊他为“诗神”，赞誉他是“诗人中的诗人”。中国年轻的诗神海子则一直是荷尔德林的崇拜者，他坦然地说：“从荷尔德林我懂得，诗歌是一场烈火，而不是修辞练习。”

“诗人当以赤裸的头颅，迎承天父的闪电，抓住神圣的光芒，庇护众生。”这是荷尔德林的诗歌宣言。诗人，你准备好了吗?

## 窗

[俄]普希金（1799—1837）　刘湛秋 译

不久前一个黑夜，
当荒凉的月亮滑过
朦胧的幽径，
我看见——一个少女
孤独地坐在窗前沉思，
胸脯在惊恐中一起一伏，
她焦急地注视着
小丘后面那黝黑的小路。

“我在这儿。”有人急忙悄声低唤。
于是少女胆怯地
用抖颤的手打开了窗户……
月亮又被黑暗淹没了。
“幸运儿！”我轻轻说，怀着无限怅惘：

“等待你的全是欢乐。

可什么时候能有一个夜晚，

有一扇窗户为我打开？”

## 打开自己心灵的窗户

普希金，没有谁不知道吧？大名鼎鼎。但知道这首诗的读者恐怕不多，因为这是诗人 17 岁时写的作品。17 岁就能写出这么好的诗，普希金既是情感上的早熟儿，更是诗歌的天才。普希金之前，俄罗斯诗歌不值一提；普希金之后，俄罗斯诗歌光芒万丈。没有办法，普希金就是俄罗斯诗歌的太阳。

我们读得最多的普希金的作品，无疑是他那首《假如生活欺骗了你》，很多文学作品和学生作文都要引用上它："假如生活欺骗了你，/ 不要心焦，不要烦恼，/ 阴郁的日子里要心平气和，/ 相信吧，那快乐的日子就会来到。"有些朋友把这首诗读到这里就打止了，那它对你的劝慰和安抚作用会大打折扣。

前面这四句就是一段格言，或者说就是一个结论而已，我怎么能相信那快乐的日子就会来到呢？那快乐的日子究竟是一种什么样的日子呢？这些问题的答案都要到第二段，诗人才会揭示出来。所以，读这首诗，千万不要错过了第二段：“心儿会在未来变得活跃，/ 尽管现在那么无聊；/ 一切都如云烟，一切都会过去；/ 而那过去了的，却使你感到美好。”

诗人在这一段告诉我们，有一位救世主叫时间。只要我们能坚持，不怕生活的欺骗，安心度过阴郁和无聊的日子，那么，当一切成为过去，现在所经受的所有磨难和欺骗，都会变成耐人寻味的美好回忆。时间固然可以打败人，它让人由生到老再到死；时间同样可以成就人，它将许多坷坎、悲苦、离别逐渐沉淀成宝贵的人生财富。

好，不扯远了，我们赶紧回到《窗》这首诗上来。

1941 年 11 月 6 日，苏联元首斯大林做出重要指示：“普希金的名字就是俄罗斯民族伟大、光荣的象征。”这样一来，苏联的读者和评论家们只要一读普希金的作品，马上就要阐释其伟大的社会意义与广泛的群众性，就一定要把普希金拔高到文艺旗手的位置。于是，一个有血有肉的普希金渐渐地被抽象成一个概念，一个本色的普希金渐渐地被镀上一层又一层黄金，最终被树立成一尊高大全的雕塑。

其实，普希金作为一名少年早慧的神童级诗人，他作品的基本主题就是两样：友谊和爱情。读《普希金诗选》，我们发现，从 15 岁起，诗人就开始给各种女朋友写诗了：娜塔莎、爱丽温娜、奥加寥娃、丽拉……直到最后，让他断送了卿卿性命的冈察洛娃。难怪，普希金曾写过一句诗：“爱神啊，青少年的上帝。”综观普希金短短的一生，爱情无疑就是他的上帝。

《窗》的译者刘湛秋是我国著名的抒情诗人，曾担任《诗刊》副主编，后因与顾城、英儿的三角恋情而引人注目。刘湛秋在翻译上也功夫很深，他翻译的《普希金抒情诗选》深受广大读者喜爱，一时洛阳纸贵。



这首《窗》刘湛秋同样译得很好。但我改了几个字。第一段最后一句，刘湛秋译成“小丘后面那幽黑的小径”，我改成了“小丘后面那黝黑的小路”。为什么要这样改呢？首先是直观的感觉，“幽黑的小径”与上面第三句“朦胧的幽径”明显重复；其次，更为重要的，是诗歌情境展开的需要。前面是“朦胧的幽径”，说明天还没断黑，少女就在那里焦急地张望了。后面改为“黝黑的小路”，便有了时间的纵深感：“幽黑”变成“黝黑”，夜在加深，少女的心情也更为激动和迫切。

“小径”改为“小路”也有讲究。前面那句“朦胧的幽径”用得好，与“荒凉的月亮”搭配，衬托出一种空旷、静谧的情境，何况那是诗人的视角，用词应该雅一点；最后一句已经变成少女的视角，就不能那么雅，而应回到日常叙事上来，再用“小径”就不够精准，故改为“小路”。

第二段，有故事了。少女等待的人儿出现了，少女“胆怯地/用抖颤的手打开了窗户”。这里用上了“胆怯”一词，其实是反过来表现少女对爱情追求的大胆。少女本是胆怯的，像一只受不了惊吓的小兔子，但为了和心上人约会，她是那么勇敢！

“月亮又被黑暗淹没了”，又是一句情境描写。它本来可以作为结束句，因为诗人看到的场景结束了，少女的那个故事也结束了。用这一句作结，会给诗歌留下很大的想象空间，黑暗淹没的不仅仅是月亮，还有少女的身影，还有他们的足迹，以及很多很多。

出乎意料的是，诗人没有在这里结束本诗，而是蓦然一转，怀着无限的惆怅，说了一段话：“幸运儿……等待你的全是欢乐。可什么时候能有一个夜晚，有一扇窗户为我打开？”

读到这里，我们才恍然大悟。原来，少女并不是这首诗的主角，这首诗的主角是诗人自己，是他的失落，是他的怅惘，是他的忧伤……为什么诗人会如此忧伤呢？在写这首《窗》之前，普希金还写了一首小诗，或许能让我们找到些蛛丝马迹。

那首题为《致奥加寥娃即兴诗》是这样写的：

“我在你面前无言地坐着 / 我无望地感受着痛苦 / 我无望地看着你：/ 幻影对我说的，/ 我却不能如实对你说出。”

看来，普希金当时最为盼望的，是奥加寥娃的窗户为他打开。不管奥加寥娃最终有没有为普希金打开窗户，普希金却通过这样一首优美而伤感的诗篇，打开了自己心灵的窗户，从而让我们领略到诗歌的美、爱情的美，以及忧伤的美……

## 请说了一遍，再向我说一遍

[英]勃朗宁夫人（1806—1861）　　方平 译

请说了一遍，再向我说一遍，
说“我爱你！”即使那样一遍遍重复，
你会把它看成一支“布谷鸟的歌曲”；
可是记着，在那青山和绿林间，
那山谷和田野中，纵使清新的春天
披着全身绿装降临，也不算完美无缺，
要是她缺少了那串布谷鸟的音节。
爱，四周那么黑暗，耳边只听见
惊悸的心声，处于那痛苦的不安中，
我嚷道：“再说一遍，我爱你！”谁嫌
太多的星，即使每颗都在太空转动；
太多的花，即使每朵洋溢着春意？
说你爱我，你爱我，一声声敲着银钟！
只是记住，还得用灵魂爱我，在默默里。

## 用灵魂爱我，在默默里



爱情诗写了几千年，从诗歌萌芽的那天起，爱情诗也破土而出了。中国最早的诗歌典籍《诗经》，开篇就是《关雎》："关关雎鸠，在河之洲。窈窕淑女，君子好逑。"多么美好的爱情，率真，大胆，又是那么圆满。古希腊有伟大的荷马史诗，还有同样伟大的萨福的情诗："少女们 / 和她们喜爱的人们在一起 / 如果没有我们的声音 / 就没有合唱，如果 / 没有歌曲，就没有开花的树林……"同样健康，快乐，充满阳光。爱情固然是诗歌永恒的题材，但要写好爱情诗，难度却非常之大。前人写得太多，再要写出新意，真是好比在沙滩上建房子啊。很多伟大的诗人，像李白、杜甫，他们的诗歌没的说，被誉为诗仙、诗圣，但他们在爱情诗上都没有很大作为。这算是他们的一桩遗憾吧。

很多朋友喜欢读爱情诗，甚至可能还写过爱情诗。谈恋爱的时候，在外出差想念妻子的时候，或者在人群中看到一位让人过目不忘的美女，放在心里了，偶尔想起，也能写出一首爱情诗来。人的一生，若有几回这样的体验，一定是值得珍藏的。

平时，有些初学写诗的朋友拿了自己写的爱情诗给我看，我总是老调重弹地告诉他们，写爱情，要写得委婉些、蕴藉些，不要动不动就是“我爱你”“我好想你啊”，要死要活的，这样的诗歌没有感染力。然而，是不是诗歌里面压根儿就不能写“我爱你”，就不能出现类似的句子呢？当然不是，一名优秀的诗人，任何事物、任何句子都可以入诗，何况是“我爱你”这样美丽的句子和真挚的表达！关键是要看你如何处理，如何写出它的味道，如何写出自己的心声。那么，我们来看看勃朗宁夫人写的《请说了一遍，再向我说一遍》。

这是一首十四行诗。十四行诗是欧洲一种古典的抒情诗体，又称“商籁体”。它发源于民间，流行于文艺复兴之后，意大利的彼特拉克、英国的莎士比亚都是以写作十四行诗著称的大诗人。在女诗人里面，最为优秀的作品就是勃朗宁夫人的爱情诗了。《请说了一遍，再向我说一遍》位列勃朗宁夫人《抒情十四行诗集》中的第 21 首，在总共 44 首作品中正好居中，也是我阅读这本诗集时最受感动的一首。

第一句就是诗题：“请说了一遍，再向我说一遍，”但这一句后面是逗号，紧接着的第二句的前面部分“说‘我爱你！’”也是整个第一句的一部分。所以，我们在朗诵这首诗时，第一句和第二句的前半部分应连在一起，大声、饱满地读出；接下来，第二句的后半部分和第三句本是一句，所以第三句后面是个分号，这一句应轻下来，把节奏放缓。





大家要知道，这是一个女人写给自己爱人的情诗。女人听“我爱你”这样的甜言蜜语总是不厌其烦的。勃朗宁夫人在爱人面前，不端，不装，呈现一个本真的自己。这一点，女孩们要向她学习。

但，仅有这一点还不够。勃朗宁夫人心思细腻，她深爱着自己的丈夫，又不想逼丈夫做自己不愿意做的事情，或者，即便丈夫愿意，她担心他做多了也会感到厌烦。因此，她耐心地对他说，这样一遍遍重复，你就把它看成是一支“布谷鸟的歌曲”。你看啦，清新的春天有青山，有绿林，有漂亮的山谷和田野，但如果没有布谷鸟的歌声，那就不是完美无缺的了。

那么，连清新的春天都不能缺少布谷鸟的歌声，如果像“我”现在这样，四周那么黑暗，耳边听到惊悸的心声，时常处于痛苦不安之中，你的那声“我爱你”就更加不可或缺了。

诗人越写越动情，情不自禁地“我嚷道：‘再说一遍，我爱你！’”。这时，同样深爱着她的丈夫或许会在一旁问：“亲爱的，你知道我是爱你的，干吗要那样无穷无尽地说呢？我说得不累，难道你听起来不累吗？”诗人答得多好啊：“谁会嫌有太多的星，即使每一颗都在太空转动；谁会嫌有太多的花，即使每一朵都洋溢着盎然春意？我们不嫌天上的星星多，不嫌春天的花儿多，又怎么会嫌‘我爱你’这样的话说得多呢！”

所以，诗人接下来将娇撒到极致：“说你爱我，你爱我，一声声敲着银钟！”这句话翻成日常口语就是：“大声说你爱我，你爱我，要让全世界都听得见！”

诗歌如果到这里结束，它也是一首优秀的抒情诗！但算不上一首伟大的诗歌，伟大的诗歌是如何产生的呢？我们来看最后一句：

“只是记住，还得用灵魂爱我，在默默里。”

这最后一句与刚才说的倒数第二句，有着多么大的反差啊！前面一句是要大声说，说得让全世界都听见；这一句陡然落下来，其实诗人让自己的爱人真正要记住的就是这一句：“用灵魂爱我，在默默里。”诗人非常清楚，这样的爱才是永远的，才是经得住任何考验的。

“用灵魂爱我”五个字里，我们仿佛能看到诗人心中那一团燃烧着的爱情火焰；“在默默里”四个字中，我们可以听到诗人灵魂深处那有如雷鸣般的爱之坚守与情之赤诚！禅宗说：一默如雷。白居易说：此时无声胜无声。说的都是这个意思。

大家听说过勃朗宁夫人的爱情故事吗？我简单说几句吧。勃朗宁夫人本名叫伊丽莎白·芭蕾特，在英国乡间长大，没受过正式教育，8 岁开始写诗，才气逼人。但 15 岁那年，她从马上摔下，跌损脊椎，从此瘫痪卧床。随后，母亲病逝，弟弟溺亡，如果不是诗歌，她觉得自己都活不下去了。苦尽甘来全因为一个人的出现，小她 6 岁的罗伯特·勃朗宁。勃朗宁也是一位诗人，他读了芭蕾特的诗，深深地爱上了她。他不断地给她写信，倾诉衷肠。39 岁的巴蕾特被爱情一枪击中，又激动，又忧伤，她不敢相信，不敢答应……然而，勃朗宁深挚的爱终于打动了她，她一边发狂地写她的抒情十四行诗，一边不顾一切地成为幸福的“勃朗宁夫人”。

勃朗宁夫妇共同生活了 15 年，没有一天分开过。1861 年 6 月 29 日，勃朗宁夫人偎依在丈夫怀里溘然离世。据说，她的容貌，像少女一般，露出快乐的微笑。

## 孤独

[美] 爱伦·坡(1809—1849)　李文俊 译

童年时起，我便异于
别的孩子——他们的视域
与我不同——我难以随同
众人为些许小事激动——
我的忧伤也和他们
并非一类——同一种高论
无法使我热血沸腾——
我爱的——别人想爱也是不能。
当时——我还幼稚——在重重
磨难的一生的开端——我便从
善与恶的每一层摄取
一种秘密，至今风雨
半生，我仍然为它控制——
我从激流、山泉与岩石——

从绕我旋转的太阳

以及秋日灿烂的金光——

我摄取，从那天上的闪电

当它飞快掠过我身边——

从雷霆、黑压压的暴风雨——

还从乌云（远处天宇

仍然是一片蔚蓝），当它

在我眼里成为恶煞。

## 孤独是大自然的秘密



时下，喜欢看推理小说和科幻小说的年轻人特别多。但大家知不知道，谁是推理小说和科幻小说的鼻祖呢？就是爱伦·坡。他所创造的密室杀人、安乐椅上的纯推理侦探、破解密码诡计、侦探即是凶手及心理破案、人的盲点等五种推理模式，至今仍是侦探推理小说中的重要法宝。

爱伦·坡还是第一个靠写作谋生的美国知名作家，大家不要以为他必定可以上“福布斯排行榜”，正好相反，他穷得叮当响。他所谓的靠写作谋生，完全是被迫的，因为这位倍感“孤独”的作家，根本做不成别的事。

如果撇开文学创作的成就，爱伦·坡的一生可以称得上彻头彻尾的完败。就像一篇悬疑小说，他一生的开头和结尾都莫名其妙，悬念重重。爱伦·坡 1809 年 1 月出生于波士顿，他本来叫埃德加，在三兄妹中排行老二。他的父亲在他妹妹出生后随即离家出走，他两岁时母亲又病逝，三个孩子被三个家庭分去监护、抚养。埃德加到了约翰·爱伦家里，改名为爱伦·坡。

他读书时，曾倾慕同学的母亲，将她称为“我心中第一个纯理想的爱”；他一边参与赌博，一边与一位女孩私定终身，最终却被女孩家里成功解约；他离家出走，参加陆军，并出版了自己的处女诗集；他进入西点军校，却时常缺课，因不上教堂、不参加点名而被军事法庭除名；他和不到 14 岁的表妹结婚，两年后，表妹死于肺结核……他贫病交加，精神压抑，除了写字，一事无成。1849 年 10 月，爱伦·坡死于巴尔的摩，年仅 40 岁。酗酒、吸毒、脑溢血、霍乱、心脏病、狂犬病、肺结核、自杀……或许是其中一种致命，或许是很多种相加，得出他死亡的结论，但无论如何，我们不可能找到标准答案了。

人生经历决定了爱伦·坡的创作风格，他处处受挫，吃了上顿没下顿，生活没有着落，每一天都不知道明天是个什么样子……这一切，都融进了爱伦·坡的笔底。同是罕见的天才，美国作家爱伦·坡与中国诗人顾城不同的是，顾城始终生活在童话世界，他透明也脆弱得像个玻璃人，他的周围都是光芒，是温情，是掌声和鲜花，他却在巧取豪夺之后，无情地砸碎了它们。而爱伦·坡，几乎一直在“地狱”中挣扎，一直在与贫困和潦倒苦苦抗争。顾城的孤独让他以为全世界都与他为敌，他也就与这个世界隔离，最后自绝于这个世界。爱伦·坡的孤独也让他以为全世界都与他为敌，但他采取了妥协与沟通的办法，他愿意承受上帝给予他的孤独和苦难，并探骊得珠，从中发现了稀世之珍——文学的美。一个把文学的美当作信仰，一个把文学的美当作生活工具，或许，这就是他们在差不多的年纪去世，爱伦·坡的成就远远高于顾城的原因。

爱伦·坡认为，既然现实是丑恶的，那审美就变得至关紧要。于是，尽管时常身无分文，他也渴望着超凡脱俗的美，渴望着自己灵魂的升华。这时，文学创作，特别是诗歌创作，就成为他生活中最为闪光的一部分。他说，如果一个人写的诗歌，仅仅是再现他和别人感知到的同样的景象、声音、气味、色彩和情趣，那不管他多么富有激情，不管他描写得多么生动，他都配不上诗人这个神圣的称号。因为，“远方还有一种他尚未触及的东西。我们还有一种尚未解除的焦渴，而他没能为我们指出解渴的那泓清泉”，那泓清泉是什么呢？是美。

“它不仅是我们对人间之美的一种感悟，而且是对天国之美的一种疯狂追求……对天国壮美之预见令我们心醉神迷，正是在这种预见的启迪下，我们才通过时间所包容的万事万物和想象之中的种种结合，竭力要去获得一份那种壮美。于是我们借助诗……发现自己感动得流泪……——但并非……由于过度喜悦，而是由于一种必然发生且难以忍受的悲哀，因为尚在这世间的我们，此刻还无力完全而永久地把握住那些神圣的极乐狂喜，我们只能通过诗或音乐隐隐约约地对它们瞥上一眼。”



下面，我们一起来品尝爱伦·坡的《孤独》吧。开篇入题，一个“异”字非常打眼，显示出自己的不同。童年时，这是孤独的开始，因为“我”和其他孩子的想法都不同，那有哪些不同呢？

诗人分别从激动、忧伤和爱三个方面，各举了一个例子：其他孩子容易为些许小事所激动，“我”难以苟同，比如得到一个玩具、抓到一只小鸟、在路上捡到一分钱，这些小事，搁在他们身上，都会高兴得一蹦三尺高，却不能让“我”激动。还有，“我”的忧伤和他们不是一类，他们的那些高论无法使“我”热血沸腾，而“我”的忧郁也让他们不能认同。第三，是“我爱的——别人想爱也是不能”；话外之音是，别人爱的，“我”又无法首肯。

那么，造成这种区别的原因是什么？接下来，是这首诗的精华所在。

爱伦·坡说，在“我”还很幼稚的时候，在重重磨难的一生的开端，“我”就从善与恶的每一个层面摄取它的“秘密”。这是一些什么样的秘密？比如，“我”从激流中摄取流动的秘密，从山泉中摄取清澈的秘密，从岩石中摄取稳固的秘密，从旋转的太阳中摄取温暖的秘密，从灿烂的金光中摄取收获的秘密。这不够，“我”还从天上的闪电中摄取恐惧的秘密，从雷霆中摄取愤怒的秘密，从黑压压的暴风雨中摄取摧枯拉朽的秘密。当远处的天宇仍是一片蔚蓝，当头顶的乌云在“我”眼里成为恶煞，“我”从它们身上摄取大自然的一切秘密……正是这些“秘密”，在诗人心胸的熔炉里铸就了他的“孤独”，让他迥别于常人——他能体会到天国之壮美，一般人不能；他能触及一般人不可触及的远方，能解除一般人尚未解除的焦渴。这个时候，诗人早已不是在哀怨孤独，而是在享受自己的孤独了。

在爱伦·坡的那个时代，美国文坛群雄并起，有梭罗、爱默生、霍桑等等。那是一个锻铸美国文学精神的时代，那是美国文学塑造自己灵魂的时代。虽然有爱默生的力量，有霍桑的勇气，还有梭罗的神秘，但爱伦·坡以其诗歌、小说、理论等杰出而全面的天赋，为美国文学乃至世界现代文学奠基。他是侦探小说的鼻祖、科幻小说的先驱、幽默讽刺小说大师，浪漫主义、唯美主义与象征主义的多重实践者。在人们纷纷谈论文学作品的道德意义时，他独断而深刻地指出：“美本身即具有道德意义。”

我很喜欢爱伦·坡的诗文，我在他的文集《诗歌与故事》的扉页上抄写了爱伦·坡的一句名言：“由于过早地滥用知识，这个世界已开始老化。”在我看来，这是诗人有关世界末日的精准预言。后来，我在出版自己的第一本中短篇小说集时，便将它取名为《小说与故事》，以此向爱伦·坡致敬。

## 一只无声的坚忍的蜘蛛

[美]惠特曼（1819—1892）　楚图南 译

一只无声的坚忍的蜘蛛，
我看出它在一个小小的海洲上和四面隔绝，
我看出它怎样向空阔的四周去探险，
它从自己的体内散出一缕一缕一缕的丝来，
永远散着——永不疲倦地忙迫着。

而你，啊，我的灵魂哟，在你所处的地方，
周围为无限的空间的海洋所隔绝，
你不断地在冥想、冒险、探索，寻觅地区以便使这些海洋连接起来，
直到你需要的桥梁做成，直到你下定了你柔韧的铁锚，
直到你放出的游丝挂住了什么地方，啊，我的灵魂哟！

## 直到你需要的桥梁做成



惠特曼是美国 19 世纪最伟大的诗人。这已经是文学史上的定论了。惠特曼的伟大并不于其诗艺有多高，而在于他特有的创造性，其独创的“自由体诗”非常吻合豪迈激进的美国气质与自由民主的美国精神。爱默生深奥的智慧，惠特曼非凡的气度，梭罗闲适的姿态，他们从不同维度构筑了美国式的“自由大厦”，并成为美国文化的代言人。从这方面来说，惠特曼倒是子承父业，因为他父亲是一名木工，专门为别人做房子的，只不过他父亲用树木，而他用粗精并存的文字，用西部牛仔式的激情，用“船长”般开疆拓土的勇气，在近乎荒芜的美国文化的原野上，建造起一栋又一栋诗歌的房子。

这些诗歌的房子，后来总称为《草叶集》。草叶象征着平凡，象征着一切变通的事物，象征着整个世界。佛教说：

“一花一世界，一叶一如来。”惠特曼也是这个意思。他认为，世上一切事物既是伟大的，又是渺小的，人也不例外。在名篇《一路摆过布鲁克林渡口》中，他写道：“同样古老的角色，我们现在仍在扮演，和我们喜欢的一样伟大，/ 或者和我们喜欢的一样渺小，或者既伟大又渺小。”

惠特曼出身于纽约长岛的一个农民家庭，他因贫困只读过六年书。小时候当过信差，到印刷厂学过排字，辍学后在乡村小学当老师，后来到一个报馆做编辑。他喜欢游荡和冥想，爱好阅读和交友，这正是一个诗人所必须具备的素质。他或许难以成为一个好老师，也很难成为好信差和好编辑，但他一定会成为一名好诗人。他像一只闲云野鹤，与船夫、车夫、渔夫、机械工人、环卫工人、做杂活的打成一片，他能交到的所有朋友的职业都进入过他的诗歌，他歌颂友情，歌颂劳动，歌唱生活，歌唱大自然生机勃勃的繁殖力。在惠特曼看来，生活就是一个课堂，所有人都是来上课的学生，没有高低贵贱之分：

“这里是关于接受的深奥课堂，没有偏爱，没有拒绝，/ 卷发的黑人、罪犯、病人、文盲，没有被拒绝，/ 生孩子，在医生后面紧赶，乞丐流浪，醉汉晃晃悠悠，机械工聚会哄笑，/ 逃走的青年，富翁的马车，纨绔子弟，私奔的男女，/ 早市上的人，灵车，家具搬到镇上又搬回来，/ 他们走过，我也走过，一切都走过，不能被禁止，/ 一切都被接受，无不使我感到亲切。”（《大路之歌》）

但大家知道，诗人的精神世界与普通人又是很不一样的。无论多么有亲和力的诗人，一旦进入精神层面，一旦进入自我创造的层面，他就会变得清高、孤独，甚至不近人情。惠特曼同样如此，《一只无声的坚忍的蜘蛛》就是诗人灵魂深处的一种自况。



第一句即是诗题“一只无声的坚忍的蜘蛛”，先给蜘蛛定调：无声的、坚忍的。这只蜘蛛出场之后，马上变成了“他者”，成为诗人“我”的观察对象。于是，诗人以自己的视野和想象将他要写的这只蜘蛛主观化，将它变成“我的”，这就为第二段，用蜘蛛来比喻灵魂，做好了铺垫。

大家别小看短短的几行诗，诗人往往就是在这方寸之间闪展腾挪，大显身手。中国武术有句行话，这叫“拳打卧牛之地”。

由于诗人已经将他的观察者主观化了，因此就可以尽情发挥他的想象力，来表达他想要表达的主题了。他说，他看到这只无声的、坚忍的蜘蛛，在一个小小的海洲，也就是海岛上，与四面隔绝。他继续观察着这只蜘蛛，发现它从自己体内散出一缕一缕的丝来，它以这种方式永不疲倦地向空阔的、毫无依傍的四周探险。

诗人想，这蜘蛛的探险不正是灵魂所做的工作吗？或许，诗人聚精会神观察的这只蜘蛛，正是他自己的灵魂。所以，他对自己的灵魂，也就是那只蜘蛛说：你同样处于为周围无限的海洋所隔绝的境地，你同样在不断地冥想，不断地冒险和探索，寻觅那让海洋连接起来的办法。

大家想想，蜘蛛要靠自己吐出的蛛丝将海洋连接起来，岂不是像夸父追日、精卫填海那样不可思议的奇迹吗？正是，灵魂正是可以创造这样的奇迹。它就像那孤岛上的蜘蛛，永不疲倦地、一缕一缕地吐出蛛丝，直到连接海洋那所需要的桥梁建成，直到那柔韧的铁锚下定在港口，仿佛那缕缕游丝挂在了什么地方，安定下来。灵魂的工作才算完成。

我们每天不辞辛劳地上下班，哺育孩子，赡养老人，看书，旅游，会友，等等。这不都是像那无声而坚忍的蜘蛛一样，一缕一缕地吐出丝线，在建造那连接海洋的桥梁吗？

所以，我们每个人都要好好保护身体里面那只无声而坚忍的蜘蛛，让它能不停地吐出丝线，让那连接无限海洋的桥梁早日建成。

## 献给美的颂歌

[法] 波德莱尔（1821—1867）　　郭宏安 译

你来自幽深的天空，还是地狱，
美啊？你的目光既可怕又神圣，
一股脑儿倾泻着罪恶和善举
因此人们把你和酒浆相比并。

你的眼睛包含着落日和黎明；
你像雷雨的黄昏把芳香播散；
你的吻是春药，你的嘴是药瓶，
能使英雄怯懦，又使儿童勇敢。

你出自黑色深渊，或降自星辰？
命运受惑，像狗追随在你裙下；
你随意地播种着灾祸和欢欣，
你统治一切，却没有任何报答。

美，你在死人身上走，还要嘲弄；
你的首饰中有魅力的是恐怖，
凶手在你最珍爱的小饰物中，
在你骄傲的肚皮上淫靡起舞。

蜉蝣花了眼，朝你这蜡烛飞去，
嘶的一声烧着，还说：火炬有福！
情郎俯在美人身上气喘吁吁，
好像垂死的人抚爱他的坟墓。

这有何妨，你来自天上或地狱？
啊美！你这怪物，巨大、纯朴、骇人！
只要你的眼、你的笑、你的双足
打开我爱而不识的无限之门！

这有何妨，你来自上帝或魔王？
天使或海妖？——目光温柔的仙女，
你是节奏、香气、光明，至尊女皇！——
只要减少世界的丑恶、光阴的重负！

## 他创造了一种新的战栗



中国新诗主要是向西方的现代派学习。那在西方的现代诗歌史上，波德莱尔可是一个非常重要和关键的人物。一般来说，他被认为是现代派的奠基者。

波德莱尔出生于1821年，去世于1867年，还没活到我现在这个年纪，而他去世一百年后我才出生，想起来那真是一个遥远的年代。但让人告慰的是，西方的现代派也只比中国新诗早几十年而已，中国还有那么深厚的古体诗传统，所以，中国在诗歌方面要赶上西方的现代派步伐，并不是多么难的一件事。现在，中国的很多现代诗已经完全可以与西方诗歌媲美了，只是中国新诗尚未出现像里尔克、聂鲁达、曼德尔斯塔姆、辛波斯卡、米沃什那样的大诗人，这个还需要我们继续努力。

波德莱尔出生的时候，他父亲已经到了晚年，所以他是一个敏感得有些神经质、聪慧得近乎先知先觉的孩子。他生性放浪，生活奢侈，家人对他的独断与叛逆束手无策。他将金钱、身体、才情统统挥霍于滚滚红尘之中。

如此产生的两个结果，一个是合乎逻辑的，放浪形骸很快就耗尽他身体的元气，46 岁那年波德莱尔病逝于巴黎；另一个结果是不可思议的，奢侈让他遍尝人生与现实之“恶”，物质化与精神化这一对尖锐的矛盾，让他的灵魂产生异乎寻常的蜕变，他窥探到了美的另一副面孔、另一种姿态，那近乎神怪、近乎恶魔的一面。他开始拿起笔来，描述感官陶醉时的厌倦与逃避，描述醇酒美人背后的腐朽和堕落，描述阴暗生活之中绽放的希望光华，描述丑恶事物里面蕴含的美的质素，以此对抗学院派美学，抗拒传统道德。其独树一帜，让大作家雨果都不得不惊叹：“《恶之花》的作者创造了一种新的战栗。”

矛盾本身是一种修辞。波德莱尔将自身的矛盾巧妙地移植到了诗歌创作上，利用悖论和矛盾形成自己的创作个性。《恶之花》是波德莱尔的代表作。他把“恶”与“花”这两种截然相反的审美意象并置在一起，具有极强的冲击力。这里的“恶”，并非汉语的原意，在法文中“恶”不仅指恶劣与罪恶，还指疾病、忧郁和痛苦。在诗集的扉页，波德莱尔有一篇写给诗人戈蒂耶的献词，他将自己的诗篇称为“病态之花”。这应当是对“恶之花”最恰当的解释。

下面，我们通过这首《献给美的颂歌》来剖析浪子诗人波德莱尔的美学观念。《献给美的颂歌》始发于《艺术家》杂志 1860 年 10 月号，后被选入诗歌集《恶之花》，是波德莱尔创作鼎盛时期的作品，它表现了波德莱尔独特的美学观。

我们先来看看有关美学的一些主流观点。古希腊的亚里士多德认为，美在于事物的感性形式，在于事物外在的“秩序、匀称、明确”。德国哲学家康德认为，美是“无功利的令人愉悦性”。18 世纪意大利文艺理论家谬越陀里说：美是“一经看到、听到或懂得了就使人愉快、高兴或狂喜，就在人心中引起快感或喜爱的东西，在一切事物中，上帝最美”……在这些著名的理论和论断中，我们发现，它们对美的理解与概括都是单向度的，都毫无疑义地指向秩序、愉悦、快感、喜爱这一极，而无视混乱、忧郁、痛苦、丑恶这些在现实生活中我们无法回避的东西。这种对“美”的盲目提升，对“美”的无情抽象，对“美”某一方面的偏爱，使“美”变得贵族化，变得高高在上，变得稀少而苍白，变得与普通事物和日常生活格格不入。

这时，波德莱尔出来捣乱了。波德莱尔的美学是以“丑恶”为支点的。他认为，自然是丑恶的，自然事物是让人讨厌的，罪恶是人心里天生的东西，善和美德才是人为的，大多虚伪而脆弱。因此，诗歌创作的目的就是要从大自然的“丑”中发掘“美”，从人性的“恶”中揭示其“精神的骚动”，也就是说，通过恶魔去寻找上帝。所以，波德莱尔也被称作“恶魔诗人”。在他的诗歌中，常常充斥着腐朽的事物、丑恶的意象和堕落的心态，由此迸发出令人惊悚的、电光石火般的美学之光。比如，他有一首诗标题叫《腐尸》，别的诗人给爱人写诗，基本上是围绕风花雪月做文章，波德莱尔却写他和爱人在夏天的一个早晨，在一条小路的拐弯处，看到一具腐烂的尸体。他是怎么写的呢？

“苍蝇嗡嗡地聚在腐败的肚子上，/ 黑压压的一大群蛆虫 / 从肚子里钻出来，沿着臭皮囊，/ 像黏稠的脓一样流动……”

呵呵，这个口味如何？波德莱尔的本事就在这里，他是个可以化腐朽为神奇的人，在这首诗的末尾，他告诉他的爱人：你也会有死去的这一天，“当你前去那野草繁花之下长眠，/ 在白骨之间归于腐朽。/ 那时，我的美人，请你告诉它们，/ 那些吻你吃你的蛆虫，/ 旧爱虽已分解，可是，我已保存 / 爱的形姿和爱的神髓”！

连蛆虫都变成了诗人表达爱情的一个工具，真让人不得不服，只是不知道他的爱人读了会不会有点恶心？好，这个口味太重，我们还是来赏析《献给美的颂歌》吧。

这首诗并不难理解。前面五段，都是对“美”的描述。第一段和第三段都以问句开头：“你来自幽深的天空，还是地狱”？“你出自黑色深渊，或降自星辰？”其实，这个问句没有问的意思，它只是诗人运用的一种技法，通过问来强调，它背后的真实意思就是：你来自幽深的天空，也来自地狱；你出自黑色深渊，也降自星辰。在诗人眼里，美既是和谐的，又是混乱的；既是明亮的，又是晦暗的；“既可怕又神圣”，“倾泻着罪恶和善举”，“随意地播种着灾祸和欢欣”，“统治一切，却没有任何报答”。

很多人接受不了，美怎么能是这个样子！波德莱尔可不管这一套，他说出了一个真理，那就是美无处不在。这跟中国禅宗的一个理论“道在屎溺”有异曲同工之妙。禅宗认为，佛性无处不在，连大小便这样的秽物，也藏有佛性。波德莱尔比禅宗更来劲，他说美“在死人身上走”，还带着嘲弄的表情。他把美比喻成女人，说她最有魅力的一件首饰是“恐怖”，她最珍爱的小饰物中竟然藏有“凶手”。诗人这是无所不用其极啊！

第五段，诗人收起他那套“耸人听闻”的词汇，讲了两个故事。一个是蜉蝣的故事。蜉蝣是目前已知寿命最短的昆虫，俗称“一夜死”，一夜之间产过卵之后就死掉了。就是这样一种昆虫，它也有壮美的死法，朝蜡炬飞去，嘶的一声烧着。就像我们常说的“飞蛾扑火”。能活几十年的人类，死的时候都未见得有蜉蝣和飞蛾这般壮美啊。其实，对于蜉蝣和飞蛾来说，死法就是活法。这一层，人类参得透吗？



第二个故事是情郎与美人的故事。“情郎俯在美人身上气喘吁吁”，这是一个情欲画面，但诗人接着写道：“好像垂死的人抚爱他的坟墓。”爱情与死亡是多么相像！这个故事就打通了生与死，打通了爱欲与死亡的界限。所有沉醉，所有快感，所有欢欣，无不指向死亡，指向腐烂，指向消逝。

但这有什么关系呢？美，正是以这样的方式，从有限走向无限，从物质化为精神，从此岸通往彼岸的。所以，美啊，你是来自天上或地狱、来自上帝或魔鬼都毫无关系，因为你通过减少世界的罪恶、光阴的重负，向诗人打开了“爱而不识的无限之门”。

我们无须认识这个世界，只要爱着。爱着，就是永恒。

## 一只垂死的虎，为干渴而呻吟

[美] 艾米莉·狄金森（1830—1886）　江枫 译

一只垂死的虎，为干渴而呻吟
我走遍沙漠
找到一块岩石，在滴水，
我用手接着

他威严的眼球，由于死而混浊
却依旧睁着，在视网膜上，
我可以看见，有水
和我的，影像

那不是我的过错，我跑得太慢
那不是他的过错，我赶到时，
他已死去。错的是，
他已死去的事实

## 每只青春的老虎都会陷入垂死的境地



美国女诗人艾米莉·狄金森大约与惠特曼同时，她比惠特曼小 11 岁，早去世 6 年，活了 56 岁。如今，她由于对美国文学所做出的独创性贡献，而与惠特曼一起，被誉为美国诗坛的“双子星座”。不过，没有资料显示，狄金森生前读过惠特曼的诗歌，而惠特曼几乎就没听说过狄金森这个诗人，因为她生前寂寂无闻。狄金森是一个热爱创作却厌恶虚名的人，她认为，名声就像一只蜜蜂，它能唱一首歌，但也有一根刺，而且这根刺一刺完，就死翘翘了。她甚至讨厌发表作品，她说，“发表，是拍卖人的心灵”。所以，她生前创作了 1800 多首诗，却只公开发表了 8 首。

狄金森并不早慧，她 20 岁才开始写诗，却立即狂热地爱上了诗歌。25 岁那年，她决定弃绝社交活动，足不出户，埋头写自己的诗。她一生陶醉于大自然的花草虫鸟、日升月落，却只在中年时有过一次短暂的爱情。她终生未嫁，成为诗歌最忠实的情人。

潘多拉的盒子里，藏着贪婪、杀戮、恐惧、痛苦、疾病、欲望，还有希望。狄金森的那只盒子，却将这七样东西全部变成了诗歌。她说，诗人们只要把那些心灵之“灯”点亮，自己就应该退场。所以，1886 年 5 月一个明媚的初夏黄昏，狄金森因肾衰竭而在昏迷中去世，她给两个小表妹留了一封遗书，上面只有两个词，译成汉语只有一个字：归。

由于身体原因，死亡一直是狄金森诗歌的重要主题。《一只垂死的虎，为干渴而呻吟》这首诗写的就是死亡。

诗歌中出现了两个主体：虎和我。这两个主体首先是互相敌对的。大家知道，如果是一只健康的老虎，就不会出现诗中所写的那一幕，看见老虎，人跑都来不及呢！这个是常识，是诗歌不会去表现的内容，如果一首诗写下来，不过是要表现老虎会吃人这件事，那诗歌就毫无意义。

然而，常识又是一切想象的前提和基础。徒手的人害怕健康的老虎这一常识，虽然不是这首诗要表现的主题，却构成了这首诗的基本前提。这一前提，就使得老虎与人这一本来互相敌对的主体，能够在诗歌中变成相互映照。

俗话说，虎落平川被犬欺。这句话表明了虎的局限性，凶猛如虎，它也只在森林里是兽中之王。一旦落入平川，一只狗都可以欺负它，更何况是落到沙漠之中呢？

落入沙漠中的虎，因为干渴而奄奄待毙，发出微弱的呻吟。“我”发现了这只垂死的虎，于是走遍沙漠，才找到一块滴水的岩石。“我”用手接着那水……

大家注意，第一段写到这里，戛然而止。如果我们来写这首诗，到了这里，可能就会写“我”接了水之后如何赶紧跑回老虎那里，但狄金森将这些过程全部省略了。这就是诗歌的妙处，它省略一切与主题不相关的内容，因而在跳跃中显得紧凑。



第二段说：“他威严的眼球，由于死而混浊”。这一句是直接写老虎的死，死了依然有着老虎的威严。

接下来，迅速转换成诗人的视角，“在视网膜上 / 我可以看见，有水 / 和我的，影像”。这两句是间接写老虎的死，死了“我”才可以靠近它，从它的视网膜上看到水和“我”的影像。

为什么诗人要在这一段如此详细地描绘老虎的死相呢？是为了衬托老虎活着时的威猛。老虎死了，“我”和水的影像映现在它的视网膜上；倘若它活着，在森林里，恐怕吞噬水和“我”的影像的，就不是它的视网膜，而是它的一张血盆大口了。

这种衬托意欲何为？我们看最后一段。首先说，“那不是我的过错”。为什么不是“我”的错？因为“我”跑得太慢，因为“我”是人，与老虎的速度相比，是个人就跑得慢。“我跑得太慢”，解释了两个方面，一是解释为什么不是“我”的过错，指出其原因；二是解释了上面提到的第一、二段之间省略的部分，昭示其过程。

与老虎相比，“我”跑得太慢是上帝注定的。如果在老虎死亡这一瞬间，上帝赋予人有老虎那样的速度，来救这只老虎的命，那么其他时候，在老虎更为漫长的一生里，老虎总吃不到和它跑得一般快的人，老虎或许会由于吃不到人而早早饿死——它会死得更快。

第二句：“那不是他的过错，我赶到时 / 他已死去”。诗人的意思是说，老虎没能活下来，没能等到“我”的这捧水，也不是老虎的过错，因为它不是不想喝水，也不是喝不下去，而是等到有了水时，它已经变成一只不能喝水的死老虎。这怎么能怪它呢？

在老虎死去的过程中，只有“我”在、老虎在，老虎的死既不是“我”的过错，也不是老虎的过错，那到底是谁的错？诗人说，错的是“他已死去的事实”。通过这一句，诗人悄然把“死”单列了出来。诗人认为，并不是在老虎死去的过程中，“我”在，老虎在；而是在那个沙漠中，“我”在，老虎在，死亡在。

到了最后一句我们终于明白，死亡才是这首诗的第一主体——它凌驾于任何生命乃至任何事物之上，无论你曾经如何威猛，也逃不过死亡之手。“死亡”是一个永恒的错误，那只是相对于生命而言。从死亡本身来说，它或许永远正确，从来就没犯过错。因此，“错的是，/ 他已死去的事实”，这一句既陈述了一个事实，又有着微妙的反讽意味。

狄金森这首诗从头到尾一再进行对比，把虎的威严与垂死进行对比，把畏惧老虎的“我”与为老虎送水的“我”进行对比，把“我”的慢与老虎死得快进行对比，把“不是”“过错”和“错的是”进行对比。这一切都是为了说明死亡的正确，死亡那不可避免、不可更改的事实。

既然如此，那我们对待死亡应该有什么样的态度呢？狄金森在另一首诗《人世间》中给出了她的态度：

“在这人世间 / 最庄严的事情 / 是死亡后的清晨，/ 屋里忙乱一阵，// 打扫干净心房 / 收拾起爱情 / 我们将不再使用 / 直到永恒。”

朋友们，“年轻”“健壮”就像一只青春的老虎，它曾经是何等威风。然而，每一只这样青春的老虎，都会陷入像沙漠中那只垂死老虎的境地。一方面，我们要随时为自己准备好足够的水，如果依赖别人，或许总会像诗中的“我”那样，慢上一步。另一方面，你哪怕准备了一汪海洋，生命该离去时依然会离去，所以，我们还要随时准备迎接一位客人：死亡。它或许从远道而来，又或许近在身边，但无论如何，它会来的。

## 城市

[希] 卡瓦菲斯（1863—1933） 黄灿然 译

你说：“我要去另一块土地，我将去另一片大海，
另一座城市，比这更好的城市，将被发现。
我的每一项努力都是对命运的谴责；
而我的心被埋葬了，像一具尸体。
在这座荒原上，我的神思还要坚持多久？
无论我的脸朝向哪里，无论我的视线投向何方，
我在此看到的尽是我生命的黑色废墟。
多年以来，我在此毁灭自己，虚掷自己。”

你会发现没有新的土地，你会发现没有别的大海。
这城市将尾随着你，你游荡的街道
将一仍其旧，你老去，周围将是同样的邻居；
这些房屋也将一仍其旧，你将在其中白发丛生。
你将到达的永远是同一座城市，别指望还有他乡。

没有渡载你的船，没有供你行走的道路，

你既已毁掉你的生活，在这小小的角落，

你便已经毁掉了它，在整个世界。

## 不可避免的离散与重复



诗歌翻译的难度极大，因为它要跨越几乎不可跨越的语言天堑。因此，西方很多大诗人都没有太好的中文译本，比如雨果、歌德、海涅等。古典诗歌似乎比现代诗歌更难翻译，或许与古典诗歌更倚仗格律和韵律有关。特有的格律、韵律在变成另外一种语言后，就被“强拆”得一塌糊涂。现代诗歌更注重内在气息，而不同的语言在气息上总会有它相通的地方，因此，现代诗歌的可译度更高一些。

希腊诗人卡瓦菲斯算不上真正意义上的现代派，但他的诗歌气息无疑开启了现代派的先声。卡瓦菲斯的诗歌是口语化的，他甚至自称俗语主义者。然而，他的诗歌里却有一种极为动人的雅洁。俗语是他的诗歌工具，雅洁便是他的诗歌气息。我们先从卡瓦菲斯的一首短诗《窗子》聊窥一斑，看他如何将雅与俗融汇成一种独特的诗歌气息：

我在这些黑暗的房间里度过了
一个个空虚的日子，我来回踱步
努力要寻找窗子。
有一个窗子打开，就可松一口气。

这是前面四句，我们当下众多口语诗人往往写到这里就打止了。能写到这里，有一定的诗歌感觉，还算是不错的口语诗人，而不是口水诗人。卡瓦菲斯却接着往下写：

但是这里找不到窗子——
至少我找不到它们。也许
没找到它们更好。

如果写到这里结束，也是一首很优秀的诗歌。它超越了普通口语诗，呈示出多元化态势，亦不乏诗歌的内在张力。但卡瓦菲斯不会满足于此，他写了最后两句，于是一首伟大的诗歌就诞生了：

也许光亮最终只是另一种独裁。
谁知道它将暴露什么样的新事物？

卡瓦菲斯，这位20世纪的卓越诗人是一个落魄公子、同性恋者；作为一名希腊人，却在埃及亚历山大水利部当了三十年临时职员。始终压抑着自己“另类”性取向，又没有精神归属感的卡瓦菲斯，诗歌成为他身心依赖的唯一家园——他可以把任何历史题材和历史人物写进自己的诗篇，他甚至任意改变历史事件，捏造历史人物，来写所谓的历史诗，以浇自己胸中的块垒。在世俗社会，他是遭人侧目的失意者、怪人、不良青年，但在诗歌中，他就是创世的上帝。他说：“这一带，房子、咖啡店、街区，/ 我多年来不断看到和走过的：// 当我为众多事情、众多细节 / 而快乐或忧伤时我创造你们。// 对我来说，你们已全部变成感觉。”



他的眼里，已全无实物，都是感觉。一切为诗歌所生，一切因诗歌而生。那么，他独特的诗歌气息从何而来？据他自己说，是观察和倾听，加起来叫“觉察”。

卡瓦菲斯认为，普通人即便耳聪目明，也只知道现在发生的事情；诸神得天独厚，受绝对的启迪，知道未来会发生什么事情；只有智者，能够意识到即将发生的未来的事情。“即将发生”的未来的事情，为什么普通人和诸神都听不到呢？因为普通人总是受到噪声和俗务的干扰，他们无法静下心来，“肃然起敬，屏息谛听”那来自万物深处的隐秘的声音；而诸神呢，他们站得太高，看得太远，反而顾不到自己鼻子底下的事情，他们过于无忧无虑，对即将发生的诞生与消亡反而麻木不仁。

《城市》这首诗所反映的，正是卡瓦菲斯意识到的“即将发生”的未来的事情——不可避免的离散与重复。

人类虽然是群居动物，但个体命运永远是孤独的。这种不可救药的孤独感让个人从群体中离散开来，让片刻从时间中离散开来，让事件从历史中离散开来。“我要去另一块土地，我将去另一片大海”，这是一个宣言。但我们发现，这个宣言的语气是逐渐减弱的，“要去”的决绝与“将去”的犹疑并置在一起。我想，之所以有前面的决绝，是因为“要去”的目标是“土地”，土地总给人以安定之感；而“将去”的目标是“大海”，大海的波谲云诡又让人胆怯。也就是说，离散是必然的，离散的后果却难以测度——它很可能成为下一次离散的原因。

第二句，语气继续减弱。不管怎么说，第一句要去另一块土地和另一片大海，还颇为豪迈，第二句的“另一座城市”便落到了实处——“我”真正要去的是一座城市，一座更好的城市。离散的原因出来了：追求更好。因为在这里，“我的每一项努力”都失败了，“我的心被埋葬了”，不知道“我的神思”还能坚持多久，“多年以来，我在此毁灭自己，虚掷自己”，所以，无论“我”看向哪里，这个地方“尽是我生命的黑色废墟”。

如上所述，第一段的主题是离散，第二段的主题便是重复。第二段是对第一段的回应，所以说，重复是对离散的回应——“你将到达的永远是同一座城市，别指望还有他乡”。

不管你决绝也好，犹疑也好，答案早已摆在那里——这个世界上没有“新的土地”，“没有别的大海”。一个人的生活不可能断裂，不可能推倒重来，你到了一个所谓的新地方，不久就会发现，那里的街道和以前城市的一模一样，那里的房屋风格相同，那里的邻居一仍其旧……尾随着你的，永远是同样的城市，直到你白发丛生。

没有船渡你到另一片大海，没有道路供你行走在另一座城市。你在一个小小角落里毁掉你的生活，也就是在整个世界毁掉了它。

意大利小说大师卡尔维诺写过一组名篇《看不见的城市》，主要内容是行者马可·波罗向忽必烈可汗汇报自己旅途中所经历的、属于可汗治下的55座城市的风貌。马可·波罗对每座城市的描述极为简洁，少则两三百字，多则近千字，文字本身并不艰深，但在高度节制的背后，有着大海般的浩瀚。其中马可·波罗描述的第13座城市柔依，就像卡瓦菲斯在这首《城市》中所说的一样，完全消灭了差别："你可以在这座城里的每个地方睡觉、制造器具、烧饭、积蓄金币、脱衣服、治理朝政、卖货或向演说家提问。它的任何一座金字塔式屋顶之下的建筑，都既可以是麻风病院，又可以是后宫姬妾的澡堂。"中国小说家薛忆沩认为，这位旅行者大概已经意识到了柔依可能就是所有城市的发展方向和终点，"只要时间允许，所有城市都将变成没有'差别'的国际化大都市。在那里，所有人都将失去自己的身份，所有生活都将变成平庸的复制品。而对旅行者最大的威胁是，在那种没有差别的未来世界里，'旅行'完全失去了意义：他已经无法再'生活在别处'"。

诗人卡瓦菲斯和小说家卡尔维诺分别从主观与客观两个维度，说出了同一件"即将发生"的未来的事情——无论个人如何努力，他都已经无法再生活在别处。希腊诗人埃利蒂斯的评价是恰切的：

"另一个极点是卡瓦菲斯，他与艾略特并驾齐驱，从诗歌中消除所有华而不实的东西，达到结构简练和词语精确的完善境界。"

## 当你老了

[爱] 叶芝（1865—1939）　袁可嘉 译

当你老了，头白了，睡思昏沉，
炉火旁打盹，请取下这部诗歌，
慢慢读，回想你过去眼神的柔和，
回想它们昔日浓重的阴影；

多少人爱你青春欢畅的时辰，
爱慕你的美丽，假意或真心，
只有一个人爱你那朝圣者的灵魂，
爱你衰老了的脸上痛苦的皱纹；

垂下头来，在红光闪耀的炉子旁，
凄然地轻轻诉说那爱情的消逝，
在头顶的山上它缓缓踱着步子，
在一群星星中间隐藏着脸庞。

## 相爱不难，相守不易



《当你老了》是爱尔兰诗人叶芝最为有名的作品，也是世界爱情诗歌的典范之作。

叶芝出身在一个文艺氛围很浓的家庭，他少年早慧，中学毕业之后就开始写诗，一生出了三十多本诗集。叶芝的诗歌生涯顺风顺水，情感经历却异常坎坷。1889年，拿叶芝自己的话来说，就是“我一生的烦恼开始了”。24岁的小伙子遇见了一位22岁的美丽姑娘。她叫毛特·岗。叶芝那时诗名初著，风度翩翩，雄姿英发，他又是追求爱情像追求真理那般执着的人。德、才、貌兼备，才情更是一时无匹，这样的好男人，追哪样的女孩子会失手呢？然而，命运给叶芝开了一个大大的玩笑。他最为钟情的女人，却始终未能与他结婚。有人会说，得诺贝尔文学奖总比追女孩子要难几千几万倍吧。

可怜的叶芝，他1923年就获得了诺贝尔文学奖，可终其一生，哪怕后来草草与人成婚，他都是处于失恋的状态中。因为，他最为挚爱的女人，始终与他近在咫尺，却又远在天涯。

毛特·岗长相俊丽，有霞明玉映之姿，又好像阳光透照的苹果花，叶芝说她是“春天女神的古典式化身”。他把天下所有美词都用到了这个女孩的身上。毛特·岗对叶芝的拒绝，是一个将延续千古的爱情之谜。





毛特·岗不爱叶芝，讲起来应该毫无道理。他们最初的相遇，便是毛特·岗慕名前来求见，她非常喜欢叶芝的一首诗歌《雕塑的岛屿》。谁知道，两个人一见面，毛特·岗在遨游诗海，叶芝却不可救药地坠入爱河。叶芝当即向毛特·岗求婚，首度遭拒。这一次还可以理解，毕竟诗人颇为唐突，两人也很年轻。在密切交往两年后，叶芝似乎很有把握地向毛特·岗再次求婚，不料再遭拒绝。这时，毛特·岗的理由是：“我要献身于爱尔兰独立，不能结婚！”其后十年，叶芝又向毛特·岗求婚了三次，均无功而返。1903年，毛特·岗索性嫁给爱尔兰民族运动政治家约翰·麦克布莱德，意欲彻底断掉叶芝的念头。可叶芝偏偏执迷不悟，痴爱不悔，除了偶尔谈谈女朋友，一直不结婚，苦苦等待着机会。

1916年，毛特·岗的丈夫麦克布莱德因起义失败被处以极刑。叶芝觉得这下要苦尽甘来了，他最后一次向毛特·岗求婚。毛特·岗的回答是："再也不要见你，我永远不会做你的妻子！"这一回，叶芝被绝望的石头碰得神志不清了，他竟然转而向毛特·岗的养女伊莎贝拉求婚，结果可想而知。无奈之下，两年后，52岁的叶芝与女作家乔治·海德利斯结为夫妻。

1938年秋天，年老体弱的叶芝自知时日无多，邀请毛特·岗一起喝茶，聊聊天。固执的毛特·岗依然没有答应。第二年初春，叶芝去世，她也没去参加叶芝的葬礼。她对叶芝的拒绝就是如此一以贯之，没有任何松动的余地。毛特·岗何以如此"无情"，没有公认的说法。我想，有两点原因是很重要的：

第一，毛特·岗喜欢叶芝没错，但她更热爱爱尔兰的民族复兴事业。与其说毛特·岗嫁给了麦克布莱德，不如说她是嫁给了爱尔兰独立运动。

第二，正如叶芝所料，毛特·岗也深爱着叶芝，但聪颖过人、特立独行的她更愿意做他的女神，而不愿做他的妻子。她认为，做他的女神更能激发他在文学创作中的潜能。而叶芝在她的一再刺激下，果然不负所望，成为那个时代最为伟大的诗人。

大家不觉得，叶芝与毛特·岗的故事和我们国家众口相传的徐志摩与林徽因的故事有些相似吗？

1908 年夏天的一个上午，叶芝收到了毛特·岗从巴黎寄来的信，信中说："昨晚我有一个美好的经历……十一点一刻，我穿上了你身体和思想的外衣，渴望着来到你的身旁。"

看到这样的句子，你能说毛特·岗不爱叶芝吗？然而，这样的爱对于我们的诗人来说，始终是一座空中楼阁。叶芝将这封信粘在了毛特·岗送给他的笔记本上。这本笔记、这封信，至今还展览在爱尔兰国家图书馆。



《当你老了》大约写于 1893 年，也就是叶芝与毛特·岗相识的第四年，其间叶芝向毛特·岗两次求婚未遂。叶芝便想写一首诗来对自己的心上人表述衷肠。

爱情与婚姻的不同在于，爱情可能是瞬时性的，追求激越甚至狂热；婚姻则是长期性的，谋求绵长与稳定。现实情况往往是，两人相爱不难，相守却不易。当时，正当妙龄的毛特·岗身边，肯定有很多人围着她团团转，叶芝想，我的爱情要靠什么取胜呢？对，我不仅爱她"青春欢畅的时辰"，还爱她"衰老了的脸上痛苦的皱纹"；不仅爱她现在"眼神的柔和"，还爱她"头白了""睡思昏沉"的晚年。因为，我爱的绝不只是你的"美丽"，还有你那"朝圣者的灵魂"。

这些都不难理解。这首诗的关键点在哪里呢？在人称的巧妙转换。第一段诗人说"当你老了，头白了，睡思昏沉"，这里的“你”无疑是指毛特·岗。而第三段开头说：“垂下头来，在红光闪耀的炉子旁，/ 凄然地轻轻诉说那爱情的消逝”，就变成了第一人称，坐在炉子旁的是“我”这个糟老头子了。

最后两句，我们要好好体会：“在头顶的山上它缓缓踱着步子，/ 在一群星星中间隐藏着脸庞。”

这个“它”是指什么？联系前面两句就知道，是指爱情，指正在或已经消逝的爱情。消逝的爱情到哪儿去了呢？诗人想告诉心上人的是，那爱情并没有真正消逝，它依然在我们头顶缓缓踱着步子，它的脸庞就隐藏在一群星星中间——这句美丽的诗，其实是诗人表达的爱情宣言——虽然，“我”得不到你的爱情，但“我”的爱情是永恒的。

叶芝的《当你老了》在我国广受欢迎，中译本至少有六种，我最喜欢的是袁可嘉的这个译本，尽显叶芝自然、清新而又典雅、深沉的诗歌风格，译笔从容有致，不愧是大家手笔。

这首诗对我国诗人的影响也很大，女诗人赵丽华就写过一首很精彩的同题诗。赵丽华前些年在网上被热炒成“梨花教主”，她的“梨花体”诗遭到网友们的诟病，其实赵丽华是一位很有才情的优秀诗人。我们也来欣赏一下她写的《当你老了》，全诗只有四句：

当你老了，亲爱的
那时候我也老了
我还能给你什么呢？
如果到现在都没能够给你的话。

我们向心上人倾诉爱情时，一般都会说："亲爱的，我要把什么都给你，一直到老。"这就是传统意义上的"白头偕老"。但赵丽华不是这样去写，她的意思是，如果要给，"我"就现在给，趁着"我"还在美好年华，趁着"我"身上还有点东西，"我"都给你；如果"我"现在都没能够给你，当我们老了，哪里还有什么东西可给呢？这样的诗歌，看似简单，实则内涵丰富；看似直接，实则幽婉曲折；看似冷峻，实则热情似火。用简单、直接的方式，表现丰富、曲折的内容，此乃新诗最现代性的表现手法之一。

爱情诗写了几千年，如果没有新思维、新感受，就很容易重复别人。我们看到大量的爱情诗，仍旧是山盟海誓、要死要活那一套，这种诗也许能感人于一时，却无法传之久远，因为同质化的东西太多了。但有的诗人，像叶芝和赵丽华写的《当你老了》，却能做到化深情为巧思，别开生面，所以给人留下深刻印象，甚至成为经典。

## 脚步

[法] 保尔·瓦雷里（1871—1945）　　飞白 译

你的脚步圣洁，缓慢，
是我的寂静孕育而成；
一步步走向我警醒的床边，
脉脉含情，又冷凝如冰。

纯真的人啊，神圣的影，
你的脚步多么轻柔而拘束！
我能猜想的一切天福
向我走来时，都用这双赤足！

这样，你的芳唇步步移向
我这一腔思绪里的房客，
准备了一个吻作为食粮
以便平息他的饥渴。

不，不必加快这爱的行动——

这生的甜蜜和死的幸福，

因为我只生活在等待之中，

我的心啊，就是你的脚步。

## 最美好的东西永远在期盼和梦想之中



20 世纪初，巴黎文化界最有影响的《知识》杂志进行了一次“谁是法国今天最伟大的诗人”的民意调查，保尔·瓦雷里众望所归，获得最高票数。

保尔·瓦雷里还是一名法学院的学生时，便诗名大噪。当然，法学依然在他身上留下了不可磨灭的痕迹，比如他清心寡欲、耽于哲理，对文字有一种洁癖，向往着纯粹和无私的境界。他一度决定放弃诗歌和爱情，专攻数学和哲学。但天才诗人不可能绕过诗歌，瓦雷里所谓的“放弃”只不过是不自觉的以退为进罢了，当他从数学的精致、音乐的飘逸和哲学的厚重中抽身而出时，他的诗歌竟无形中从物象跃居至心象，从心象上升到意象，他成为公认的“意象派大师”。他的后辈，法国著名诗人、评论家博纳富瓦说，瓦雷里的诗“如一片无雾的河岸，险境昭然。清澄中蕴涵幻象”。

瓦雷里的登峰造极还得感谢他的好朋友纪德。小说家纪德比瓦雷里大两岁，他读了瓦雷里青年时代写的诗，赞不绝口，便督促他结集出版。为了感谢纪德，更为了纪念自己回归“诗人”的身份，瓦雷里心神一动，灵感迸发，即兴创作了一首长达五百余行的长诗《年轻的命运女神》附在诗集后面：

“如果不是风儿，在这独特的时刻，/ 谁在那儿哭泣，带着这绝伦的蛋石的声色？……我用丰腴的胳膊抱住额头，/ 用我的灵魂长久地期待这圣光的来临？……太阳呵，我不由自主地 / 赞赏我此刻的心灵，你在那里结识 / 那温柔而有力的新生快乐的复盟，// 在一颗充满感激的心灵的金色高空下，/ 一股热血的贞洁向着炽热的烈火涌去！”

这首诗对法国文坛的震撼有多大呢？有篇评论这样写道：“我国最近产生了一桩比欧战更重要的事，那就是保尔·瓦雷里写出了《年轻的命运女神》。”

从 1930 年起，瓦雷里就是诺贝尔文学奖候选人，一直候选到 1945 年。从各方透露的消息表明，这一年铁定属于瓦雷里。不料，这个时候上帝出来开了个玩笑，他在公布获奖名单的三个月前带走了瓦雷里。

难得的是，瓦雷里与中国诗人梁宗岱有一段机缘和佳话。

1924 年秋天，怀抱着文学梦的梁宗岱前往欧洲深造，一位美国朋友介绍他与瓦雷里见面。梁宗岱崇拜瓦雷里所达到的诗歌高度，瓦雷里也十分赏识这位年轻的中国诗人："我第一个认识的中国人是梁宗岱先生……梁先生带着一种兴奋和我谈诗。一说到这崇高的问题，他便停止微笑了。他甚至透露出几分狂热。这罕见的热情很使我喜欢……"他们进行了长时间的交流，瓦雷里不厌其烦地给梁宗岱释疑解惑，让梁宗岱茅塞顿开。1928 年寒假，梁宗岱将自己最喜爱的古代诗人陶渊明的部分诗文译成法语，请瓦雷里指正。瓦雷里建议将这些译诗印成单行本，他亲自作序，名为《法译"陶潜诗选"序》。在这篇序言里，瓦雷里对中国古典文学和陶渊明的评价极为精准。

他说："中华民族是，或曾经是，最富于文学天性的民族，是唯一在从前敢将政事委托给文人，而它的主人翁夸耀他们的笔胜于他们的权杖，并且把诗放在他们的宝藏里的民族。"

他又说："极端的精巧，在任何国度任何时代，永远要走到一种自杀：在那对于极端的朴素的企望中死去。但那是一种渊博的，几乎是完美的朴素，仿佛一个富翁的浪费的朴素，他穿的衣服是向最贵的裁缝定做的，而它的价值你一眼是看不出的……"

二十出头的梁宗岱何其有幸，得以随侍大师之侧，“瞻其风采，聆其清音”，既有细致入微的言传身教，又得春风雨露般的潜移默化。后来，梁宗岱用中文译出了瓦雷里的名篇《水仙辞》，刊登在《小说月报》，这是这位法国大诗人的作品首次登陆中国。1931 年，“九一八”事变爆发，爱国心切的梁宗岱毅然回国。他前去向瓦雷里辞行，瓦雷里赞赏他的举动，期盼他能重返法国。他们虽时有联系，却再没见面。1945 年 7 月，瓦雷里逝世。在二战尚未结束的一片焦土中，法国总统戴高乐坚持为这位“法国 20 世纪最伟大的诗人”举行国葬。消息传到中国，梁宗岱哭了三天三夜，他一直将瓦雷里当作他精神和艺术上的父亲。

瓦雷里安葬在他的老家、他歌咏过的赛特海滨墓园，墓碑上刻着瓦雷里的名句：

“多好的酬劳啊，经过了一番深思，/ 终得以放眼远眺神明的宁静！ / 这是多么辽远，又多么深长的人生喟叹啊！”

在瓦雷里看来，获得“神明的宁静”这样的酬劳，远远胜过某种奖项。阅读瓦雷里的诗歌，感受他的思想和情怀，我甚至认为，赶在那年公布获奖者之前死去，是瓦雷里自己的强烈意愿，是他追求真知、追求“纯粹与无私”境界的一种行动体现。那是不是可以说，瓦雷里的去世其实是他与上帝的一次合谋呢?

瓦雷里不仅写出了杰出诗篇,在诗学上也有着精深造诣。他提出了“纯诗”的概念。他认为,真正具有深度的是纯净清澈。它不借助于外物的强力和面貌,而源于诗人内心的体察与创造。纯诗首先是一种形式,它具有优美的线条、机敏的触角、让人迷乱的瞬间以及蓬勃、奋猛的力量。瓦雷里说:“语言毕竟起源于统计,而且纯粹以实用为目的。因此,诗人的任务是必须借助这个实用的工具来完成一项从本质上来说没有实用价值的工作,创造与实际事物无关的一个世界、一种秩序、一种体制。”他的短诗《脚步》就是这样一个与实际事物无关的诗意的世界。

“你的脚步圣洁,缓慢”,这首诗中的“你”究竟指谁呢?是人,是物,还是某种情感或思想?我个人倾向于,这是一首情诗。当然,就像许多中国古诗以情诗的形式来抒发政治上的得失和历史中的沉浮,瓦雷里也完全可能以情诗的方式来表达自己心灵的期盼和对理想的渴慕。

浓缩第一句为“你的脚步是我的寂静孕育而成”,表明“你的脚步”是幻化的,来自我在寂静中的沉思,说穿了,就是白日梦。

想象中,你“一步步走向我警醒的床边”。这里的“警醒”

是警觉、随时都会醒来的意思。但由于“我的寂静”、你的“缓慢”，“我”并没有醒。正因为“我”没有醒，“你”才得以在“我”的床边成形：“脉脉含情，又冷凝如冰。”这一组含义相反的词，与其说是“你”的相貌描述，不如说是“我”的内在感受。

“纯真的人啊，神圣的影”。人，是实在的；影，是虚幻的。可见诗人一直处于梦幻状态。第二段的重心仍然在“脚步”上，“轻柔而拘束”比第一段的“圣洁、缓慢”更为真实、具体，表明“你”向“我”走得越来越近，“我”满怀渴望，猜想“你”圣洁的赤足上带着赐予“我”的“一切天福”！

第三段，“你”来到了“我”的床边，所以“步步移向”“我”的不是脚步，而是“你的芳唇”。可是，当芳唇降临时，诗人却表现出了异常的克制与冷静：“你的芳唇”亲吻的并不是“我”的嘴唇，而是“我这一腔思绪里的房客”。可见，这芳唇是虚拟的，亲吻的对象却是虚实相生——“他”是“我”，又不全是“我”，“他”是一个暂时租住在“我”思绪里的房客。

“房客”这个词译得特别好，它呈现出一种短暂的即时性。“我”在冥冥中似乎知道，这一切不过是“我”的痴念，一旦这种痴念醒来，脚步也好、芳唇也罢，俱成云烟。

唯其如此，“我”才疾呼：“不，不必加快这爱的行动”！

你千万不要太快地吻“我”，太快地结束这一场幽会，结束“我”的这一场梦幻——对于“我”，只要有这场梦幻存在，生是甜蜜的，死也是幸福的；一旦醒来，那将形同不生不死，要死不活，生不如死——因为现实中没有“我”所期待的美好和圣洁。于是，“我只生活在等待之中”，“我”宁愿永远等待，“我”那怦怦跳动的心就是“你的脚步”。

如果《脚步》是一首情诗，那么它是一首绝望之诗——心中的爱永远不会在现实中到来；如果不是一首情诗，那么它是一首希望之诗——最美好的东西永远在期盼和梦想之中。

## 即兴

[美] 爱米·罗厄尔（1874—1925）　裘小龙 译

阳光，

三棵颗金盏草，

还有一个深紫的罂粟夹——

在这些东西中我做出一个美丽的世界，

你愿意要吗——

光明、

黄金，

还有一场充满梦的睡眠？

它们当然是易碎的欢乐，

但哪里你又能找到更好的？

玫瑰不是因为久开才为人瞩目，

而六月只有三十天日子。

## 玫瑰不是因为久开才为人瞩目



在 20 世纪初叶英美意象派的诸多名流中，有一个异类叫爱米·罗厄尔。当时，英、美诗歌交流非常频繁，各种主义、流派不断更新，共同迈开探索诗歌现代性的步伐。

1914 年，爱米·罗厄尔从美国波士顿来到英国，这是一个无论为人、处世还是创作都极富个性的女诗人。她一来就看中了“意象派”这个诗歌品种，并认为应当将它在美国进行大力推广。按理，碰到这样的知音，意象派掌门人庞德先生应该高兴才对。谁知，罗厄尔是意象派的知音，却是庞德先生的克星。

英国的意象派当时内部虽有分歧，但庞德的领袖地位毋庸置疑。罗厄尔一到伦敦，就住在勃克力旅馆的豪华套间，那里风景宜人，从窗口一直可以眺望到远处的绿色公园。她租了一辆诗人们不久后就熟得不能再熟的深紫色汽车，雇了两个穿着同样颜色制服的司机，将伦敦浑然当作了自家菜园子。真是要命啊，这个女人，不仅有才，她还有钱，关键是，个性极强。只要是写诗的，没人不晓得罗厄尔生活中的两大癖好：济慈和雪茄。

庞德看不惯罗厄尔的排场、罗厄尔的性格，恨屋亦及乌，连同她的诗歌，他都不喜欢。庞德的追随者们也纷纷奋起，向“天上掉下的林妹妹”罗厄尔发难，他们说她带来的诗集《彩色玻璃的大厦》虽然流畅，却是“圆滑的，不花力气的东西”。

但必须有 16 个枕头才能睡好觉的罗厄尔可不是好惹的，她给历史悠久的伦敦带来了活力，赢得了不少粉丝，尤其是年轻诗人们，对她趋之若鹜。罗厄尔出招了！她仅用两招就击败了不可一世的庞德：

第一招，她专门举办了一个针对庞德的“波士顿茶会”，提议用美国式民主来改造大权掌握在庞德一个人手里的意象派。她认为，意象派诗人首先应该是心灵相通、意气相投的朋友，而不只是囿于一些原则和教条的同仁。

第二招，她出资每年编辑出版一本意象派诗集，请每位诗人拿出自己一年中最好的作品，诗集按诗人的姓名首字母顺序排列。罗厄尔向波士顿和伦敦两地的诗人发出邀请，其中也包括庞德，但庞德谢绝了。他通过写信的方式警告罗厄尔：“我不能信任一个民主化了的委员会来维持诗歌的标准。一些人准会立场不稳，另一些则伤感浅薄。”写了这封信后仅仅半个月，庞德看到大势已去，又给罗厄尔写了一封信，他希望用男人的大度来缓和他与女诗人之间的紧张关系。他在信中说：“我认为你的主张十分了不起。只是我觉得……你不妨用个副标题：《献给诗歌中的意象派、自由诗和其他现代派运动的一本诗集》。”这么长的书名简直是开玩笑，罗厄尔不可能答应，她坚持使用最初定下的《意象派的诗人们》这个标题，但她在广告词中依然没有撂下埃兹拉·庞德，她甚至还把叶芝和著名小说家 D.H. 劳伦斯拉了进来。庞德气得要死，又无可奈何，他恳求罗厄尔：“我想你最好还是别称自己是一个意象派。”罗厄尔对此嗤之以鼻。于是，庞德索性退出意象派，和其他几名诗人搞什么“漩涡派”去了。

罗厄尔主编的《意象派的诗人们》年度诗选一共出了三本。罗厄尔对意象派至少有两大贡献，一是这三本年选（从 1915 到 1917）还是公认地选出了意象派最为出色的诗歌；二是她将自己的“多音式散文体”风格引入意象派，形成了自由诗的一种新款式。

所谓“多音式散文体”风格，就是将散文的笔法引入诗歌，让诗歌也像散文一样能够“形散而神凝”。但是，诗歌毕竟是诗歌，你不能写成散文，这种写法就对诗歌的结构和语言要求更高了，必须非常注重“诗眼”的安设，既要玲珑剔透，又要不露痕迹。我们来看看罗厄尔的这首《即兴》。

“阳光，/ 三棵金盏草，/ 还有一个深紫的罂粟夹——”，诗人开头便列举了这三样东西，然后她说，“在这些东西中我做出一个美丽的世界”。

前面四行就已经充满想象力了，而且这是一种典型的散文写法，叙述式的，平稳地向前推进。

第五句一转，出现了对话者：“你愿意要吗——”读到这一句，我想，每一位读者都会把自己当作那个“你”，都会停下来想一想，诗人用那三样东西做出的美丽世界，我愿不愿意要？

接下来的三句，你可以看作是诗人对前面三样东西的诠释，但我更愿意看成是那个对话者“你”说的，理由是它是一个问句。“你”是一个与诗人平等的对话者，他马上明白了诗人的意思，于是说：那三样东西，你是指“光明、黄金，还有一场充满梦的睡眠？”

我们要读出的是，在这个问句后面隐含着弦外之音：这些难道不都是稍纵即逝的东西吗？你能用这三样东西做出一个世界吗，或者说你用这三样东西做出的世界会美丽吗？诗人坦然地回答道：“它们当然是易碎的欢乐，/但哪里你又能找到更好的？”想想也是，对于这个世界来说，还有什么不是易碎和易逝的？“永恒”只是一个心理概念，不是一个物理概念。全诗的诗眼就这样悄然安设：美丽的世界总是易碎的。

结尾更是“多音式散文体”自由诗的典范：玫瑰的盛开与六月的天数本来毫无关涉，毫不牵连，但因为它们可以共同服务于一个诗眼：美丽的世界总是易碎的。所以，诗人毫不犹豫地将它们罗列在一块儿：

“玫瑰不是因为久开才为人瞩目，/而六月只有三十天日子。”

诗人告诉我们，人的一生好比一朵玫瑰，因短暂而绚烂。六月正因为只有三十天日子，我们才能从月份的更替中不断进行自我更新，倘若时间没有年月日之分，那会显得多么漫长而让我们感到无聊啊！这就好比希腊神话中，太阳神阿波罗爱上了女先知西比尔，他问西比尔需要什么，西比尔说，我要永生。可她犯了一个大错，她忘了问阿波罗要永恒的青春，于是日渐憔悴，最后缩成了一具空壳。艾略特在长诗《荒原》的题记中写道：

我亲眼看见库比斯的西比尔吊在一个瓶子里，孩子们在问她“西比尔，你要什么”的时候，她回答说：“我要死。”

其实，并不是西比尔真的忘记了问阿波罗要永恒的青春，而是阿波罗压根儿就无法赐予她“永恒的青春”，因为“永恒的青春”是不可能存在的。

## 只一次，便成真

[美] 罗伯特·弗罗斯特（1874—1963）　　徐淳刚 译

别人嘲笑我跪在井沿上

总搞错光的方向，所以始终看

不深，还不如水面

映给我那个发亮、清浅的影子

好比我在夏日的天堂，神一样，

打从蕨草的花环和云朵的变幻中往外看。

有一次，当我试着用下巴贴住井沿，

我看出，如我所愿，影子下面，

透过影子，一个白色的东西，忽闪不定，

也许在深处——随即看不见。

水漾起，遮住过于清澈的水。

有一滴水从蕨草上滑落，看，一道涟漪

晃动了水底那东西，

模糊了，抹去了。那白色的东西是什么？

真相？石英？只一次，便成真。

# 我们都是跪在井沿的那个孩子



弗罗斯特在美国的诗歌史上有着非常重要的地位。如果说，惠特曼和狄金森分别从豪放派与婉约派这两个方向缔造了美国的诗歌传统，那弗罗斯特则是美国诗歌传统的集大成者，他的作品既有狄金森的简单、明净，又蕴含着惠特曼那种深厚的孤独感。诗评家们在弗罗斯特的身上贴过很多标签，有的说他是自然诗人，有的说他是玄秘诗人，有的说他是传统诗人，有的说他是现代诗人……其实，诗人不需要也不可能有这么多标签，他都是，又都不是。归根结底，“诗人”是弗罗斯特最恰当的标签。弗罗斯特颇似中国古代山水、田园诗人的风格，朴素、隐逸、隽永，自然乡土是他的灵感宝库。这在当时的西方可是一个另类。他以其独特的诗风，成为 19 世纪末 20 世纪初世界诗坛“独来独往的一匹狼”。

弗罗斯特 1874 年春天出生于美国圣弗朗西斯科乡下。他读中学时就爱上了写诗。他构思的第一首诗是在放学途中，一边走一边想，如有神助，结果到祖母家吃晚饭都迟到了。不过，他 30 岁以前写的作品很少得到发表，他不断地投稿，只是偶尔能得到稿费。直到 1912 年，他举家迁往英国，与当时红得发紫的叶芝、庞德有了交往，才诗名渐响。弗罗斯特那些极富辨识度的诗歌越来越受到同行和读者的重视，而今，他对现代诗歌的影响早已超越了叶芝和庞德。但弗罗斯特生性孤僻，他喜欢独处，喜欢与云霞泉石、花树虫鸟为伍。一到人多的场合，他就不太说话，但一说便常有惊人之语。

有一次，一个女性集会，硬是把他请去交流诗歌心得，有人问他是怎么找到闲暇写作的。他看了看场下四五百位清一色的女士，回答说："既然这里只有四五百位观众，而且全是女士，我就老实告诉你们好了——我像小偷一样偷一点，像男人一样抓一点——那么在我的罐子里就有一些闲暇了。"

还有一次，有记者问他写诗的感受。他说，诗人就像是运动员，写诗是一种表演，你在诗中可以做很多事，比喻、语调随时在变化。"我从来不愿意把所有句子一成不变地放入诗节里，每首诗就像表演上的某种成就。"我们来看看，弗罗斯特在《只一次，便成真》这首诗中是如何进行"表演"的。

没有人没做过孩子吧？但很多人没做过乡下孩子，这真是一种巨大的遗憾。随着所谓大都市不断对乡村进行吞食，这样的遗憾只会加剧。所以，我建议现在城里的年轻家长们，多把孩子带到乡下去走走，多让他们玩泥巴，认识各种动植物。井，是乡村的重要事物。以前城里也有很多水井，像我们长沙这样的山水洲城，是典型的“市井”之城；然而，城市开发让无数水井消失，变成一个个干枯、抽象、毫无诗意的地名，我单位所在的彭家井就是如此。

儿时的弗罗斯特跪在村子里的井沿上。因为年纪小，不懂得光的方向，他总是往井里看。他每次去看的时候，强烈的阳光就像调皮的鸟群，干扰着他的视线，让他看不很深。第一句“别人嘲笑我跪在井沿上”，“别人”指的是大人们。其实，大人哪里知道孩子的心思，弗罗斯特那时或许压根儿不是搞错了光的方向，而是他故意为之。孩子就是这样，你让我看不深，我偏要那样子去看。孩子气嘛！他顶多只能看到水面上自己那个发亮的、清浅的影子，好比他在夏天的原野上，从蕨草编成的花环和云朵的变幻中往外看。

大家要注意，从井沿往井里看，是自上而下；从蕨草的花环和云朵的变幻中往外看，是自下而上。诗人认为它们没有什么不同。这里表面上是对儿童容易搞错方向的一个佐证，实际上是一名儿童，或者一名诗人，将各自分隔的事物打通，形成一个“天堂”般的世界。在他们眼里，没有上下对错之分，只有好奇，只有呈现在眼前的无数奥秘。所以，孩子们都是“神一样”的人物，他们通过自己的想象力创世。

有一次，他成功了！他在与光线作斗争的过程中，不断积累经验。当他试着用下巴贴住井沿，终于发现他那个“发亮、清浅的影子”下面，有一个白色的东西，忽闪不定。但他手拿的蕨草花环上，这时突然掉下去一滴水。大家知道，一滴水落进井里，就像掉下一枚石子，水面立即涟漪荡漾，那白色的东西随着涟漪的晃动，而模糊，而消失。

这次偶发事件，给儿时的弗罗斯特以极大的震撼：那白色的东西到底是什么呢？是水底的石英，还是水本身的真相？但不管是什么，他终于看到了，仅仅只有一次，那真切的场景便永远镌刻在他的心灵和记忆里。“那白色的东西”，便永远以“某种东西”（Something）的身份，在向他发出提醒，发出叩问，以保持他对这个世界永远好奇的探寻。

弗罗斯特诗歌的玄秘性，就在于他始终关注着含混不定的“某种东西”，这是他从儿时得来的瑰宝，这是他从水井那大地的眼睛里探到的珍珠。“某种东西”是科学上的“测不准原理”，是文学上的“言外之意，意外之旨”，是现实中的存在本身，是命运中的“忽闪不定”。有评论家指出，弗罗斯特在他毕生的诗歌创作中，一共使用了 137 次 Something。

可见，诗歌要揭示的东西，与知识无关，甚至与“真相”无关，诗歌本身就是“某种东西”，就是 Something，就是未知和神秘。所以，每一个诗歌的阅读者，包括诗人自己，都是跪在井沿的那个孩子，他从里面看见自己的影子，或许还能看到影子下面那忽闪不定的“白色的东西”。但你要问那东西究竟是什么？我只能像弗罗斯特那样告诉你说是 Something。

正如有人问弗罗斯特，诗人的灵感是怎么来的？他狡黠地说，你远远地看见一个朋友从街那边走过来，突然从心底涌出一个想法，待会儿你们擦肩而过时，你要跟他说个笑话。诗歌，就是诗人突然想和自己，想和读者说的一个“笑话”。如此而已。

## 豹

——在巴黎植物园

[奥] 里尔克（1875—1926） 陈敬容 译

扫视栅栏的他的视线，
逐渐疲乏，直到视而不见；
他觉得栅栏似乎有千条，
千条栅栏外不存在世界。

老是在极小的圈子里打转，
健壮的跨步变成了步态蹒跚；
犹如力的舞蹈，环绕个中心，
伟大的意志在那里口呆目惊。

当眼帘偶尔悄悄地撩起，
就有个影像进入到里面，
通过四肢的紧张的安静，
将会要停留在他的心田。

# 无声的长啸

奥地利诗人里尔克，在中国很有名。他跟苏联诗人帕斯捷尔纳克、茨维塔耶娃之间惺惺相惜的三角恋情，是世界诗歌史上的一桩佳话。里尔克薄薄的一本《给一个青年诗人的十封信》，是我读过的最好的有关诗歌的文字。他在第一封信里这样对那位青年诗人说：

“如果你觉得你的日常生活很贫乏，你不要抱怨它；还是怨你自己吧，怨你还不够做一个诗人来呼唤生活的宝藏；因为对于创造者没有贫乏，也没有贫瘠和不关痛痒的地方。即使你自己是在一座监狱里，狱墙使人世间的喧嚣和你的感官隔离——你不还永远据有你的童年吗，这贵重的富丽的宝藏，回忆的宝库？你往那方面多多用心吧！”

二十年前，我读到这段话时，全身像触了电，我霎时明白，应该怎样去成为一名诗人。

里尔克对年轻诗人诲人不倦，可能是因为他年轻时同样受到了一位大师的悉心指点。1902 年春天，27 岁的里尔克应一家德国出版社之邀，为著名雕塑家罗丹写一本传记。当年 8 月，他第一次来到巴黎，拜见罗丹。罗丹客气地接待了他，却对他的诗集《时辰集》毫不客气地提出了批评，认为它不伦不类，喋喋不休，是一支饶舌的“即兴曲”。



如何才能避免这种“即兴”呢？罗丹告诉里尔克的秘诀只有两个字：工作。里尔克听了，十分震惊。平时听到很多前辈说，写诗只要有“灵感”就行，而罗丹矢口不提“灵感”，只谈“工作”。所谓工作，就意味着放弃无节制的伤感滥情，放弃廉价的韵律，放弃生硬的抑扬格，意味着要最大限度地浓缩题材，使其固定化、精确化。接下来的五年，里尔克将写诗当作一门手艺那样工作着，他炮制出一种“咏物体”诗歌，不再写上帝写生死写爱情，而是以具体事物为目标，用文字刻画物体的真实，他称之为“语言素描”。

《豹》便是这类咏物体诗歌中的代表作。在这首诗中，里尔克表现出自己对客观事物准确描绘与生动刻画的能力。当然，仅止于此，是不可能完成一首好诗的。诗最终要以最为精短的篇幅，实现对客观事物的超越和飞翔。

第一段："扫视栅栏的他的视线，/ 逐渐疲乏，直到视而不见；/ 他觉得栅栏似乎有千条，/ 千条栅栏外不存在世界。"

注意，标题是"豹"，是一种动物，但在诗中，诗人却用了"他"，而不是"它"。可见，这首诗写豹，又不仅仅是写豹；即使就是写豹，也是写心为物役的年代那种正在消失的英雄主义，好比虎落平川，豹困栅栏。

第二句的"逐渐疲乏"和"视而不见"两个词，把英雄落魄的过程表现了出来。"他觉得栅栏似乎有千条，/ 千条栅栏外不存在世界"便是"逐渐疲乏"和"视而不见"的结果。

第二段："老是在极小的圈子里打转，/ 健壮的跨步变成了步态蹒跚；/ 犹如力的舞蹈，环绕个中心，/ 伟大的意志在那里口呆目惊。"

我们看到，这四句话普通、流畅，将一个英雄的挣扎写得明明白白、有张有弛。翻译家陈敬容本就是非常优秀的诗人，她抓住事物的本质，将"老是在极小的圈子里打转"置于段首，平添一种悲壮感，与后面的"力的舞蹈"相呼应。"伟大的意志在那里口呆目惊"，这一句是多么朴素、有力！我个人认为，"口呆目惊"译作"目惊口呆"更符合阅读习惯。这种因强行押韵反而造成的拗口，应当在译诗中尽量摒弃。但这个小瑕疵丝毫不影响陈敬容在翻译这首诗上面的成功。

第三段：“当眼帘偶尔悄悄地撩起，/ 就有个影像进入到里面，/ 通过四肢的紧张的安静，/ 将会要停留在他的心田。”

《豹》有很多个中译本，有位叫绿原的老诗人，也曾翻译过这首诗。第三段绿原是这样翻译的：“只是有时眼帘会无声 / 掀起——。于是一个图像映进来，/ 穿过肢体之紧张的寂静——/ 到达心中即不复存在。”

我不懂德语，不知道绿原翻译的是不是更忠实于原文，但我不得不说，从诗歌的角度来看，陈敬容的翻译比绿原要好！

一只豹子在笼子里，它依然是一只豹子，有着本能的劲健与敏锐。当他感觉到人或物的影子移动时，便会本能地睁睁眼。绿原译为“掀起”显得动静过大，而且掀开眼帘是一种常态动作，诗歌语言缺乏惊喜。陈敬容译为“撩起”，将豹子受困于笼中那种警觉而又无奈的心境，将一个被困的英雄、一个无计可施的囚犯那种意绪之懒惰、斗志之消沉，刻画得惟妙惟肖。

睹影而撩起眼帘的豹子尚有山林风范。然而，他马上羞愧地意识到，自己是在笼中，有一千条栅栏围着，因而他刚刚紧张起来的四肢马上又屈辱地安静下来。

最后一句太重要了，我不知道原文如何，但就陈敬容与绿原译的这两句，我还是站在陈敬容一边！

绿原译“穿过肢体之紧张的寂静——/到达心中即不复存在”，说明译者心目中的豹子是一个“非豹”的形象，完全不堪了。可是，完全不堪，为何又有肢体的紧张呢？那种“紧张的寂静”既然能够到达心中，为什么又会不复存在呢？鸟飞过天空都会留下痕迹，何况是一只豹子的“紧张”！所以，我认为陈敬容译成“通过四肢的紧张的安静，/将会要停留在他的心田”，更为精准，更能表现出一只豹子的特性。

英雄末路，内心那无声的长啸还是有的。

## 美人鱼

[法] 纪尧姆·阿波利奈尔（1880—1918）　徐知免 译

我怎么知道，美人鱼，你的苦恼从哪里来，

每当深夜，你哀声叹息，在大海？

我跟你一样，海啊，充满了幽潜的声息，

而我那歌唱的船名字就叫作年代。

# 我那歌唱的船名字就叫作年代

有人说，我看不懂现代诗，怎么办？这里有两种情况，一种是诗本身不好，缺乏内在逻辑，让人读不懂；而更有可能的情况是，诗歌水准超过了我们的鉴赏水平，那就是对我们智力的挑战。如果我们要增加自己的内心力量，不接受这样的挑战是做不到的。所以，平时我们读网上的一些诗，读不懂，可能是诗不好；但如果一些经典名作，我们也不求甚解，甚至习惯性地排斥，那就要反省自身的阅读能力了。

法国诗人阿波利奈尔的《美人鱼》。只有短短四句，类似于中国古典诗歌的绝句，它却是一首超现实主义的代表作。

超现实主义文学诞生在20世纪初的法国，诗人们受弗洛伊德“潜意识”理论的影响，强调写作要超越现实，抒写梦境与幻境，追求奇特、微妙和陌生化的艺术效果。我们一起来剖析这首《美人鱼》，看它究竟奇在何处，又美在哪里。

这首诗的前两句其实是一句，所以那个“？”是打在了第二句“在大海”的后面，而不是第一句“你的苦恼从哪里来”的后面。这句话正常说出来应该是：“每当深夜，美人鱼，你在大海哀声叹息，我怎么知道你的苦恼从哪里来？”这样写，明白，也优美，并无不可。但有点文采的人都能这样写，这样的句子缺乏个性，缺乏一种内在节奏，它无法将诗人独特的个性体验精准地表现出来。于是，诗人要对它进行调整。





“我怎么知道，美人鱼，你的苦恼从哪里来”这样开头，首先就把“我”和“美人鱼”的关系拈了出来，用“我”和美人鱼的直接对话来奠定诗歌的整体结构。

开头“我怎么知道”，而不是写成“我不知道”，变确定为模糊，更加表现出诗人内心的那种纠结。“怎么”这个词隐含着一种更深的渴望——“我”很想知道。

在这一句中，“我”和“你”，“怎么”与“哪里”，“美人鱼”与“苦恼”，三组词语形成对峙，形成一种紧张的局面。这样一个长句，中间有两个逗号，读起来却紧迫急促，让人急于想知道下面的事情。

第二句“每当深夜，你哀声叹息，在大海？”，上面说过，末尾的问号问的是前面“从哪里来”，而不是问她是不是在大海。所以，这一句看上去有个问号，其实是一个陈述句，它起到说明与缓和的作用。前面急，后面缓，我们要细细体会这种一张一弛的内在节奏。内在节奏是现代诗的命根子。

第三、四句又有讲究。我们看到，第二句以“在大海”作结，正常的写法应该接下来写大海。所以，第三、四句的常规写法是：

> 海啊，充满了幽潜的声息。我跟你一样，
> 而我那歌唱的船名字就叫作年代。

因为海充满了幽潜的声息，所以“我”跟你一样，也在哀声叹息，不知道苦恼从哪里来。这样写并没有问题。但诗人把“我跟你一样”提到了句首，其好处有二：一是，再次认定“我”与“你”的关系，让诗歌重新变得紧张，节奏再次得到改变。“我跟你一样”这五个字很有力量，它其实是对第一句的有力回应。这种有力，不是挥拳踢腿的那种，而是一种抚慰的力量，一种同情的力量，一种让自己的心胸无尽扩展的力量。二是，让海的“幽潜”与船的“歌唱”相连，使得本诗最重要的一组词在这里相遇，将诗歌在向上的格调中推向高潮。

最后两句，“我”和“你”“海”和“船”“幽潜”和“歌唱”三组词语同样形成对峙。与前面对峙的三组词语相比，都有“我”和“你”，这是一种不变的关系，贯彻始终。而前三组词语，是在迷茫和苦恼中对峙；后三组词语，则是在探索和行动中对峙。境界完全不一样了。

结尾是我们必须重点关注的。这是全诗最有个性、最为关键的一句——“而我那歌唱的船名字就叫作年代。”



这一句通过把“我那歌唱的船”命名为年代，全诗的境界立即豁然开朗。“我”与“你”那不知从何而来的苦恼，大海那神秘的幽潜声息，一下子由一种纯粹的个人体验变成了具有普适性的人类共同经验。阿波利奈尔所处的年代如此，苏格拉底的年代、屈原的年代，乃至我们现在所处的年代，同样如此。我们都怀着像美人鱼那样不知从何而来的苦恼，但我们都在散发着幽潜声息的人生大海里一边叹气，一边航行，一边歌唱。

不说歌唱的“我”，而说“我那歌唱的船”，这样就把“我”与社会、时代紧密联系在一起。这里的“我”，不是无病呻吟、郁郁寡欢的“小我”，而是融入时代大潮的个体，是时代和社会的一员。诗中隐含的另一重意思是，即便个人命途坎坷，受尽委屈，但时代在歌唱，时代在前行，因此，我们不要自怨自艾，更不能自暴自弃，而是要跟着时代一起歌唱、一起前行。

有人说，吴老师，读你的赏析好累啊！那些句子按正常的方式说，不好好的吗，干吗要东颠西倒？的确，诗歌文本是与我们的日常口语，以及散文小说截然不同的东西，它对于普通读者来说，显得很陌生。很多人说不懂诗歌，便在于诗歌表达方式的陌生化。

但如果没有这种陌生化，诗歌就不成其为诗歌，就可能变成格言、警句；也可能变成打油诗和口水诗，网上这样的东西多如牛毛。有人会问，写作干吗要追求陌生化？又不是吃饱了没事干。但大家要知道，在日常生活中，一件事反复那样做，一句话反复那样说，就会机械化、自动化，形成难以改变的积习和惯性，久而久之，我们的感官会变得迟钝、麻木，我们的感受力和想象力将出现大面积、大幅度退化。试想想，一个人连感受世界的能力都没有了，那他活着不就变成一具行尸走肉了吗？所以，诗歌的使命就是要通过这种陌生化的表现方式，不断更新、创新我们对人生和世界的感觉，让我们从狭隘的日常关系的束缚中解放出来，摆脱惯性思维，用独特、新颖的方式，使人们在熟视无睹的事物中产生新的发现，或者发现新的联系。

## 我尽力把钟敲得很响

[西] 巴勃罗·毕加索（1881—1973） 佚名 译

我尽力把钟敲得很响
敲得钟都流出了血





惊起了鸽子
使它们绕着鸽棚不停地飞
直到跌在地上累死才算罢休

我将要把所有的门窗都用泥土封住
我将用头发把所有会唱歌的鸟儿都捉住
我想把所有的花朵都摘下
我要把小羊羔抱在怀里轻轻摇动

并用我的乳汁喂饱它
我将用悲喜交加的泪水给它洗澡
我将用孤独者的歌声伴它入眠

# 战争让诗歌变得更加锐利

有人会问，这个毕加索就是那个大画家毕加索吗？对，正是他！毕加索是 20 世纪最有名的画家之一，他还能写诗、写诗剧，则少有人知。其实，毕加索一直很喜欢文学，除了画画和女人之外，文学在他的爱好中至少可以排到第三位。毕加索在巴黎渐有名气之后，他的好朋友名单中从不缺少诗人：阿波利奈尔、艾吕雅、沙巴泰、布列顿等。尤与阿波利奈尔、艾吕雅过从甚密，比如，他写诗不打标点的习惯就是向阿波利奈尔学的。阿波利奈尔认为，标点符号是一块遮羞布，它隐蔽了文学的私处。毕加索开始不理解，后来他发现没有标点的诗歌就像一幅画，而一旦打上标点，就好像一幅完美的画面上被钉了一排钉子，太煞风景了。因此，他后来写诗就不再打标点，而且称自己不是写诗，而是“画诗”。

毕加索开始写诗的时间大约是1935年。1936年春天，《艺术手册》杂志发表了他的诗歌处女作，还配发了超现实主义诗歌发起人布列顿写的评论。布列顿在评论中热情称颂这位现代艺术大师在诗歌领域所作的探讨，他说，这些来自现实生活的诗歌，将文学、绘画、音乐融为一体，具有无穷的魅力。诗人被一种全面表现的要求迷住了，在他那里，诗歌不由自主地变成了造型艺术，就像他在绘画中所赋予的诗意一样。应该说，布列顿对毕加索诗歌创作出发点的估计是准确的，但作为毕加索的好朋友，他无形之中也拔高了毕加索当时的创作水准。而诗歌对于毕加索，那时还只是一项休闲运动，一种精神体操而已。

巧合的是，毕加索诗艺的成熟和中国文化对他越来越深的影响几乎同步。他曾与保罗·艾吕雅合作，学中国人诗画合一的搞法，艾吕雅先将自己的诗歌刻在一块铜版上，毕加索则在周围刻上插图。为了纪念这次愉快的合作，他们各自签名，并注上日期。艾吕雅注的日期是：1936年6月3日，3时15分。毕加索则是6月4日，晚了一天。

20世纪30年代，西班牙共和政府与法西斯西达党的矛盾开始激化，西班牙进入“黑暗时期”。1935年，全国工人失业者高达72万人，游行罢工声势浩大。其间，毕加索两次回到自己的祖国，为国内局势深感担忧。正在这时，法西斯分子佛朗哥悍然发动内战，残酷镇压人民的革命运动。毕加索闻之怒不可遏，拍案而起。他雕刻了两大幅铜版画，题名为《佛朗哥的梦想与谎言》，还特意配了一首长诗，并附有英、法两种译文：

孩子的哭声，女人的哭声
鸟儿的哭声，花儿的哭声
木料和石头的哭声，砖的哭声，家具的哭声
还有床、椅子、窗帘、瓶罐、猫、纸的哭声
互相缠绕的气味的哭声
烟的哭声混杂在大锅里煮沸的哭声之中
鸟群似雨，淹没大海
大海蚀毁的骨头……

真是长歌当哭啊！全世界都在哭泣，全世界所有事物都在哭泣！诗中的“大海”象征人民，“鸟群”则直指法西斯分子。诗歌与绘画虽然充当了投枪和匕首，却无法阻挡政治局势的急转直下。

德国和意大利的法西斯分子与佛朗哥狼狈为奸，使得战争愈益升级。1937 年 4 月 26 日下午 4 点 30 分，德国空军用 43 架飞机向仅有 7000 居民的西班牙巴斯克区的格尔尼卡小镇进行疯狂扫射和轰炸，历时 3 个多小时，死 1654 人，伤 889 人，小镇变成一片废墟。这一罪行引起国际舆论的强烈谴责，义愤填膺的毕加索以巨幅油画《格尔尼卡》控诉战争和暴力，呼唤和平与光明。《格尔尼卡》震撼了世界。诗人赫伯特・里德在《毕加索的格尔尼卡》一文中激动地说："他的象征是平凡的，和荷马、但丁、塞万提斯的象征一样，因为只有当最普通的事物在灌注了最强烈的感情时，一件超越所有流派的伟大艺术作品才会诞生。"

1939 年 9 月 1 日，德国法西斯以闪电战进攻波兰，战争狂飙席卷欧洲。第二年 5 月，法国沦陷，毕加索拒绝美国、墨西哥等国家欢迎他去定居的友好邀请，坚持住在巴黎。战争所造成的贫困，使绘画变成了一件奢侈的事，从而让他大大发展了自己的副业——写诗。他曾用四天时间写出一部诗剧《被尾巴愚弄的欲望》，在朋友们中间广为流传。诗人迈克尔・累斯利冒着被监禁的危险，专门为这部诗剧在自己住宅里组织了一场规模不小的朗诵会，参加者中有存在主义哲学家萨特和他终身相好的情人波伏娃。

以前，毕加索只是战争的旁观者，他为战争写的诗篇总是隔了那么一层。亲身经受过战争的迫害、威胁和洗礼，毕加索的诗歌变得更加纯粹，更加锐利，诗艺也在战争的熔炉里锻铸得炉火纯青。这时，他的诗歌已完全脱离绘画的影响，不再是颜料的堆积，而且他在绘画中所惯有的激情与理性也不留痕迹地融入诗歌的质素之中，《我尽力把钟敲得很响》便是一首典范之作。

第一段两句，可以说起首不凡。战乱不止，生灵涂炭，“我”要敲响警钟！第一句“我尽力把钟敲得很响”，“尽力”一词似乎用到顶了，第二句却在这个基础上再进一层，“敲得钟都流出了血”。

钟怎么会有血呢？平时这样说是语病，不合逻辑，但这正是诗歌的力量所在。钟明明没有血，诗人说把钟敲出血来，可见其“尽力”的程度。一般的诗人，很可能会把这两句写成“我尽力把钟敲得很响/敲得手都流出了血”，这就是很平庸的句子了。

第二段不难理解，“鸽子”是指和平鸽，它们也经常出现在毕加索的画中。爱好和平的鸽子根本无法在炮火中停歇下来，它们只能绕着鸽棚不停地飞呀，飞呀，直到累死。

第三段，诗人又出场了。战争如此疯狂，灾难如此深重，诗人在这一段一连用了四个“我”开头，以表现自己的沉痛与担当。为了不让战争伤害到这个世界，“我”恨不得把所有门窗都用泥土封住，不让炮弹飞进去伤害无辜；“我”恨不得用头发轻轻地把所有会唱歌的鸟儿都捉住，好好地保护它们；“我”恨不得把所有的花朵都摘下来，放置到另外一个春天里。

这一段最后一句“我要把小羊羔抱在怀里轻轻摇动”，与最后一段的三句形成一体。小羊羔，无疑是弱势群体和无辜民众的象征。“我”恨不得把所有柔弱都抱在怀里，“用我的乳汁喂饱它”。这里，诗人有意将自己女性化、母性化，从而让自己的悲悯与爱心表达到极致。“我将用悲喜交加的泪水给它洗澡 / 我将用孤独者的歌声伴它入眠”，正是这种母性的诠释，如歌如泣，极富感染力。

我们要注意最后一句中并置的两组词语，一组是“孤独”与“伴”，另一组是“歌声”与“入眠”。这两组词语相反，又相成，构成诗歌特有的张力，使得整首诗虽然在形式上结束了，其深远的内蕴却余音绕梁，袅袅不绝。

## 夏日之歌

[美] 威廉·卡洛斯·威廉斯（1883—1963）　裘小龙 译

月亮这个游荡者

露出了一个

略带讥嘲的微笑

对着这个晨光灿烂、露珠晶莹的

夏日早晨——

一个超然物外的

睡眼惺忪的冷漠的

微笑，一个

游荡者的微笑——

要是我能

买上一件你那种颜色的

衬衫，再系上一个

天蓝色的领结，

它们将把我带向哪里？

## 月亮这个游荡者



威廉·卡洛斯·威廉斯，20世纪初英美“意象派”诗歌的重要代表。大家知道，“意象派”的倡导者兼领袖是一个叫庞德的美国诗人，威廉·卡洛斯·威廉斯是庞德的大学同学，他们都喜欢写诗，结成了好友。所不同的是，酷好东方文化的庞德却老往欧洲跑，最终定居伦敦，在欧罗巴的上空呼风唤雨。而父母都是英国移民，并有着终身英国国籍的威廉·卡洛斯·威廉斯，在大学毕业去德国进修了一段时间后，1909年回到美国老家新泽西州的一个小城当儿科医生，直到退休，写诗一直是他的一项业余活动。

庞德的衣袋里时刻装着孔夫子的书，他经常在翻译中国古典诗歌的过程中进行再创造，形成自己的创作。因此，艾略特称他为“我们时代的中国诗的发明者”。最大胆的一次，他竟然将李白的《长干行》改写成《河上商人的妻子：一封信》。庞德到了英国之后，发现英国诗坛成了一锅八宝粥，里面有象征主义、唯美主义、浪漫主义，还有无病呻吟的维多利亚诗风、刻板生硬的伦理说教……庞德觉得，如果用从中国古典诗歌和日本俳句那里学到的“意象”，融合当时流行的柏格森的直觉主义与生命哲学，不正好能一匡时弊吗？1912年，庞德首次打出“意象派”的名号，主编刊物《自我中心者》，倡导用明快、洗练、含蓄的“中国体诗歌”来对抗19世纪末陈腐、造作的英国诗风。不仅有很多年轻的英国诗人响应庞德，远在美国的威廉·卡洛斯·威廉斯也欣然加入。他可不是来当票友的。其实，没能坚持两年，生性活泼的庞德就离开了“意象派”阵营；1917年，意象派作为一个诗歌团体宣告解散。而威廉·卡洛斯·威廉斯，刚开始加入意象派时，似乎不那么纯粹，除了简明清晰的意象、不用多余的词、多用短句等多项意象派指标与他本身的诗歌特点相一致外，他反对意象派成员的自我中心主义，反对他们因过于追求风格而矫揉造作。

威廉·卡洛斯·威廉斯主张，诗歌应当凭借自己的艺术力量来说话，他还强调美国本土风格，主张“要事物，不要概念”。然而，观其一生的诗歌创作，威廉·卡洛斯·威廉斯始终化事物为意象，以意象为语言，构筑自己隽永而鲜明的诗歌花园。就像一座花园里，能塞进任何花草，在威廉·卡洛斯·威廉斯看来，因为有了意象的作用，任何事物都可以入诗，任何事物都可以在意象的照耀下焕发诗意的光辉。可以说，威廉·卡洛斯·威廉斯是当初意象派成员中，唯一一位终身实践意象派诗歌原则的诗人。我们来欣赏他的代表作《夏日之歌》。





这是一首写月亮的诗歌。古往今来，写月亮的诗歌多矣，威廉·卡洛斯·威廉斯这首诗独特之处在哪里呢？我们发现，写月亮的名篇，一般写黄昏之月和深夜之月的多。黄昏时，“月上柳梢头”，容易引起人们的注意；深夜，“今夜月明人尽望”，注意的人就更多了。而威廉·卡洛斯·威廉斯偏偏选择清晨的月亮来写，算是爆了一个冷门。

中国古诗写清晨之月，最有名的莫过于“奉旨填词”的落魄书生柳永，其《雨霖铃》有“今宵酒醒何处，杨柳岸，晓风残月”，但他写的是“今宵”醉酒的事，“晓风残月”只是一个背景，一个时间的代名词而已。还有像唐代许浑的《晨起西楼》有句“明月下楼人未散，共愁三径是天河”，张九龄《晨出郡舍林下》的“复见林上月，娟娟犹未沉”，羊士谔《南池晨望》的“起来林上月，潇洒故人情”，钱起的“背溪已斜汉，登栈尚残月”，牡牧的“月拜西归表，晨趋北向班”，骆宾王的“变霜凝晓液，承月委圆辉”，等等，大多代指时间，与中国诗人写深夜之月大多抒发思人怀乡之情，如出一辙。

那威廉·卡洛斯·威廉斯眼里清晨的月亮，又是什么样子的？

他也没有卖关子，打头一句就是“月亮这个游荡者”。中国古诗也有写月亮游荡的，但主体都是诗人自己，不是月亮。像曹植的“明月照高楼，流光正徘徊”，像宋代诗人张先的“明月却多情，随人处处行”，像清代诗人濮淙的“一夜梦游千里月，五更霜落万家钟”。倒是我们小时候常念的童谣“月亮走，我也走”，把月亮的地位提高了，不是月亮跟着人走，而是人跟着月亮走了。

在威廉·卡洛斯·威廉斯眼里，月亮是个什么样的游荡者呢？面对晨光灿烂、露珠晶莹的夏日早晨，它露出了一个略带讥嘲的微笑。注意，这里又倒装了，但因为句式简单，所以不难理解。

“讥嘲的微笑”是这首诗前半部分的关键词，我们要理解透彻。接下来，诗人再次对“讥嘲的微笑”进行诠释——是一个超然物外的、睡眼惺忪的、冷漠的微笑；并再次进行强调——是“一个 / 游荡者的微笑”。

很显然，既然是一个夏天的早晨，既然已经晨光灿烂、露珠晶莹了，我们都有这样的生活经验，这个时候的月亮其实已经很苍白，马上就要消隐了。这个时候，月亮与早晨之间有着一种对抗，这种对抗又只有一种结局，此消彼长，月亮消而晨光长。面对这一宿命般注定的结局，月亮采取的态度是超然物外而略带讥嘲。在超然的态度下，讥嘲往往会有两个方面，一是讥嘲对手，月亮认为它的出局并不是早晨有多厉害，而是上帝安排的，所以，晨光的灿烂未免过于高调；二是自嘲，嘲笑自己只能被命运摆布，无力抗争，所以索性超脱，冷眼向洋看世界，现在消失了不要紧，到了傍晚再看我的。





诗歌的第一部分到此打止，它只是一个铺垫。第二部分也就是诗歌的最后五句，才是诗人真正要表达的，既体现了意象派诗歌的神髓，又尽显诗人不俗的才情。这个时候，诗人进来了。诗人问即将消隐的月亮："要是我能 / 买上一件你那种颜色的 / 衬衫，再系上一个 / 天蓝色的领结，/ 它们将把我带向哪里？"

这几句，不能说是诗人使用了拟人的手法，在诗人眼里，月亮就是一个人，一个穿着白衬衫、系着天蓝色领结的盛装的人。月亮异乎寻常地、庄重地走向消失，颇有点"视死如归"

的味道，只不过视死如归显得悲壮，而月亮的这种庄重更多的是平静与超脱。

将月亮作为平等的“人”对待，中国古诗最有名的莫过于李白的“举杯邀明月，对影成三人”。所以，李白无愧于一名伟大的诗人。

在这首诗中，“你那种颜色的/衬衫”应当是指月亮本身的白色，“天蓝色的领结”或许是指缠在月亮上面的一丝云彩。奇妙的是，诗人不是问，月亮，你“将把我带向哪里”？；而是问，你那种颜色的衬衫和天蓝色领结，它们“将把我带向哪里”？它一方面说明，一个人可以像月亮那样，主动地用盛装来对待宿命，命不可违，但起码，“我”可以穿好吃饱，再去赴“约”；另一方面又昭示出，月亮的消隐，它即将去的地方，并非出自月亮的本心，而是外物所致。

人的命运何尝不是如此？往往我们到达的地方，不是我们心里所想的；而即将要去的地方，又是我们所不可知的。因此，我们完全可以像早晨的月亮那样，不卑不亢，以超然物外又略带讥嘲的态度，面对现在的种种不如意，以及未来的种种不可知。没关系，现在消隐未尝不是一件好事，到了“月上柳梢头”的时候，不是更加美丽吗？

## 罗马

[美] 埃兹拉·庞德（1885—1972） 飞白 译

呵，初到罗马来寻觅罗马的游人，
你会发现罗马找不到能够称为罗马的东西，
那些断垣颓壁和宫殿的旧苑荒台，
罗马的名称只能在这些院墙之内保留。

瞧一瞧兴衰荣辱是如何发生的吧。
她曾经迫使全世界俯伏在她的法令之下，
征服了一切，如今却被征服，
因为她是时间的牺牲品，而时间荡尽了一切。

罗马是罗马唯一的最后的纪念碑，
罗马只征服了罗马这一个城市，
急速奔向大海的底伯尔河是罗马的唯一遗迹，

呵，世界，你是一场变幻无常的笑剧！

那些在时间打击下能够站稳的

它们比倏忽的时间消逝得更快。

## 罗马是罗马最后的纪念碑



20 世纪 80 年代末，我刚学写诗，漓江出版社推出的一本美国《意象派诗选》成了我的自学教材之一。小小、薄薄的一本书，墨绿色封面，至今仍像一株不起眼的野草，夹在我书架上的许多高头大著中，默默生长。庞德，便是美国意象派的领军人物。

有意思的是，这位美国诗人的创作圭臬来自东方，他的“意象论”是从中国古典诗歌和日本俳句中生发出来的，他也翻译了不少中国古诗，还有孔子的《论语》等，对东西方文化交流做出了卓越贡献。或许因为这一点，庞德在中国诗界的名气和影响都很大。他的那首只有两行的名作《地铁车站》在中国有二十多种译本。我们先来欣赏一下《地铁车站》。

杜运燮译为：“人群中这些面孔幽灵般显现；/ 湿漉漉的

黑枝条上朵朵花瓣。”

江枫译为：“这些面孔似幻象在人群中显现；/一串花瓣在潮湿的黑色枝干上。”

郑敏译为：“这些面庞从人群中涌现/湿漉漉的黑树干上花瓣朵朵”

余光中译为：“人群中，这些面孔的魅影；/潮湿的黑树枝上的花瓣。”

洛夫译为：“人群中千张脸孔的魅影；/一条湿而黑的树枝上的花瓣。”

裘小龙译为：“人群中这些脸庞的隐现；/湿漉漉、黑黝黝的树枝上的花瓣。”

我个人最喜欢飞白的译本：“这几张脸在人群中幻景般闪现；/湿漉漉的黑树枝上花瓣数点。”

上面列举的不是大诗人，就是大翻译家，他们的译法肯定各有道理。我为什么最喜欢飞白的呢？杜运燮、余光中、洛夫、裘小龙的翻译都以“人群中这些面孔”这样的句法开头，我觉得不妥。从下一句“树枝上的花瓣”这样的意象来看，诗人在这里强调的不是“人群”而是“这些面孔”。

如此一来，只有江枫、郑敏和飞白的译诗将“这些面孔”置到了句首。郑敏的第一句译成“这些面庞从人群中涌现”，遗漏了诗歌元素。因为从其他译诗来看，第一句杜运燮有“幽灵般”，江枫有“似幻象”，余光中和洛夫有“魅影”，裘小龙有“隐现”，郑敏的第一句看不到这个意思的表达。江枫的译诗呢，有两个词用得明显不如飞白好：一是“显现”这个词不如飞白的“闪现”，“闪现”更快，更有幻灭感；二是“幻象”这个词不如飞白的“幻景”，“幻象”过于模糊，远不如“幻景”清晰，只有清晰的“幻景”才能与后面的“花瓣数点”相匹配。





我个人觉得，飞白的译诗比郑敏和江枫都好的地方，是他将“这些面庞”译成了“这几张脸”。这样译，更口语化，更好读；而且，“几张”比“这些”更具体，更有故事性和戏剧性。“这几张脸”与“人群中”形成的对比，更贴合“湿漉漉的黑树枝”与“花瓣数点”形成的对比，如此形成的张力才是一首真正的诗歌名作所必须具备的。

《罗马》是庞德作品中一首迥异于他平时风格的诗歌。庞德的诗歌，因过于注重意象，或者说过于注重单个意象的营造，反而制约和妨碍了他对自己的突破。在世界诗歌史上，他是一名非常重要的诗人，却不是一名伟大诗人。因为诗歌创作，意象固然重要，但绝不仅仅是意象说了算——意象只是诗歌创作的一种手段，而不是目的。意象可以造就诗歌，但它不是诗歌本身。我们看到，《罗马》这首诗，庞德摒弃了单个意象的营造，更加注重对诗歌整体的把握，在他的诗歌中反而脱颖而出。

诗人以一个“呵”字打头，既是自己的慨叹，又收束了读者的注意力，让大家一齐进入诗境中。第一段前面两句一共出现四次“罗马”，含义各不相同。“初到罗马来寻觅罗马的游人”，前面那个“罗马”是城市名称，意大利的首都罗马；后面那个罗马则是文化名称，指古罗马。“你会发现罗马找不到能够称为罗马的东西”，前面的“罗马”依然是指罗马城，它更偏向于物质性；后面的“罗马”是指罗马之所以成为罗马的那种内核，它偏重于精神性。

从物质的角度而言，“那些断垣颓壁和宫殿的旧苑荒台”算不得什么东西吧，哪里比得上金碧辉煌的高楼大厦；但从文化和精神的角度来看，只有它们还保留着罗马可以称之为“罗马”的东西。

罗马，曾经是多么大一个帝国啊，她征服了一切，迫使全世界都俯伏在她的法令之下。然而，现在，时间征服了她，她成了时间的牺牲品。

第三段的前两行，又出现了四次“罗马”。诗人的意思是说，作为地理名称的罗马，成为古罗马唯一也是最后的纪念碑；

罗马帝国只征服了罗马城，因为现在只有罗马城还叫“罗马”，庞大的帝国早已不存。更令人沮丧的是，罗马城里能象征古罗马的东西竟只有些断壁残垣，甚至连那些断壁残垣都不是古罗马时代的，所以，真正见证过帝国辉煌的，便只有那条急速奔向大海的底伯尔河了。相比于轰轰烈烈的人类活动，大自然的“山高水长”要靠谱得多。

最后三句，诗人又以“呵”起头，发表自己的感叹，并收束全篇。“世界”主要是指人类世界，它是一场变幻无常的笑闹剧。那些高喊“人定胜天”口号的人类，他们制造各种看上去坚不可摧的事物，似乎时间拿了它们也无可奈何，殊不知，弹指一挥间，“它们比倏忽的时间消逝得更快”。这首诗让我们想起李白的“吴宫花草埋幽径，晋代衣冠成古丘”，想起刘禹锡的“山围故国周遭在，潮打空城寂寞回”，想起苏东坡的“大江东去，浪淘尽，千古风流人物”，想起王安石的“六朝旧事随流水，但寒烟衰草凝绿”，想起清代诗人陈恭尹的“繁华往事邗沟外，风起杨花无那愁”……古今中外，人事荣辱、帝国兴衰的道理都是一样的，那更加狭隘的个人功名又算得了什么呢?

庞德能写出《罗马》这样的诗篇，又深谙东方文化的精髓，对这一点倒是看得很透。他有一首诗叫《墓志铭》，也是短短的两行：

请给我写下这句话，当我过完这一生：

“他早在成名之前，便已厌倦了名声。”

## 我从火车上下来

[葡] 费尔南多·佩索阿（1888—1935） 韦白 译

我从火车上下来

对那个遇到的男人说再见。

我们在一起度过了十八个小时

并有过一次愉快的交谈，

和旅途上的交情，

而我抱歉地下了车，抱歉地离开

这偶然的、我永远也不会知晓其姓名的朋友。

我感到我眼里盈满了泪水……

每一次的告别是一次死亡。

是的，每一次的告别是一次死亡。

在我们称之为生活的火车上

我们全都是别人生活里的偶然事件，

当离别的时候到来我们全都感到抱歉。

人类的一切都令我感动，因为我是一个男人。

人类的一切都令我感动不是因为我对人类的思想
或人类的学说有一种亲合力
而是因为我对人类本身有着无限的亲情。

那个恨恨地离去的少女，
对着那所
她一直被虐待的房子，满含乡愁地痛哭……

这一切，在我的心里，是死亡和这世界的悲哀。
这一切活着，因为它死了，在我的心里。

而我的心略大于整个宇宙。

## 我的心略微大于整个宇宙

费尔南多·佩索阿是葡萄牙作家。说他是作家，很多人会不服气，因为他生前籍籍无名，只出版过一本书，比起时下我们那些著作等身的“大师”“巨匠”们，佩索阿真的不值一提。他没读过什么书，我说的是高深的学校教育。他的文学造诣也不是靠博学多识得来的，他只在韦尔德等少数葡萄牙本土作家的作品上下过功夫。他的视野谈不上开阔，略显呆滞的步子总在里斯本市道拉多雷斯街附近转悠，因为他是一名公司职员，干会计这一行，坐得多，走得少，大有中国古人“坐密室如通衢，驭寸心如六马”的味道。

佩索阿的友情圈几乎一片空白，他没有交朋友的资本，他靠叔叔引荐到里斯本的一家公司，无权可使，无钱可用，加上又无话可讲，他注定是这个世界上的一个孤独者、一个沉思者。他的社会关系很简单，上司 V 老板、同事 M 会计和 B 出纳，还有一个喜欢帮他去邮局取信的快乐男孩以及一只友好的猫。这里没有什么高雅的东西，世俗正是佩索阿的生活层面，他从不讨厌某一类人，也不特别欣赏某一种人。他看上去是那样平淡，缺乏兴奋点，也不故作消沉。从他刻板的表情里读不出沧桑感，心目中又没有伟大偶像，他说："一些先知和圣徒行走于空空的人世，他们被他们的上帝剥削。"看来，他是一个只讲实话的人。

以上这些，并不能证明佩索阿就没有艺术感悟力。相反，他在散文和诗歌创作中表现出自己卓越的才华。其实，想象力并不是一些虚浮的灰尘，而是凸现星月之光的云彩，是传送花朵芬芳的清风。我们许多作家要不混迹世俗，手中之笔如一只舍本逐末的爬虫；要不凭空瞎造，文字的气息每每随风飘散。而佩索阿告诉我们，真正的艺术应该萌芽于生命的根基，对现实充满感动。

还记得 1998 年，韩少功老师送给我一本他翻译的佩索阿的随笔集《惶然录》，扉页上有韩老师的题签："新宇，但愿你喜欢这位作家。"我一读，就喜欢上了。不仅是喜欢，《惶然录》对我影响很大，我仿照佩索阿的语录方式，写了一百多篇《生活秘笈》，这些短章刊发在《青年文学》《读者》《创作》等杂志，后来为我赢得了网络论坛颇负盛名的“新散文奖”。后来我发现，相比散文随笔，佩索阿的诗歌更好，足可跻身20世纪最伟大的诗人之列。

我的诗友韦白是佩索阿的译者。他的生活与佩索阿颇为类似，我时常在湘春路和蔡锷北路上与他劈面相遇，他独来独往于家和单位之间，表情稍显凝重，眼神于空茫中掩藏着一抹犀利和几丝忧郁，透露出他对这个世界的态度。《我从火车上下来》是佩索阿的名篇，韦白翻译的佩索阿诗集索性就以这首诗的最后一句“我的心略大于整个宇宙”为书名。





大家都有坐火车的经历吧。我们在火车上，常常会和旁边或对面的陌生人聊聊天，并结下一些或短或长的友情。诗人佩索阿也是这样，他在火车上和一位男子有过十八个小时的相聚和愉快交谈，他要下车了，交谈不得不中止，“愉快”将由此而失落，“旅途上的交情”将由此而终结。“我抱歉地下了车，抱歉地离开”，诗人为什么要对下车和离开怀着歉意呢？因为，这纯属一次偶然的邂逅，诗人连那位朋友的姓名都不知道。

有人说，你可以问他的姓名，可以留下他的联系方式呵？是的，但“留下”就有用吗？我们的笔记本上、号码簿上、手机里、电脑中，留下过多少人的联系方式和号码，能时常联系的又有几人？正因为诗人有着对于人生的通透认识，他才明白“每一次的告别是一次死亡”，而这一次告别尤其让他心动、不舍，所以，他的眼里盈满了泪水。

我们看到，“每一次的告别是一次死亡”，诗人说了两次，它不是简单的重复。第一句是对“我眼里盈满了泪水”的解释，是总结前面；而第二句加上了“是的”，是对他做出的这个人生结论的强调，是开启后面。借此，诗人将一次坐火车的经历拓展为普遍的生活经验：“在我们称之为生活的火车上 / 我们全都是别人生活里的偶然事件，/ 当离别的时候到来我们全都感到抱歉。”

生活中，邂逅这样的偶然事件数不胜数，记下对方的姓名和联系方式毫无用处，记无可记，记了也是白记。但不能因为没有用笔记下他们的姓名，我们就不会心存感动，就不会深怀歉意。哪怕是交臂、注目之间，茫茫人海，任何一次偶然的相遇、相接都是需要机缘的，古人云“百年修得同船渡”就是这个意思。

鸟在天空飞过都会留下痕迹，何况是人，哪怕匆匆一瞥，也会留下痕迹，甚至留下永远的牵念。但丁为贝雅特丽齐写《神曲》，沈从文为湘西茶峒一个女孩写《边城》，都只有匆匆一瞥而已。西晋美男子陆机说，川阅水以成川，世阅人而为世。

正因为我们像流水一般阅人无数，正因为无数互不相识的人以偶然的方式，与我们构成“关系”，才成其为我们所言的“人世间”。这就是为什么人类的一切都让诗人感动，不是因为他对人类的思想和学说有一种亲和力，而是因为他“对人类本身有着无限的亲情”。四目交会都藏着电光石火，何况他们还有十八个小时的“旅途上的交情”！



第三段有些象征意味，至少不是实指。我的理解是，佩索阿在这里将死亡比喻为一位“恨恨地离去的少女”。人类哪怕寿终正寝，也不过七八十年时光，比起自然界，比起宇宙来，不正是一位“少女”吗？而我们的生活充满苦难，人世间，人世间，人世就像一间一直虐待我们的房子。可是，每当有人离开，永别人世，我们都会怀着依恋和不舍的心情，“满含乡愁地痛哭”。

这一切，不是人类的悲哀，不是生命的悲哀，而是死亡本身的悲哀，是这个世界的悲哀——是死亡决定了死亡本身的悲剧性，是这个世界自己安排的生死秩序让它充满混乱和悲苦——然而，正是这种混乱与悲苦让我们感动，美就在于流逝，在于凋零，在于死亡。所以诗人说，这一切因为它的“死”，而永远活在“我”的心里，就像火车上的一次离别，让那场相聚变得更有分量，更有纪念意义。倘若没有“伤离别”，就永远不会有“乐相知”。

唯其如此，在诗人看来，生死如一，悲喜交融，永恒与瞬间相互包含。这一点，宇宙再大，也是感受不到的，是故才有最后石破天惊的一句：“而我的心略大于整个宇宙。”

人心，永远不可限量，宇宙也只是他思考的问题之一。大家说，是不是这样呢？

## 一曲抒情诗

[英]T.S. 艾略特（1888—1965）　裘小龙 译

如果时间和空间，如哲人们所讲，
是实际上不能存在的东西，
那从不感到衰败的太阳，
并不比我们有多大了不起。
那么爱人啊，我们为什么要祈想
活上整整一个世纪？
那仅仅活了一天的蝴蝶，一样
也把永恒经历。

当露水还在藤上颤抖时，
我给你的那朵鲜花
已经枯萎了，而野蜂还未飞去
把那野玫瑰吮吸一下。
那么让我们快去采撷新的花朵，

看到花朵憔悴，也不会泪下，

虽然我们爱情的日子屈指可数

但让他们放出神圣的光华

## 让我们快去采撷新的花朵

美国诗人庞德说，1921 年是一个伟大的文学年份，因为这一年，有两部伟大的文学作品问世，一部是乔伊斯的长篇小说《尤利西斯》，另一部就是艾略特的长诗《荒原》。艾略特在《荒原》的卷首写道："献给埃兹拉·庞德，最卓越的匠人。"——《荒原》是在庞德删削之后发表，才奠定其现代文学史上的地位。应该说，庞德是《荒原》的贵人，但他对《荒原》的评价却一点也没有偏心。现在看来，《荒原》的确是现代诗歌的一座里程碑，而在世界现代诗歌的发展史上，艾略特不仅是先锋，还是大师。所以，1948 年，诺贝尔文学奖就被他收入囊中。

我至今还记得，20 世纪 80 年代末，我第一次读到艾略特诗歌时所产生的震颤：

“四月是最残酷的月份，在死地上 / 养育出丁香，搅混了 / 回忆和欲望，用春雨 / 惊醒迟钝的根。”

“世界旋转着，像个古老的妇人 / 在空地中拣煤渣。”

“静止，就像一只静止的中国花瓶，/ 永远在静止中运动。”

要知道，我们那个时候读的是艾青的“给我生活的世界 / 我永远伸张着两臂 / 我要求攀登高山 / 我要求横跨大海”，读的是臧克家的“有的人活着 / 他已经死了 / 有的人死了 / 他还活着”……一旦接触艾略特如此意象奇谲、富有冲击力的诗句，不仅耳目一新，全身亦为之战栗。

作为一代诗歌大师，艾略特是那个时代最为杰出的代言人。他用“荒原”象征世界大战后的欧洲文明。信仰丧失，精神颓废，文明的内核受到毁灭性的摧残，就像“没有水，只有岩石”的荒原。他用“空心人”比喻身心失去依托、空虚无聊、浑浑噩噩的现代人，他心目中的“现代人”就是迷失的人、狂暴的人，是虽生犹死之人。

作为现代派的先锋人物，艾略特的问题是他时常过于显示自己的力量，他的诗歌大厦无疑是现代诗歌的标志性建筑，却也以怪异和晦涩既吸引人眼球，又让人望而却步。在《荒原》中，博学的艾略特引用了 36 名作家、56 部作品，使用了 6 种外文，自己加了 50 多条注解。这还不算大量的隐喻、暗示、联想、象征等现代兵器。

即便如此，艾略特对中国20世纪80年代以后现代诗的影响也是空前的，他甚至可以媲美于马尔克斯对于中国现代小说的影响。就拿我来说，我在1999年写的一首诗《世纪》，刊登在台北《葡萄园》杂志，其末尾“谁在沉默中抬起头来/像一枚炮弹，冲向新世纪的腹地/啊，捂住耳朵——/等待的，却是/无声无息”，就明显借鉴了艾略特《空心人》的结尾：

“世界就是这样告终，/不是嘭的一声，而是嘘的一声。”

《一曲抒情诗》是艾略特的早期作品，是艾略特诗歌中少见的比较好懂的抒情诗。这首诗有两个版本，第一个版本标题是《歌》。《一曲抒情诗》显然是《歌》修改过后的产物。将《歌》这个标题改为《一曲抒情诗》，我想，可能基于两点：一是艾略特很少写抒情诗，因此直接以《一曲抒情诗》命名不会与其他作品发生冲突。抒情诗写得多的人，一般不会起这样的标题。二是艾略特写过多首以《歌》为标题的诗作，这一首经过修改，他感觉最好，抒情意味也最浓，就换了一个标题，以示区分。

《一曲抒情诗》的开篇搬出了哲人，这只是一个幌子，哲人只是诗人的一块垫脚石。诗人说，如果哲人说得对，时间和空间实际上都是不存在的，那“从不感到衰败”的太阳也没比一下就衰老的我们有多了不起。这样的话，我们活上一个世纪和蝴蝶只活一天又有什么区别呢？可见，永恒的含义不是看所经历的时间长短，而是看你真正生活过没有。第一段很简单，诗人在诠释“永恒”。

第二段一开始，就是一个形象的比喻。中外文学作品都喜欢用“露水”来形容人生的短暂，我国的曹操就有名句：“对酒当歌，人生几何。譬如朝露，去日苦多。”艾略特也想到了露水，但他用得更绝，更有想象力：当露水还在藤上颤抖，“我”给你的那朵鲜花就已经枯萎了，连野蜂都没去吮吸一下。这里的“鲜花”是一个隐喻，通观上下文，最好的解释是“爱情”。意思是说，昔日那亲吻的滋味还在心头，“我”给你的爱情却已经不新鲜了。所以，应尽快采撷新的花朵，不断更新我们的爱情，这样即便过上平淡的日子，我们也不会因失落而流泪。何况，爱情的日子屈指可数，我们应该一起努力，让它们放射出神圣的光华！

很少写抒情诗的艾略特为什么要写这样一首诗，是心血来潮吗？显然不是。这里，要插播一段艾略特的爱情故事。1915年初，艾略特因为一个同学的介绍，结识了舞蹈家薇薇安。他迷恋薇薇安聪颖、活泼的性格，薇薇安则是艾略特最早的崇拜者和支持者之一，他们深深地相爱了。艾略特的父母听说薇薇安有过精神病史，极力反对。但两个年轻人不为所动，执意结婚。为此，艾略特不惜羁留英国，在一所中学任教，拿着微薄的 140 镑的年薪，入不敷出，艰难度日。1921 年，薇薇安精神病发作，艾略特自己也身心交瘁，几乎崩溃。他们一起去了瑞士一家疗养院，艾略特就是在那里，写下了《荒原》的大部分。1932 年，他不得不与已经发疯的薇薇安分居，但诗人一直没有放弃她，直到 1947 年薇薇安在疯人院去世。可以说，艾略特用实际行动，向自己的爱人证明了，他让他们屈指可数的“爱情的日子”，放射出了神圣的光华。

10 年后的 1957 年，艾略特才与自己的秘书弗岚切结婚，他享受了人生最后八年稳定而甜蜜的爱情生活。艾略特，他配得上这样的爱情，配得上这样的享受。

## 深色披肩下紧抱着双臂……

[苏联] 阿赫马托娃（1889—1966） 乌兰汗 译

深色披肩下紧抱着双臂……
“你的脸色今天为何憔悴？”
——因为我用苦涩的悲哀
把他灌得酩酊大醉。

我怎能忘掉？他踉跄地走了，
痛苦的嘴角已经斜歪……
我奔下楼去，连扶手都没碰，
跟在他身后，跑到了门外。

我急喘着高声喊道：“这一切
都是玩笑。你若走了，我会死掉。”
他漠然而可怕地微微一笑，
对我说：“不要站在风口。”

# 一颗高贵而优雅的心灵



阿赫马托娃出身于乌克兰的一个贵族家庭，她也是苏联乃至世界诗坛最富贵族气质的女诗人。什么是贵族气质呢?清高，坚忍，绝不苟同于流俗，又有一颗敏感的同情心；世界无法拒绝她，但她可以拒绝这个世界。正如她的第一任丈夫古米廖夫如此赞美：“你的心灵高贵而优雅——/宛如过去时代的徽章。”

阿赫马托娃原名安娜·高琏科，她一直用祖母的姓发表诗作，这是多好的一个笔名，仿佛它本是俄罗斯上空高悬的明月，只待那个高贵而优雅的女子轻轻走过去，与它合而为一。

1910 年，阿赫马托娃按下了自己人生幸福的按钮——她成为著名诗人古米廖夫的妻子。万万没想到的是，这只按钮同时也开启了她一生厄运的大幕。首先，两人婚后生活并不和谐，旋即分居，八年后离异。但他们互相尊重，一直以朋友的身份相处，而且他们还有一个儿子列夫。1921 年，有人指控生性活跃的古米廖夫参加了反苏维埃的阴谋活动，他被逮捕之后竟遭草率处决。古米廖夫无辜遇害，阿赫马托娃有诗为证："你已经不在人世间，/ 不能从雪地上站起。/ 被刀扎了二十八处，/ 又被枪击了五次。/ 我为好朋友缝制了 / 一件痛苦的新衣。/ 俄罗斯大地嗜好、/ 嗜好着斑斑血迹。"这首写于 1921 年的诗，为了避免惹祸上身，诗人不得不落款为 1914 年。

悲剧并没有完结。她的儿子曾三次被捕，在牢狱中度过了十多年。作为被处决的布尔什维克敌人的遗孀，不愿侨居国外、寄人篱下的阿赫马托娃就只有承受来自祖国的孤立与恐吓，在 1923—1940 年的十七年中，苏联没有印行过她的任何作品。这位苦行僧般的高贵女子，戴着包括神秘主义和色情狂在内的无数罪名，蒙受着常人不可想象的敌视与屈辱。直到生命的最后几年，阿赫马托娃苦难的一生才稍稍回甘，从 1958 年起，苏联开始出版她的作品集，且印数很高，都在五万册以上。她的作品被大量译介到国外，1964 年她荣获意大利埃特内·塔奥尔米诺奖，被誉为"俄罗斯诗歌的月亮"。1965 年，政府批准她去英国接受牛津大学的名誉文学博士学位。1966年，阿赫马托娃去世。诺贝尔文学奖评委会前任主席埃斯普马克对不能及时将诺贝尔文学奖授予阿赫马托娃表示遗憾。

1912年底，古米廖夫倡导发起新锐诗歌团体“阿克梅派”，他们向以象征派为圭臬的前辈大师们开火，他们反对晦涩、含糊以及虚幻想象，主张回到现实和物质世界，强调具体、清晰和确切的表达。正如主要成员曼德尔施塔姆所说：“我们赞美玫瑰，并非它是神秘和纯洁的象征，而是因为它具有形状和色彩之美。”但说实在的，在诗歌领域，任何带有倾向性的派别都不靠谱。“阿克梅派”刚一成立，主要成员戈罗杰茨基就扬长而去；不久，另两位主要成员也执意离开。这个流派便只剩下三名诗人：一个是发起人古米廖夫，一个是古的妻子阿赫马托娃，一个是阿赫马托娃的挚友曼德尔施塔姆。人数虽少，不过他们中任何一位留下，都足以让阿克梅派名垂千古。

古米廖夫和阿赫马托娃，他们是在人类情感领域吟唱的王子和公主，他们或许注定做不成夫妻，却是不折不扣的一对诗坛“双璧”。阿赫马托娃一直深深依恋着坚定执着、勇于探险的古米廖夫。古米廖夫对任何事物都有着强烈的征服欲，他短短一生几乎全扔在了路上；可阿赫马托娃的性格正相反，她一辈子就在彼得堡以及郊外生活，深居简出，她渴望安静，渴望有人陪伴，渴望深夜和爱人一起看星星，体会万物的律动。古米廖夫值得去爱，却显然不是一个这样的人。他们的性格矛盾非常突出，以至于连爱情都不得不让路。

《深色披肩下紧抱着双臂……》写于他们结婚之后的第二年，应当还是很甜蜜的时候，可从诗中出现的情况来看，他们的婚姻已然告急。或许是受阿克梅派诗歌理论的影响，阿赫马托娃的爱情诗十分具象化，她善于截取生活中的某个片断，用叙述的方式来表达自己的感情。这首诗便是典范之作。

古米廖夫披着一件深色披肩，双臂紧抱，面容憔悴。为了避免平铺直叙，诗人用了一个问句："你的脸色今天为何憔悴？"但她又不卖关子，自己迅速作答，好像生怕对方把责任揽过去似的。啊，是"我"不对，"我用苦涩的悲哀 / 把他灌得酩酊大醉"。醉，不是指真醉了，而是指一种神志不清的"醉态"。

第二段依然描述当时的场景。"我怎能忘掉？"这样一个问句表示强调，加重情感的力量。接下来两句是描摹古米廖夫的"醉态"："他踉跄地走了，/ 痛苦的嘴角已经斜歪……"这里译者为了押韵，用了"斜歪"这个词，比较别扭，还是用"歪斜"更自然。第二段最后两句是说诗人的反应："我奔下楼去，连扶手都没碰，/跟在他身后，跑到了门外。”非常生动、形象，说是小说笔法也不为过。

“连扶手都没碰”这一句又为第三段第一句的“急喘”做铺垫，还有比连扶手都不碰奔下楼更急的吗？

此前，诗人可能说了很多抱怨丈夫的话，并希望丈夫能够永远陪伴在她身边，由此气跑了身心都无法停顿下来的古米廖夫。诗人追到楼下门口，对着丈夫高声喊道，刚才“我”说的一切，都是开玩笑的，“你”如果就这样走了，“我”会死掉的。他的反应是，“漠然而可怕地微微一笑”，对“我”说：“不要站在风口。”

这一段纯然白描，是两个人对话的实录，却有如疾雷破山，惊心动魄。先是诗人以死相逼，要是别人听了“你若走了，我会死掉”这样的话那还不如临大敌，至少吓得一滚。他们俩可能是过于知根知底，古米廖夫听了这话，却只是“漠然而可怕地微微一笑”，仿佛在说，你的心思我懂；然后，用温柔的口吻告诉诗人：“不要站在风口。”

“不要站在风口”这一句真让人肝肠寸断。如果古米廖夫绝然而去，没有那勉强的微笑，更没有这“不要站在风口”的关心，那诗人早死心了，哪会如此伤心痛苦！坏就坏在，古米廖夫真心甚至是深切地爱着阿赫马托娃，以至于担心她因为站在风口而生病，但他又生性是个一往无前、不为爱情留步的人。阿赫马托娃的悲哀在于，她爱上了一个不回家的男人。这或许不是那男人的错，更不是她的错，而是爱情本身的错。

倘若爱情本身是一个错，在生活中就会铸成巨大的悲哀——不愿和别人在一起，又不能和自己所爱的人在一起。试想想，那种撕裂与孤寂，何其难受！阿赫马托娃也没有办法，她只有用诗歌的圣水，将自己的心灵洗涤得有如月色一般皎洁。这个神一般的女子！

## 三棵树

[智] 加夫列拉·米斯特拉尔（1889—1957） 陈光孚 译

三棵伐倒的树
弃在小路的边缘。
伐木人把它们遗忘
它们亲密地挤在一起交流，犹如三条盲汉。

落日的余晖
为劈开的树干涂上一层鲜血，
只有风儿
带着它们伤口的芳香飘散！

歪歪扭扭的那一棵
把巨大的臂膀和抖动的枝叶
伸向同伴
两个伤口像一双眼睛，表达着哀怨。

伐木者把它们遗忘，夜即将来到，
我愿与它们厮守在一起
用心房接受柔软的树脂，
那树脂将会像火一般把我燃烧，
而天明时我们将无声无息
被一片离别的痛苦所笼罩。

## 两个伤口像一双眼睛

南美有很多文学大腕，诗人像聂鲁达、巴斯多斯，小说家像马尔克斯、博尔赫斯、略萨等等，但南美直到 1945 年才拥有第一位诺贝尔文学奖得主。这位得主就是智利女诗人米斯特拉尔。

米斯特拉尔的原名读出来真吓人：卢西拉·德玛丽亚·德尔佩尔佩图奥·索科罗·戈多伊·阿尔卡亚加。我曾试图用三分钟时间背下这串名字，结果未遂。加夫列拉·米斯特拉尔这个笔名，来自诗人最喜欢的两个作家：意大利作家加夫列拉·邓南遮和法国作家弗雷德里克·米斯特拉尔。现在，这两位作家早已寂寂，要借米斯特拉尔来为他们扬名了。

米斯特拉尔的生平颇具励志色彩，她是典型的靠诗歌改变命运的女诗人。她的父亲是一名小学教师，据说天分很高，有七步成诗之才，但心眼也奇高，一天到晚抑郁不堪。他非常喜欢自己的女儿，她的相貌和天赋都酷似他，为了让女儿的人生比自己更顺利、更快乐，他特意修了一座小花园送给女儿。然而，可能是过于悲观消沉的缘故，他不久离家出走，从此杳无音信。米斯特拉尔 9 岁就开始写诗，做父亲的却没能看到这一切。

父亲一走，家里的顶梁柱就塌了。小孩子写诗又不能当饭吃，米斯特拉尔短暂地进过学校，却因为笨被开除。她回到家里，立志要成为一名小学教员，一是因为这是父亲的职业，二是在学校所遭受的屈辱让她认识到“教育”的真实面目，她觉得有必要去改变。于是，她刻苦自学，博览群书。1905 年是米斯特拉尔最重要的一年，她不仅通过短期培训，正式成为一名小学教师，而且她的处女作也在当地报纸上发表了。

好景不长。1906 年，她热恋一名叫乌雷特的铁路职员，可乌雷特一边与诗人谈婚论嫁，一边另有所欢。他们一起过了三年，乌雷特被生活和感情逼得走投无路，开枪自杀。这一枪，将乌雷特的性命与米斯特拉尔的爱情同时击毙，米斯特拉尔发誓终身不嫁：

“你被放在冰冷的壁龛里，/ 我让你回到明亮的人世，/ 他们不知道我也要安息在那里，/ 我们的梦连在一起。/ 我让你躺在阳光明媚的地方，/ 像母亲那样甜蜜地照料熟睡的婴儿。/ 大地变成一个柔软的摇篮，/ 摇着你这个痛苦的婴儿。/ 然后我去撒下泥土和玫瑰花瓣，/ 在蓝雾般的月光里 / 轻盈地覆盖住你。/ 我放心地远去，/ 因为再也不会有人到这墓穴中 / 和我争夺你的尸体！”

爱情与死亡成为米斯特拉尔前半生诗歌创作的重要主题。《死的十四行诗》夺得圣地亚哥“花节诗歌比赛”第一名。1922 年，美国纽约哥伦比亚大学西班牙研究院出版了她的处女诗集《绝望》，米斯特拉尔一举成名。这个几乎没上过学的女子成了智利最具国际影响力的诗人、著名的教育工作者，还有了硕士头衔和最高退休年金，并被政府任命为驻外代表，意大利、西班牙、葡萄牙、比利时、美国，满世界跑。

1945 年，更大的奇迹发生了！这一年的诺贝尔文学奖本拟授予法国诗人保尔·瓦雷里，他被推荐为候选人至少十次了。可是，这位稳操胜券的候选人真不走运，他在瑞典文学院表决之前的 7 月 20 日不幸去世，而诺贝尔奖的章程规定，不颁给死者。因此，第二候选人米斯特拉尔便脱颖而出，以其“由强烈感情孕育而成的抒情诗”荣膺桂冠。

的确，米斯特拉尔的诗歌大多是感情强烈的抒情诗，但她的很多作品在强烈的感情里融入了超凡的智性。她深情却不滥情，她总是以特有的方式将那种强烈的感情驯服在她自己的“河道”内，就像她用终身不嫁的方式来回应爱人的那一声枪响，米斯特拉尔不乏柔情，也从来不缺韧性。我们来欣赏她的名作《三棵树》吧。

三棵伐倒的树，被伐木工人丢弃在小路边。大家注意，这三棵树承受了两种悲剧，一种是被伐倒，另一种是被遗忘。但它们没有怨天尤人，而是“亲密地挤在一起交流”。树没长眼睛，互相不能看见，所以说“犹如三条盲汉”，但这并不妨碍它们“交流”，甚至还能“亲密”地交流。

第二句说，“落日的余晖 / 为劈开的树干涂上一层鲜血，”如果我们来写，一般会写成，落日的余晖为劈开的树干涂上一层鲜红。米斯特拉尔却直接用“鲜血”，更形象，也更富悲剧意味。夕阳把树干被砍后流出的汁液镀成红色，诗人将这一景象写成夕阳为树干“涂上一层鲜血”，也更突出了树的无辜与无力，它们一再遭到外力的侵犯，却只能听任摆布：“只有风儿 / 带着它们伤口的芳香飘散！”

诗人为什么要用“芳香”这个词呢？这个不难，芳香是树本来的气味，被砍的树总会散发出一种芳香来。然而，在将砍痕对应“伤口”之后，树便拥有了人性。树并不怕被砍，从它的砍痕里可以散发出芳香；树也不怕被遗忘，被遗忘了它们照样可以像盲汉那样进行亲密交流。人也应该像树那样，不畏强暴，不怕孤单，别人给我们制造伤口，我们也要从伤口里散发出“芳香”而不是仇怨来。

同时，当树被赋予人性之后，它们便会拥有更多的解读空间。在诗人看来，那棵歪歪扭扭的树把巨大的臂膀和抖动的枝叶伸向同伴，此刻，它的两个伤口就像一双表达着哀怨的眼睛。刚才不是说，要从伤口里散发芳香而不是仇怨吗？为什么这一段又说“两个伤口像一双眼睛，表达着哀怨”呢？





这就是我们要去细细领会的。此哀怨非彼仇怨也。彼仇怨是对敌手、对命运、对自然和社会的极端情绪，此哀怨却是彼此之间即将离别的一种愁绪。诗人想通过“三棵树”这样一个寓言来告诉我们，命运带给我们的痛苦和灾难并不可怕，我们无须仇怨，而且，你越仇怨将越陷入深渊而无出头之日；然而，亲人、爱人和知己之间的别离——这样一杯哀怨的苦酒，我们得喝下去，因为借此我们才能真切地品味到人与人之间的相知、相亲与相爱。

“伐木者把它们遗忘，夜即将来到”，最后一段的第一句，固然还是说树，但我们也可以理解为说人。那些被命运踢翻、伐倒的人，那些深受苦难的人，命运不曾眷顾他们，他们的夜晚即将来到。此刻，诗人挺身而出，“我愿与它们厮守在一起”！

“我”愿用自己的心房来接受那些从树的伤口中流出的柔软的树脂，那树脂仿佛从人的伤口中流出的鲜血，将像火一般把“我”燃烧。诗人在这里想说的是，如果你能对别人的苦难感同身受，那么，那些苦难就会淬砺你，造就你，提升你。所以，这个世界上所有的人，无论是不幸的还是幸运的，都与我们血肉相连，他们的伤口就是我们的伤口，他们的苦难就是我们的苦难。

最后两句，诗人回到了“离别”的主题。三棵树是一个群体，何况还有新加入进来的“我”，是群体就必然会有离别，所谓“天下没有不散的筵席”。天明时，伐木工人会来把树搬走，我们将“被一片离别的痛苦所笼罩”。诗歌到此结束，表明“离别的痛苦”是一切生命的结局。

这种痛苦从何而来？因为我们曾经相知相惜、相亲相爱，因为我们曾经互相帮助和支持，在一起吃过苦、受过难，因为我们一起紧紧拥抱过……你想想，这是多么美好的人生啊！

## 出于迷信

[苏联] 帕斯捷尔纳克（1890—1960） 阿九 译

这印着一只红橙的火柴盒

就是我的斗室。

它不是混迹数日就离开的旅店房，

而是一生的安息所。

我再一次到这里住下

却仅仅是出于迷信。

墙纸的颜色棕黄，如同橡树，

还有这门枢在歌唱。

我的手一直没有松开门闩，

任凭你挣扎着要出去。

我的额发触到了你的刘海，

我的唇遇到了紫罗兰。

亲爱的，今天你回到这里，

为了纪念那些往日；

你的长裙絮语，像一朵雪花莲

在向这四月请安。

怎能说你不是守火的圣女：

你来时带了一条小凳；

你取下我的一生，如同取自壁架，

并吹去上面的尘土。

## 你取下我的一生



1958 年，苏联诗人帕斯捷尔纳克获得诺贝尔文学奖，理由是“在现代抒情诗和伟大的俄罗斯叙事文学领域中所取得的杰出成就”。帕斯捷尔纳克获奖后的反应，极为类似 2012 年获奖的中国作家莫言。莫言的反应是“狂喜并惶恐”，帕氏的反应是：“极为感谢！激动！荣耀！惊讶！惭愧！”同一种反应，心理与文化背景却截然不同。莫言是狂吐了中国作家被诺奖（西方主流文学）压抑、漠视上百年的一口鸟气，是中国作家埋藏已久的“诺贝尔情结”的一次倾情释放；而帕斯捷尔纳克，则是因为在国内备受压抑与漠视，他很难在自己的祖国发表作品，只能靠翻译度日。莫言获奖，受到国内舆论的空前关注与吹捧；可怜的帕斯捷尔纳克，获奖四天后就被苏联作家协会开除，两年后郁郁而终。

帕斯捷尔纳克获得诺贝尔奖的作品是长篇小说《日瓦戈医生》。但在此前，他曾十次被提名，而 1958 年的授奖词也首先提到他在现代抒情诗上的杰出成就。可见，诗人才是他的第一身份。

大家知道，帕斯捷尔纳克与奥地利诗人里尔克和旅居巴黎的苏联诗人茨维塔耶娃之间，有一份奇特的三角恋情。他们三人几乎没见过什么面，但鱼雁传书让他们惺惺相惜，且心心相印，让他们的爱比任何世俗爱情都更加真诚与深切。茨维塔耶娃在给里尔克的信中如是评价帕斯捷尔纳克："他是俄罗斯的第一诗人，我深知这一点，还有几个人也知道，其余的人不得不等待他的死亡。"其实，帕斯捷尔纳克的一部诗集更不偏私地反映了当时俄罗斯诗坛的状况：《双子星座》。从诗艺上说，比他小一岁的曼德尔施塔姆足可与之颉颃；从天分上说，比他小三岁的马雅可夫斯基也毫不逊色；从气质上说，比他小两岁的茨维塔耶娃更可与之并称双璧。当然，从文学的综合素质来看，帕斯捷尔纳克无疑称得上 20 世纪上半叶俄罗斯文坛的第一人。

帕斯捷尔纳克承担了那个时代作为一名苏联作家和诗人所应该承担的所有苦难，但他又有其他作家不曾有过的幸运。比如，他父亲列昂尼德是著名的肖像画家，曾为托尔斯泰的作品画过插图。帕斯捷尔纳克四岁时就被父亲带着，见过这位万众仰望的伟人。1910 年 10 月 27 日深夜，列夫·托尔斯泰离家出走，在阿斯塔波沃火车站患肺炎病倒，11 月 7 日，一代文豪在火车站站长家的一间小屋里溘然长逝。20 岁的帕斯捷尔纳克跟着父亲，去见了托尔斯泰最后一面。我相信，这样的见面既是普通的，又是神秘的。它是死者与生者之间的双向选择，是一根链条的自然延伸和文学本身的自然生长。



因此，帕斯捷尔纳克的文学使命首先是传承，然后是创新。他在讲究节奏和韵律的基础上，大胆使用隐喻、象征等现代技法，他的诗歌时常欲言又止，他故意将诗句弄得混乱，将诗意弄得晦涩，他用母语织成的印花布，包裹着自己的内心。他不如曼德尔施塔姆直白、大胆，却有着同样坚定的意志。1945 年之后，他转向散文和小说创作，诗歌渐渐变得朴实、率真起来，他由用诗来反映现实上升为创造出了一种诗的现实。

《出于迷信》写于 1917 年夏，是反映诗人早期创作风格的一首代表作。在这首爱情诗中，我们既可以看到诗人对古典诗歌传统的继承，又可以看到他在诗歌结构与语言上的妙手迭出，这首诗集象征派的音乐感、未来派的口语化和超现实主义的意象于一身，却又有如羚羊挂角，无迹可求。

第一段，我们要注意四个表示同一事物的名词："火柴盒”“斗室”“旅店房”“安息所”。其中，“火柴盒”与“斗室”含义相同，“旅店房”与“安息所”意义相反。这一段是一个交代，也是一个结论，“迷信”的所有内容都在这里，没有什么玄乎的东西。

第二段坦陈：“我再一次到这里住下 / 却仅仅是出于迷信。”住下的理由是迷信，那迷信的理由是什么呢？答案不言自明，当然是爱情。这房间里墙纸的颜色让“我”想起“我们”橡树下的约会，更重要的是，“我”多么熟悉这扇门转轴的声音。谁都知道，门开关时，转轴发出的“吱嘎吱嘎”声音多难听，但在诗人看来，它就像“歌唱”，因为它真实记载着诗人的一个爱情故事。

第三段的这个故事说得比较模糊。“你挣扎着要出去”，而“我的手一直没有松开门闩”，这里面有冲突，因何而冲突，诗人没有说。“我的额发触到了你的刘海”，表明在这场冲突中，“我们”的身体扭结在一起了。“我的唇遇到了紫罗兰”是说，诗人向对方索吻，并亲到了对方紫罗兰一般的嘴唇。

这场冲突的结局如何，第四段的第一句透露出了重要信息：“亲爱的，今天你回到这里”。一个“回”字，表明在那次冲突中，对方最终还是“挣扎”出去了，而且很可能一去就没有回来。若干年后，“你回到这里”是因为念起昔日我们的缘分。“你”的长裙窸窸窣窣，宛如絮语，形状像一朵雪花莲。请注意，不是雪莲花，而是雪花莲。雪花莲又名雪滴花，该花洁白如雪，故有此名。它并不是开在下雪天，而是开在三到四月的早春。所以诗人说，“你”这雪花莲般的长裙，是“在向这四月请安”。

“请安”这个词藏有深意，说明诗人与对方已经和解，冲突已成过往。虽然对方离开了诗人很长一段时间，但诗人依然觉得她就像一名守火的圣女。“火”喻指爱情之火。因为，她来的时候带着一条小凳。这个让诗人非常感动，“小凳”是孩子坐的，对方带来的这条小凳表明她愿意和诗人一起，回到天真无邪的孩提时代，从青梅竹马起，浪漫他们的一生。因此，诗人最后说，“你取下我的一生”，即便经历了这么多世事，“我”心已苍老，你却像从壁架上取下一件宝物那样，轻轻吹去上面的灰尘。

是啊，人的一生要经历很多事情，圣洁的爱情也会遭遇无数坷坎，甚至受到苦难的折磨，从而闲置于岁月的墙壁上，蒙尘、蒙羞。但只要我们心存感念，心怀感恩，哪怕最终不能一起相守，也会用内心的怀想与真诚的祝福轻轻“吹去上面的尘土”。这样的爱情，它依然是陪伴我们一生的宝物，是我们永远不可能忘却的“迷信”。

## 列宁格勒

[苏联] 曼德尔施塔姆（1891—1938） 北岛 译

我回到我的城市，熟悉如眼泪，
如静脉，如童年的腮腺炎。

你回到这里，快点儿吞下
列宁格勒河边路灯的鱼肝油。

你认出十二月短暂的白昼：
蛋黄搅入那不祥的沥青。

彼得堡，我还不愿意死：
你有我的电话号码。

彼得堡，我还有那些地址
我可以召回死者的声音。

我住在后楼梯，被拽响的门铃

敲打我的太阳穴。

我整夜等待可爱的客人，

门链像镣铐哐当作响。

## 自由的悲鸣，文学的挽歌



曼德尔施塔姆，每次说起这个诗人，我就心痛。高贵如帝王，威猛如壮士，才华横溢如诗人，有一点他们与普通人是一样的。有人马上说，都会死。是呀，除了都会死，还有一点他们与普通人也是一样的，那就是，他们无法选择自己所处的时代。也就是说，他们无法选择自己的生。

曼德尔施塔姆 1891 年出身在波兰华沙的一个犹太商人家庭，他体质虚弱，身材矮小，性格孤僻，一道浓眉将面部平分成两个部分：上面是宽阔的额头，有如俄罗斯广袤的沃土；下面是峭拔的鼻梁和显得神经质的嘴唇。他的头总是朝后仰着，使得五官沉浸在一种奇特的阴影里，仿佛就是那个时代的反映。他像一根脆弱的苇草，生活不能自理，与人交往谦卑而无能，但他对诗歌有着宗教般坚定的信仰，他天生是一名诗人，来承担这个时代的黑暗与苦难。

但在苏联诗坛，曼德尔施塔姆一直是多余的，他努力不被卷进政治的旋涡，他发表的作品很少，他的诗歌总是以手抄本的形式在民间流传。他写诗，完全是由于他热爱诗歌，热爱俄罗斯。“我爱我这片可怜的土地，/ 因为别的土地我没有见过。”可是，20 世纪 20 年代之后的苏联时局让敏感的诗人伤心而绝望：“我又发出对冷漠祖国的责难……请允许我、允许我不再爱你！”一面是痴狂的爱，一面是深爱之后痛切的责问。1933 年底，曼德尔施塔姆在一场小型聚会上，朗诵了自己刚刚创作的《我们活着，不知是否在自己国土上行走》：“我们活着，不知是否在自己国土上行走。/ 十英尺之外，谁都听不到我们的声音，/ 哪里只要有一星半点儿闲话，/ 就会被克里姆林宫里的山民想到……”这个“克里姆林宫里的山民”就是斯大林。聚会之后，马上有人告密，说曼德尔施塔姆写诗讽刺我们的最高统帅和伟大领袖。

秘密警察逮捕了曼德尔施塔姆。经过著名诗人帕斯捷尔纳克等的斡旋，在布哈林的保护下，诗人逃脱了重刑加身，却逃不脱被流放的命运。他和妻子龟缩在卡马河北部的一个小镇切尔德恩，在那里患上精神分裂症，住进医院。从此，他加速了向死亡的狂奔。先是从医院的窗口跳下，自杀未遂，却摔断了肩胛骨；而后因人说情，迁回离莫斯科五百英里的沃罗涅日市，但没有工作，长期受警察监视，住在没有暖气的木屋子里，每天饥寒交迫。

1938年5月，刚刚刑满释放的曼德尔施塔姆以反革命罪再次被捕。据说，斯大林在处置曼德尔施塔姆之前，特意打了一个电话给多次为曼德尔施塔姆求情的著名诗人帕斯捷尔纳克，问他曼德尔施塔姆到底是不是一位大师。帕斯捷尔纳克说，他很赞赏曼德尔施塔姆的诗歌，但他们并不是同一个路子。帕斯捷尔纳克说的是内心话，但斯大林以一个自大狂式的政客口吻对他说："如果我是曼德尔施塔姆的朋友，我会更清楚如何来为他辩护。"他试图借此一箭双雕，既清除曼德尔施塔姆，又将一时无法清除的帕斯捷尔纳克钉在良心的耻辱柱上。斯大林挂断电话后，将曼德尔施塔姆发配到中俄交界的符拉迪沃斯托克，我们中国通常叫海参崴。1938年12月27日，已经半疯的曼德尔施塔姆在拘留所医院的板棚内落下最后一口气。他的遗体被葬在一个普通公墓里，墓号为：1142。这位时代的孤儿，就这样在蹊跷、离奇与深重的孤独和迫害中，人间蒸发。

《列宁格勒》写于1930年12月，其时，诗人对祖国爱恨交织的情感愈益折磨着他的心灵。列宁格勒本来叫圣彼得堡，曼德尔施塔姆六岁那年全家就定居在圣彼得堡市。对他来说，圣彼得堡就是故乡，就是祖国的象征。1924年，圣彼得堡易名为列宁格勒，诗人痛苦地发现，他失去了故乡。因为，名称的变化寓示着一座城市从环境、氛围到灵魂、实质的根本性改变。

诗的第一句“我回到我的城市”，诗人没有说“我回到我的故乡”，而是用了“城市”这个中性的、带着隔膜和距离的词。为什么呢？因为大家注意，诗歌的题目是《列宁格勒》，这表明诗人不认可“列宁格勒”为自己的故乡。如果题目是《圣彼得堡》，诗人可能就会说“我回到我的故乡”，那写出来的就不是这首诗而是另一首诗了。这座城市不是故乡，但“我”又是在这个地方长大，所以，“我的城市”这四个字里面深含着无奈与悲怆。

接下来，诗人选择了三个词来诠释他对这座城市的熟悉度：“眼泪”“静脉”“童年的腮腺炎”。眼泪大家都懂，静脉是人体内使得血液流回心脏的血管，这里挥洒过诗人的泪水，是诗人的歌哭之地、血脉相连之地。为什么要提“童年的腮腺炎”？显然，这是诗人难忘的记忆。但，不止于此。“童年的腮腺炎”是本诗的开关，我们一定要好好品味：童年时一场身体的疾病改变了诗人与这座城市的关系，这座城市由迁居地变成了安顿身心的故乡，诗人由迁居者变成了“城市的孩子”，他们从此相依为命。每当诗人在外漂泊久了，或者生病了，就想回到这里来。这次，他又回来了！

“鱼肝油”大家再熟悉不过，每个小朋友都要吃的，诗人从小体质不好，肯定吃得不少。他把河边路灯的灯光比喻为“鱼肝油”，可见其对故乡的怀想与依恋。然而，当他正要快点吞下这“鱼肝油”时，发现这“鱼肝油”的牌子已不是故乡圣彼得堡，而是陌生的“列宁格勒”！

他仔细打量周围，看到十二月的白昼还是那么短暂，他似乎“认出”了自己的故乡，但实在又不是的啊——这黄昏是如此阴沉，夕阳仿佛一个搅入了不祥沥青的“蛋黄”。诗人顿时觉得，故乡不在了！他本来就是“时代的孤儿”，如今连故乡都把他抛弃了，其心情可想而知。于是，他在内心里对着故乡圣彼得堡喊道：

“彼得堡，我还不愿意死：/ 你有我的电话号码。”

意思是说，故乡啊，你有“我”的电话号码，你要把丢失的“我”找回来呀！

他又继续喊道：“彼得堡，我还有那些地址 / 我可以召回死者的声音。”

意思是说，故乡，你不要丢下“我”，“我”死去的亲人都在你的怀抱里，他们的音容笑貌“我”记得一清二楚。

可是现在，这里没有一个“我”的亲人，这里是“我”完全陌生的环境，这里危机四伏，杀气重重。“我住在后楼梯”这一句，说明诗人不愿与人往来。但即便隐居在“后楼梯”那样的地方，无孔不入的秘密警察还是能够把他找到，“被拽响的门铃 / 敲打我的太阳穴”，秘密警察的嚣张跋扈可见一斑。





最后一段。“我整夜等待可爱的客人”，“可爱的”是对国家机器的一种反讽。“整夜等待”表明一种煎熬。“门链像镣铐哐当作响”，我们看到故乡圣彼得堡已被彻底异化为“列宁格勒”了，连自己家里最为普通、亲切的门链都发出镣铐般哐当作响的声音！

《列宁格勒》是曼德尔施塔姆的故乡和俄罗斯帝国首都圣彼得堡的一曲墓志铭，是自由的悲鸣，文学的挽歌，同时也敲响了专制与独裁的丧钟。1991 年，列宁格勒恢复原名圣彼得堡。而曼德尔施塔姆的《列宁格勒》将成为文学史上永恒的经典。

## 痛苦

[芬] 伊迪特·索德格朗（1892—1923） 北岛 译

幸福没有歌，没有思想，一无所有。

击碎你的幸福吧，因为它是灾祸。

幸福和睡眠的灌木里清晨的耳语一起漫步而来，

幸福随那些在蓝色深渊之上的浮云飘离而去，

幸福是正午的热度中入睡的原野

或沐浴的垂直射线下无边的大海，

幸福软弱无力，她睡眠、呼吸而一无所知……

你感到痛苦吗？她巨大而强壮，秘密地握紧拳头。

你感到痛苦吗？她在悲哀的眼睛下面带着希望的微笑。

痛苦给予我们所需的一切——

她给我们通向死亡之国的钥匙

在我们犹豫的时候，她把我们推进大门。

痛苦为孩子们洗礼，和母亲一起彻夜不眠

并打制所有结婚的金戒指。

痛苦统治着众人，她捋平思想家的前额，

她把首饰系在贪婪女人的脖颈上，

当男人从情人那里走出来时，她站在门口……

痛苦还赐给她所爱的人什么？

我所知道的仅仅如此。

她献给我们珍珠和鲜花，她给予我们歌与梦，

她给我们一千个空洞的吻，

她只给我们一个真实的吻。

她给我们陌生的灵魂和古怪的思想，

她给我们毕生最高的奖赏：

爱、孤独和死亡的面孔。

## 痛苦给予我们所需的一切



芬兰人。用瑞典语写作。出生于俄罗斯圣彼得堡。——从这三句话可以略略看出伊迪特·索德格朗“身份”的复杂。这种复杂是不是注定了她一生的坷坎命运呢？这得问上帝，但有一点是没有疑问的，这种复杂至少是她一生坷坎命运的开端。其实，索德格朗会很多种语言，德语、法语、俄语等等，据说，她最终决定用瑞典语写作，是为了纪念在她 16 岁时去世的父亲，因为她父亲说瑞典语，而索德格朗 14 岁开始写作时，用的是德语。不幸的是，在她主动选择父亲的瑞典语时，她也被父亲的肺结核选中。

芬兰的雷沃拉算得上索德格朗的老家，它在圣彼得堡的西北边，相距仅百余里。这块地方 1809 年之前属于瑞典，瑞典败给俄国后，它归属俄国，1917 年芬兰独立，它又回到了芬兰，后又被苏联抢过去，现在依然是俄罗斯的领土。

战争让人孤苦无依，索德格朗内心的另一个战场更是令她绝望——爱上了一个已婚男人。她拼尽病弱之躯，像飞蛾扑火般，奉献出自己小小的却又炽烈的灵魂："你把爱情的红玫瑰 / 置于我清白的子宫——/ 我把这瞬息凋谢的红玫瑰 / 紧握在我燃烧的手中……"结果，可想而知："你寻求一枝花朵 / 却找到一颗果实。/ 你寻求一注泉水 / 却找到一片汪洋。/ 你寻求一位女人 / 却找到一个灵魂——/ 你失望了。"



像所有才女遇到爱情浩劫一样，索德格朗在心灰意冷之后遁进了文学（诗歌）。不料，那伤心和肺结核一起，成为她怎么也摆脱不掉的两个贴身"丫鬟"。她的诗歌不受评论界待见，因为她不按格律写诗，结构松散，句子没有韵脚。1916 年，她的处女诗集问世，有评论家说，这哪是诗？分明是有意嘲笑讲瑞典语的芬兰人！只有一名叫黑格·奥尔森的评论家撰文赞叹索德格朗的才华，奥尔森想见见这位完全不同于流俗的青年诗人，可索德格朗那时正在与贫困、失眠和肺结核作斗争。她刚刚卖掉了家具，为了让那些天才的诗篇不致胎死腹中，她甚至不得不卖掉自己的内衣和一个香水瓶去换取稿纸。好在不久，索德格朗还是和奥尔森见面了，这成为索德格朗人生中最堪快慰的事件。

1923年，一生备受冷遇的索德格朗死于温暖的仲夏节。她的去世是那么不经意，仿佛一颗被扔进海底的石子，仿佛一枚悬在枝头过重的苹果啪地落了下来，仿佛一颗苍白的星星悄然消失在天际……

《痛苦》这首诗是索德格朗身心的真切写照，她的身体活在"痛苦"中，她的心灵活在"痛苦"这个词中，她的一切就是"痛苦"的诠释。我们看看，诗人如何来表现她的"痛苦"。

首先，她给痛苦树立了一个对手"幸福"——"幸福没有歌，没有思想，一无所有。/ 击碎你的幸福吧，因为它是灾祸"。句短，语重，气促，简明而决绝，有一种近乎恼怒的情绪化。显然，这些话是诗人的自语。这不奇怪，对于一个生前几乎没什么读者的女诗人来说，她的作品基本上就是对自己说的话。如此贬低、打击"幸福"，其实是劝慰自己的不幸，宽解自己的痛苦。

似乎意识到刚才的话太重、太绝，接下来语气转缓。"幸福和睡眠的灌木里清晨的耳语一起漫步而来，/ 幸福随那些在蓝色深渊之上的浮云飘离而去"，极言幸福的虚无缥缈。"幸福是正午的热度中入睡的原野 / 或沐浴的垂直射线下无边的大海"，描绘幸福的昏蒙疲弱。"幸福软弱无力，她睡眠、呼吸而一无所知……"这一句是总结，回应前面两句。从第三句到第七句一共五句中，三次出现“睡”字，可见，幸福对于诗人而言，一直就是“睡”着的——幸福的软弱、无知、乏力，并非它本身如此，而是它在诗人这里“入睡”了——诗人并不否决别人的幸福，这重意思我们一定要读出来。

“你感到痛苦吗？”这里，诗人依然是在问自己。而且，这个问句只是为了强调，并非真要索取答案，因为答案就在后面：“她巨大而强壮，秘密地握紧拳头。”这是一个强大、阴险的敌者形象，这一句我们可以理解为“痛苦”本身的形象；接下来一句则可以理解为被痛苦控制后诗人的形象：“她在悲哀的眼睛下面带着希望的微笑。”痛苦有时公然在诗人身上撒野，有时却潜伏在诗人身上，所以说“秘密地握紧拳头”，不知她何时出拳。正因为如此，所以诗人悲哀的眼睛下，总带着希望的微笑，她希望痛苦永远也不出拳，希望有一天幸福能从它的沉沉睡眠中醒来。

有一个小地方值得关注：诗人用“它”指称幸福，而用“她”指称痛苦。不知是原作如此，还是北岛在翻译时有意无意为之。以北岛的严谨风格，应当是原作使然。这一区别显示出，痛苦与诗人更为亲切，痛苦是诗人的朋友、知音，甚至几乎与诗人合而为一；而幸福，是那么遥远、陌生的事物。下面，诗人就要唱一曲“痛苦”的颂歌了。

“痛苦给予我们所需的一切”，这是一句有力的概括，就像诗歌开头说幸福那两句一样，近乎武断。可这一句看不出前面那两句的情绪化，情绪已经过滤了。这时的诗人，冷静、淡定，有着清醒的思想和清晰的条理。

这里要注意：痛苦不是给予我们一切，而是给予我们“所需的一切”。我们需要什么呢？

诗人放在最前面的，就是面对死亡的勇气。痛苦让我们拥有通向死亡之国的钥匙，“在我们犹豫的时候，她把我们推进大门”。中国有个成语叫“痛不欲生”，生的痛苦超过了死的恐惧，或者说，死的魅惑超过了生的辛劳。面对死亡的镇静与超然，常常是痛苦送给我们的礼物。

其次，“痛苦为孩子们洗礼”。每一个孩子的出生都伴随着母亲被撕裂的痛苦。母亲像死去一般的痛，换来一个新生命走向死亡的“生”。

第三，痛苦“和母亲一起彻夜不眠 / 并打制所有结婚的金戒指”。金戒指是爱的信物，是婚姻的见证，却多由痛苦打制而成。

这里，诗人用四句就实现了从死到生的跨越，中间还提到了爱。这样，生——爱——死，就构成了一根“痛苦”的链条，就像自行车一样，只有这根链条转动起来，人生才能奔跑向前。

往下，诗人着重探讨痛苦与爱的关系。前面，诗人不是提到幸福“没有思想”吗，在诗人看来，痛苦也没有思想可言。她统治众人的方式就是“捋平思想家的前额”。犹太人有句格言，人类一思考，上帝就发笑。所以，幸福也好，痛苦也罢，首先都是取消人类的思想。然后，谁贪婪，就把首饰系在谁的脖子上，让她更贪；谁偷情，她就站在门口放哨，让他们欲罢不能……





人们会问，痛苦就是这样“爱”人类的吗？诗人的回答是一个反问，这样“爱”人类有什么不好呢？既然幸福一直长睡不醒，既然它不得上帝的宠爱，在人类生活中将自己的广大地盘让给痛苦，那我们就只能按痛苦给予我们的方式去活，去爱。虽然贪婪，痛苦毕竟献给过我们珍珠；虽然偷情，我们毕竟由此得到了鲜花，有过歌唱和梦想。这总比“幸福”中的“一无所有”要好吧？

痛苦给予我们“一千个空洞的吻”，可她也给予我们“一个真实的吻”。为了这个真实的吻，“我”宁愿先踏过那一千个空洞的吻。

痛苦给予我们“陌生的灵魂和古怪的思想”——灵魂常常与肉体分离，因此灵魂是陌生的；思想每每被痛苦“捋平”，所以思想是古怪的。与“软弱无力”“一无所知”的幸福相比，我们毕生最高的奖赏都是痛苦给予的：

爱、孤独和死亡的面孔——痛苦让我们感到，我们还有爱的愿望和能力，我们能坦然面对孤独和死亡。因为痛苦，爱、孤独和死亡竟然能呈现出同一副面孔，仿佛“热烈的、美妙的、深奥的词”，它们像谁也看不见的夜里的花香，“空白潜藏于它们背后”，也许它们是那缭绕的烟雾，“来自爱的温暖的炉边”（本段引语均为索德格朗的诗句）……

索德格朗去世后，她的诗歌受到读者的热捧，她被誉为北欧现代文学史上“最伟大的作家之一”。但这个世界上，已很少有人见识过她的风采。在我的想象中，索德格朗有一句诗无异于她的自画像：

“百合花痊愈而纯净，犹如我自己的苛刻。”

## 愤怒把一个男人捣碎成很多男孩

[秘] 塞萨尔·巴列霍（1892—1938） 黄灿然 译

愤怒把一个男人捣碎成很多男孩，
把一个男孩捣碎成同样多的鸟儿，
把鸟儿捣碎成一个个小蛋；
穷人的愤怒
拥有一瓶油去对抗两瓶醋。

愤怒把一棵树捣碎成一片片叶子，
把叶子捣碎成大小不同的芽，
把芽捣碎成一条条清晰的沟；
穷人的愤怒
拥有两条河曲对抗很多大海。

愤怒把好人捣碎成各种怀疑，
把怀疑捣碎成三个相同的弧，

再把弧捣碎成难以想象的坟墓；

穷人的愤怒

拥有一块铁去对抗两把匕首。

愤怒把灵魂捣碎成很多肉体，

把肉体捣碎成不同的器官，

再把器官捣碎成八度音的思想；

穷人的愤怒

拥有一把烈火去对抗两个火山口。

## 一瓶油对抗两瓶醋



有人说，在甚嚣尘上的市场经济时代，文学尤其是诗歌被边缘化了，社会上甚至有“饿死诗人”的呼声。其实，文学没有“边缘化”一说，它始终在物质的边缘和精神的中心。每个时代都是以物质为基础，每个时代也都有自己的时代精神。物质与精神既有本能融合，又有天然对立：物质助长精神，也消耗精神；精神美化物质，也恶化物质。因此，诗人和艺术家因其精神创造的多元性与独特性，其社会地位往往不可测度，有的成为众人追捧的偶像，有的则在贫困线上挣扎。像唐代，李白是当之无愧的明星诗人，而杜甫饿死在湘江的一条船上。同是南美洲伟大的西班牙语诗人，聂鲁达获奖无数，备极殊荣；博尔赫斯因为苦苦熬到 87 岁去世时都未能获得诺贝尔奖，引起全世界“博粉”对瑞典文学院的声讨。

可是，秘鲁诗人巴列霍却饿死在巴黎1938年的受难节，那是一个雨天。

巴列霍1892年3月出生于秘鲁北部的安第斯山区，母亲是印第安人。他说："我降生那天，上帝病了，病得很重。"这是不是昭示着他此生"神授"的坎坷？巴列霍中学没毕业就走出校门自谋生路了，先后当过乡村教师、厂矿职员、新闻记者。1920年因思想激进被捕，在监狱里的那一百天让他有了离开祖国的想法，1923年终于得以成行。不过，诗人预感到自己前途不妙，他在奔赴法国之前的一首诗中写道："在那里，我将吃石头。"他还用诗歌准确地预言了自己的死期："我会死在巴黎，在一个下雨天。"

虽然这个世界痛苦在增加，巴列霍却时刻能感到上帝在他体内行走，"像施舍者，他慈善又悲伤"，但上帝施舍给他的慈善远远少于悲伤。1930年，他去了西班牙，在那里打仗，写诗，加入共产党，依然无法改变饥饿与孤独的处境。他肚子不饱，诗名不响，徒有热情，感受到了上帝，却看不到光，更看不到食物。他完全靠神性营养诗歌，靠诗歌支撑脊骨。对他来说，饿死事小，不写诗事大。他所有的预言都对了，包括他身后的荣誉：

"他们在他死后搜他，吃惊地发现/他身体内还有一具身体，大得足以 / 容纳世界的灵魂，/ 口袋里有一支死汤匙。”

与其说这是一首诗歌，不如说这是一篇神谕。身体成了遗体，“身体内还有一具身体”，无疑那是精神之体、诗歌之体。巴列霍死后，他的诗名越来越响，人们越来越感受到他诗歌的重要性，就像他当初感受到上帝的重要性一样。

“口袋里有一支死汤匙”，他再次预言自己饿死的命运，他几乎是像耶稣那样，亲手把自己送上绞架，以警醒人类——诗歌的口袋里有一支死汤匙，或许预示着整个人类都将死于饥饿——精神的极度贫乏。

《愤怒把一个男人捣碎成很多男孩》，两个关键词分别是“愤怒”和“捣碎”。因何而愤怒呢？诗人没明说，但每一段的第四句露出端倪，“穷人的愤怒”。穷人的愤怒，自然是因穷困而愤怒了。

“愤怒把一个男人捣碎成很多男孩”，“男人”是大的概念，“男孩”是小的概念，所以把男人捣碎成很多男孩。这还不成，还不足以止住愤怒，于是继续捣，又把男孩捣碎成许多鸟儿，把鸟儿捣碎成一个个小蛋……这三句诗表明，随着愤怒越来越巨大，它能把男人捣成越来越碎的东西，最终把男人捣碎成一个个小蛋：因为愤怒，一个人变得越来越不像人，越来越卑微、渺小，越来越没有尊严。

穷人的愤怒，无力对抗外部世界，无力与富人抗衡，他们的愤怒，就是“一瓶油去对抗两瓶醋”的愤怒，除了自残、自虐、自卑、自弃，他们根本改变不了这个世界。

如果说，第一段的愤怒造成了穷人“体积”上的缩小，一个男人变成一个个小蛋，那么第二段的愤怒则造成了“形态”上的倒退。愤怒把一棵树捣碎成一片片叶子，把叶子捣碎成大小不同的芽，把芽捣碎成一条条清晰的沟——把男人捣碎成蛋，蛋或许还是男人身上的一部分；把一棵树捣碎成一条沟，则那棵树完全不存在了。

穷人的愤怒，好比“拥有两条河曲对抗很多大海”。河曲是河流拐弯的地方，这种地方一般水流不快，而且水流方向分散，形成一个个单独的漩涡。它如何能与一望无边、波涛汹涌的大海抗衡呢？又何况是“两条河曲对抗很多大海”！以卵击石，或许就是这个意思。

如果说第二段的愤怒造成了“形态”上的倒退，那第三段的愤怒则造成了“本质”上的异化。“愤怒把好人捣碎成各种怀疑，/ 把怀疑捣碎成三个相同的弧”——“好人”本是无可置疑的，现在被愤怒捣碎成了怀疑。“三个相同的弧”是什么意思呢？我们知道，括弧由两个方向相反的弧构成，括弧里面的内容表示一种解释、说明或者补充。“三个相同的弧”则表明括弧只有一边，没有另一边，这样的弧别说三个，就是再多，也毫无意义。把一个好人捣碎成毫无意义的弧还不算，还要继续捣，直到把“弧捣碎成难以想象的坟墓”。

因为愤怒，像一块铁那样本分、老实、沉厚的“好人”，最终在与“两把匕首”的对抗中走进难以想象的坟墓。“两把”，可以是虚指，也可以是实指。虚指意思是多，以二敌一，以多凌寡；实指，则这两把分别是自身愤怒的匕首和对方镇压愤怒的匕首。对这两者，穷人都无法招架。



如果说第三段的愤怒造成了“本质”上的异化，那最后一段的愤怒则造成了“精神”上的毁灭。“愤怒把灵魂捣碎成很多肉体”——消灭了灵魂，只留下肉体，行尸走肉就没有愤怒可言了。“把肉体捣碎成不同的器官”——连肉体都捣碎了，只剩下器官。完整的肉体还可能生长思想，单纯的器官则绝无思想可言了。所以，第三句是一个反讽：“再把器官捣碎成八度音的思想”——器官或许可以制成好玩的乐器，但从那乐器里冒出的“八度音的思想”不可能是器官本身的，而只可能是吹奏者的。

那吹奏者是谁？是两个火山口。而穷人的愤怒，顶多不过是一把烈火。用一把烈火去与两个火山口进行对抗，其结果可想而知。

公元 759 年，唐代诗坛的巨星李白在流放夜郎的途中遇赦放还，路经江夏（现武昌），邂逅好朋友韦冰。他乡遇故知，加上千杯酒下肚，郁积于胸的愤怒来了个大爆发，李白沉痛激越地对南陵县令韦冰说："我且为君槌碎黄鹤楼，君亦为吾倒却鹦鹉洲。"

李白此言当时实在是惊世骇俗，但与巴列霍《愤怒把一个男人捣碎成很多男孩》中的绝望相比，就只算得上酒后的游戏之词了。在 20 世纪的伟大诗人中，美洲的巴列霍和欧洲的保罗·策兰最具有"人子"气息，他俩以先知的气度承担着人类无法回避的苦难。

## 像这样细细地听

[苏联] 茨维塔耶娃（1892—1941） 飞白 译

像这样细细地听，如河口
凝神倾听自己的源头。
像这样深深地嗅。嗅一朵
小花，直到知觉化为乌有。

像这样，在蔚蓝的空气里
溶进了无底的渴望。
像这样，在床单的蔚蓝里
孩子遥望记忆的远方。

像这样，莲花般的少年
默默体验血的温泉。
……就像这样，与爱情相恋
就像这样，落入深渊。

# 与爱情相恋，或落入深渊

普希金是俄罗斯诗歌的太阳，阿赫马托娃是俄罗斯诗歌的月亮，那茨维塔耶娃是什么呢？我觉得，她是俄罗斯诗歌一束永不熄灭的火焰。相较于普希金的光华与阿赫马托娃的静气，茨维塔耶娃更富有激情，也更害怕孤独；相比于帕斯捷尔纳克的内敛和曼德尔施塔姆的敏感，茨维塔耶娃更充满意趣，也更追求完美。唯其如此，茨维塔耶娃在世俗生活中人际关系一团糟，她和丈夫关系不好，儿子也常常对她恶言相向。

茨维塔耶娃对爱情有一种天然的渴望，爱情就像她身边的阳光和水，不可或缺，但她无法从身边人那里得到这种美好的东西。于是，便产生了她与帕斯捷尔纳克和里尔克之间那柏拉图式的恋情。1926 年 8 月，在心里和纸上热恋的茨维塔耶娃和里尔克筹划着能在第二年春天见上一面，可里尔克病情日益加重，茨维塔耶娃又身无分文，春天近在咫尺，会期却无限遥远。终于，里尔克一病不起，撒手人寰。茨维塔耶娃闻讯，悲伤地写了一封悼亡信："我与你从未相信过此世的相见，一如不信此世的生活，是这样吗？你先我而去（结果更好！），为着更好地接待我，你预订了——不是一个房间，不是一幢楼，而是整个风景。我吻你的唇？鬓角？额头？亲爱的，当然是吻你的双唇，实在地，像吻一个活人。"读来令人潸然动容。



1928 年，茨维塔耶娃在巴黎出版诗集《离别俄罗斯以后》。可能连她自己都没想到，这是她生前发表的最后一部作品。1939 年，她随丈夫和女儿回到苏联，直至去世，她仅仅发表了一首早期的诗歌。1941 年 8 月 31 日，在德国军队、孤独、穷愁和被敌视的多重围困之下，连诗歌都无法支撑起一个天才诗人的脊梁，茨维塔耶娃悬梁自尽。没有任何人参加她的葬礼。1960 年，刚从劳改营释放出来的诗人的姐姐阿娜斯塔霞，风尘仆仆来到卡马河畔的小镇叶拉布加。那里的人带着她来到一座公墓，指着一抔微微凸起的黄土说，这就是诗人的葬地。阿娜斯塔霞满含热泪，在那抔黄土上竖起了一个简单的木制十字架，并注明茨维塔耶娃的出生和死亡日期。人世间，为何如此充满悲凉！好在，一位伟大诗人的归宿永远在一代又一代读者那里。那些皇陵里的锦衣玉食者如今安在哉？茨维塔耶娃的诗歌却仍然在“以星子和玫瑰的方式”生长。

茨维塔耶娃在长达十七年的流亡生涯中创作了自己最好的作品，因而相对于俄罗斯本土诗人，她视野更开阔，表现手法更多样，更具有创新精神。

据说，诺贝尔文学奖获得者布罗茨基曾在一次国际研讨会上宣称：茨维塔耶娃是20世纪最伟大的诗人。有人问：是俄罗斯最伟大的诗人吗？他答道：是全世界最伟大的诗人。那人又问：那么，里尔克呢？布罗茨基有些气恼地说：在我们这个世纪，再没有比茨维塔耶娃更伟大的诗人了。

布罗茨基最喜欢茨维塔耶娃肯定有他的道理，他们都是流亡诗人，都有极强的原创性与表现力，都以诗歌为武器抗拒而不是融入现实，他们身上都有一种诗意的，却又是毫不妥协的精神。

其实不仅仅是布罗茨基，茨维塔耶娃的粉丝大有人在。比如我。同时代的六位俄罗斯诗坛巨擘是阿赫马托娃、叶赛宁、帕斯捷尔纳克、曼德尔施塔姆、马雅可夫斯基、茨维塔耶娃，我个人也最喜欢茨维塔耶娃，随后的顺序是马雅可夫斯基、曼德尔施塔姆、阿赫马托娃、帕斯捷尔纳克和叶赛宁。

《像这样细细地听》是一首很美的诗，美得让人心颤。茨维塔耶娃的诗内涵丰厚却从来简洁如水，时而活泼似雨，时而流动成河，时而跳脱像溪流，时而飞跃成瀑布。那些经过精心修饰的诗句一入眼，一过口，仿佛电流一般击穿我们的身体，直抵灵魂。

像这样细细地听，听什么呢？就像河在入海口倾听自己的源头。长河入海，总有几百数千里吧，入海之前要倾听到自己的源头，该有多难！所以诗人说要“凝神”，要“细细地听”。

像这样深深地嗅，嗅什么呢？嗅一朵小花，一直嗅到自己的知觉化为乌有，也就是一直嗅到那朵小花成为你知觉的一部分，一直嗅到你完全把那朵小花纳入了自己的内心。

就要像这样，在蔚蓝的空气里将自己融进无底的渴望之中，好比一个孩子躺在蔚蓝的床单里，痴痴地遥望“记忆的远方”——一个孩子能有多少记忆？一个孩子“记忆的远方”又能有多远？那他遥望的是哪里呢？同样是源头，生命的源头，记忆的源头，爱的源头。

第三段，我们说俗一点，就是要点题了。所以，已长成莲花般纯洁、华美的少年啊，你要默默体验那女孩献给你的“血的温泉”。你从母亲子宫里出来时，同样泅渡过这汪温暖的血泊。所以，你要像河流凝神倾听它的源头那样，像把一朵小花融入自己身心那样，像将渴望融进蔚蓝空气里那样，来默默体验女孩奉献给你的贞洁之身、处女之爱。

最后两句是典型的茨维塔耶娃风格："……就像这样，与爱情相恋／就像这样，落入深渊。"意思是说，少年，如果你能做到这样，那你恋着的就不仅仅是这个女孩的身体，还有爱情：你将超越具体的物质世界，尽情遨游在爱情的深渊。

茨维塔耶娃和阿赫马托娃都是爱情诗创作的"圣手"，但她俩的风格差异很大。阿赫马托娃擅长截取日常生活的片断，来凸显情感领域里的矛盾与冲突；而茨维塔耶娃善于连接不同的意象，营造出电光石火般的情爱感受。阿赫马托娃可以没有爱情，没有爱情她就靠诗歌来维持身心；茨维塔耶娃不能没有爱情，没有爱情就没有她的诗歌和身心。

茨维塔耶娃曾经叹息地说："我与我的世纪失之交臂。"然而，她赢得了永恒。

## 诗艺

[美] 麦克利什（1892—1982）　汤永宽 译

一首诗应该默不出声但可以触摸得到
像一只浑圆的果实

它喑哑无声
像拇指抚摸那古老的圆雕纹饰

它静悄悄的像那被衣襟磨损
长出了青苔的窗台石

一首诗应该缄默无语
像群鸟飞翔

一首诗应该在时间中凝然不动
像明月攀登天穹

像明月一个枝丫一个枝丫地

解放那被夜色缠住的树林

像明月遗忘残冬

一片记忆一片记忆地从心头离去

一首诗应该在时间中凝然不动

像明月攀登天穹

一首诗应该等同于

虚妄

对于一切悲苦的历史

像一条空阔的门道和一片槭树叶

对于爱

是慰藉的绿草和海上的两盏明灯



一首诗不应该说明什么

只是为了存在

## 一首诗像明月攀登天穹



美国诗人麦克利什活了整整九十岁，即便如此长寿，他也没有获得诺贝尔文学奖。不过，这没有关系，他是三次普利策奖获得者，还获得了国家图书奖和博林根奖。这众多奖项中，有一项让其他诗人望尘莫及，那就是他的电影剧本曾获得过奥斯卡奖。

麦克利什曾在耶鲁大学和哈佛大学这两所世界名校学习过，专业都不是文学。他从事过很多工作，当过兵，开过律师事务所，做过新闻记者和杂志编辑，在哈佛大学当过法学教授，还担任过国会图书馆馆长和助理国务卿这样的要职。这些事情看上去和诗歌没什么关系，但麦克利什把每一样工作都做得很好，因此，他的声望和地位也越来越高。1937 年，美国召开第二次作家大会，麦克利什荣任大会主席；1946 年，联合国教科文组织在巴黎召开第一次大会，麦克利什同样是大会主席。

如上所说，麦克利什只是一名业余诗人，但他的诗歌水平一点也不业余，相反，还颇有学院派的风范。

诗歌本身作为一首诗的主题，这种情况并不多见。像秘鲁诗人聂鲁达写过《诗》，谈的是某首诗的形象如何在诗人心中形成，和麦克利什的《诗艺》有异曲同工之妙。聂鲁达说“她没有形体面貌，/ 可她又能把我抚摸”，就很像麦克利什的“它喑哑无声 / 像拇指抚摸那古老的圆雕纹饰”，聂鲁达说“这诗句含糊不清，宛如没有躯体”，与麦克利什的“一首诗应该等同于 / 虚妄”意思也差不多。不同的是，聂鲁达的《诗》，诗人“我”依然是主体，而麦克利什的《诗艺》，主体是“诗”。

希腊诗人埃利蒂斯写过《致诗歌》，目的是要发挥诗歌投枪匕首的作用，让诗歌成为善神的武器，与麦克利什《诗艺》的纯粹讨论截然不同。但《致诗歌》起首就将诗歌比喻为“未成熟的酸橙”，和《诗艺》的开头说一首诗应该“像一只浑圆的果实”不谋而合。

美国诗人威廉·卡洛斯·威廉斯也写过一首《诗》，那是一首典型的意象派诗歌，简单而晦涩。威廉斯说，诗就像猫爬过果酱柜的顶部，小心地先伸出右前脚，接着后脚伸下去，到空空的花钵的洞穴中。这完全是一种个人体验，很难有共通性，但这首《诗》与麦克利什的《诗艺》都在不同程度上描绘了诗歌创作的神秘色彩。

我们可以大致将《诗艺》分为三个部分，它的第一部分是前三段，说的都是诗歌的触感。

麦克利什认为，一首诗就是一件浑然天成的物品，它首先是没有声音的，三段分别用了“默不出声”“喑哑无声”“静悄悄”三个词，不惮其烦；然后它是可触摸的，三段分别用了“触摸”“抚摸”“磨损”三个词，而且每一段都设了一个比喻来强调。

第一段说一首诗应该“像一只浑圆的果实”。以果实喻诗并不新奇，前面说过埃利蒂斯就将诗比喻为“酸橙”。中国古诗写水果的不少，将诗比喻为水果的却不多，司空图《诗品》中以“碧桃满树，风日水滨”喻指纤秾体，以“雾余水畔，红杏在林”喻指绮丽体，风格略似。但认为诗歌应当具有“浑圆”状态的，则不鲜见：《诗品》的第二十四体“流动”，第一句就是“若纳水輨，如转丸珠”。南朝诗人谢朓在谈到诗歌时，深有体会：“好诗圆美，流转如弹丸”。苏东坡在《送欧阳弼》一诗中说：“中有清圆句，铜丸飞柘弹。”都属此类。

第二段说一首诗应当“像拇指抚摸那古老的圆雕纹饰”。古老的圆雕纹饰当然是喑哑的，但它经历过数代人的抚摸，变得莹洁闪亮，就像会说话一样。所以，一首好诗它的质地必然是古雅的，它包蕴着很多故事、很多经历、很多“抚摸”，它不说话，却有很多话。在这里，阅读就是一种“抚摸”，而“抚摸”则是一种交流，双向的。你在抚摸圆雕纹饰的同时，圆雕纹饰也在抚摸你。同理，你在阅读一首诗的同时，那首诗也在阅读你。



第三段将诗歌比喻为一块窗台石。那是一块怎样的窗台石呢？除了“静悄悄”之外，它还被衣服磨损，并且长出了青苔。“衣襟磨损”必然有一个穿衣之人，他或许就是诗人，诗人喜欢凭窗眺望或者沉思，很多诗歌或许就是这样产生出来的。诗人的衣服“磨损”了石头，铸就了诗歌，在诗人眼里，石头与诗歌就合二为一了。

从第四段到第八段为《诗艺》的第二部分，主要探讨诗歌的姿态。前面谈到诗歌触感的时候，麦克利什认为诗歌应该是一件物品，无声却可触。现在要谈诗歌的姿态了，诗人该如何表述？第四段第一句“一首诗应该缄默无语”，承上启下，看上去与第三段的第一句没啥区别，可接下来一句“像群鸟飞翔”，一反前面的舒缓、宁静，立即动感起来。群鸟可以“缄默不语”，它飞翔的形象却是优雅而超迈的。可见，一首诗，一首“缄默不语”的诗，它不能呆板，不能僵化，而应像飞翔的鸟群，充满律动和节奏。

第五段非常重要。“一首诗应该在时间中凝然不动”，注意，诗人没有说应该在空间中凝然不动。在空间中凝然不动那就是真的不动，而在时间中凝然不动，是说它应该在时间中有自己永恒的位置，而在空间中它是动态的，所以说，它“像明月攀登天穹”。明月攀登天穹时，是动的；但天天晚上由明月而不是其他东西来攀登天穹，这是“凝然不动”的。

第六、七段是通过具体的意象和细节，来诠释“明月攀登天穹”与诗歌的内在关系，这也是本诗最美的两段：像明月一个枝丫一个枝丫地，解放那被夜色缠住的树林，说明诗歌应当给万物带来光明；像明月遗忘残冬，一片记忆一片记忆地从心头离去，说明诗歌应当给生命带来温暖。

也就是说，能给万物带来光明和给生命带来温暖的诗歌，才会有明月那样“在时间中凝然不动”的质地，也才会有“像明月攀登天穹”那样优美的姿态。

是故，第八段，诗人意犹未尽地重复了第五段：“一首诗应该在时间中凝然不动 / 像明月攀登天穹”。这一重复的另一个妙处是，它使第五段到第八段成为一个闭合的圆，这四段既是《诗艺》这首诗的有机组成部分，又可以拿出来成为一首独立的诗。这就叫“诗中有诗”。这种技法本是现代小说发明的，塞万提斯的《堂吉诃德》开其先河。秘鲁小说家略萨曾写过一本小书《中国套盒》，将这一大故事中有小故事、故事套故事的写法命名为“中国套盒”。麦克利什在这样一首不是讲故事的诗歌中，将这一手法运用得如此高妙，只能说他是艺高人胆大。





最后四段是本诗的第三部分，说的是诗歌的作用。第九段让人惊讶：“一首诗应该等同于 / 虚妄”，这是怎么回事？一首诗应该等同于虚妄？是的，诗人的意思是说，不要夸大诗歌的作用，一首诗只是一首诗，世界上多一首诗少一首诗又能有多大区别？这好比，一片绿叶、一根小草能起多大作用？世界上多一片叶子少一片叶子又有什么差别？

但我们想想，要是世界上没有绿叶、没有小草呢？那会是一个什么样的世界！诗歌同样如此，一首诗是虚妄的，诗歌本身却不可或缺。诗歌或许没有实用价值，它有的是“虚妄”价值，比如，对于一切悲苦的历史，它可以像一条空阔的门道，让那些被压抑的人透口气；它可以像一片槭树叶，槭树的汁液甘甜，可制糖，它可以在一切历史中酿出悲苦里面的甘甜。而对于爱，它应当成为慰藉的绿草和海上的明灯，绿草可以绵延到天际，明灯可以照亮深重的黑夜。这都是诗歌必须去承担的事情。

可见，诗歌的作用说大就大，意义非凡；说小也小，几同虚妄。一首诗看上去不算什么，但没有诗，没有文学，人类的精神领域将一片荒芜。所以，麦克利什最后得出的结论是：“一首诗不应该说明什么/只是为了存在”。

诗，仅仅是一种存在。你可以一辈子不读诗，无视这种存在，然而，它绝不会因为这种无视就不存在。它是永恒的存在，而我们，未见得是。

## 已经过了一点

[苏联] 马雅可夫斯基（1893—1930） 陈黎 张芬龄 译

已经过了一点。你一定已就寝。

银河在夜里流泻着银光。

我并不急，没有理由

用电报的闪电打搅你，

而且，如他们所说，事情已了结。

爱之船已撞上生命的礁石沉没。

你我互不相欠，何必开列

彼此的苦难，创痛，忧伤。

你瞧世界变得如此沉静，

夜晚用星星的献礼包裹天空。

在这样的时刻，一个人想起身

向时代、历史、宇宙说话。

## 向时代、历史、宇宙说话



我曾在博客上列举过我心目中20世纪十位最伟大的诗人，分别是：英国的艾略特、以色列的阿米亥、奥地利的里尔克、黎巴嫩的纪伯伦、苏联的茨维塔耶娃、苏联的马雅可夫斯基、智利的聂鲁达、希腊的埃利蒂斯、波兰的米沃什、圣卢西亚的沃尔科特。在这个边缘徘徊的还有：葡萄牙的佩索阿、波兰的辛波斯卡和苏联的曼德尔施塔姆。当然，这纯粹是个人榜单，以我的阅读、理解并从中获益的程度而言。很多朋友纳闷，我为什么会把马雅可夫斯基列进去？这人才活了37岁，而且是一名革命诗人。其实，在诗人前面没有标签可贴：长寿的？早逝的？革命的？浪漫的？现实的？……对于诗歌而言，世界上只有诗人与非诗人之别，再去细分就会变成东扯葫芦西扯叶。英年早逝的杰出诗人比比皆是。写诗不像创作小说，尤其是长篇小说，需要多年艰辛的训练，诗人大多是天分和激情融合的产物。恰恰，这两者在马雅可夫斯基身上，表现得比其他诗人更为打眼。

马雅可夫斯基的“革命”并不带有多少政治性，在他看来，革命和写作几乎是一回事。这个15岁就开始“革命”的年轻人，他更感兴趣的，与其说是改造社会、建功立业，不如说是沉醉于令人震惊的冒险和发泄自己激情的刺激工作，比如地下接头、散发宣传品，甚至被捕。所以，他很快便找到了诗歌这一最适合他的武器，开始以“狂暴斗士”的身份，向资产阶级和一切腐朽势力，向学院式颓废的旧文学宣战。他身穿一件橙黄色夹克衫到处流窜，用高亢的嗓门和暴躁的脾气推销自己的“未来派”理论，他经常将朗诵诗歌的舞台变成拳打“庸俗趣味”的擂台。身材高大的他，看上去更像来自中国的散打运动员或美国的搏击手，而不是一名诗人。

如果要说马雅可夫斯基只会打架，那就大错特错了。1915年，马雅可夫斯基发表惊世力作《穿裤子的云》。这首诗的问世得益于诗人那场刻骨铭心的恋情。马雅可夫斯基在结识毕利克夫妇之后，迅速爱上了毕利克的夫人莉莉。这样的爱情，自然一开始就让人绝望，他决定写一首长诗告诉莉莉，其实也是告诉整个世界：“我不是诗人/我不过是个哭泣的孩子……我只是一个想去寻死的忧愁的孩子……我每天都会死去一点……”诗人将俗语、粗话嵌入优雅的韵脚，用古怪的词藻传递叛逆和破碎的情绪，他把一出爱情悲剧与对时代和宗教的否定捆绑在一起，鞭笞这个像“着了火的妓院”一般的社会：

我不信，会有一个花草芳菲的尼斯！
我又要来歌颂
像医院似的让人睡坏的男人，
像格言似的被人用滥的女人。

由此可见，诗人的“革命”绝非为了日后的“歌颂”。他写《列宁》同样是将列宁当作一名诗人来看待，可惜，天真的诗人不明白写作与革命的本质差异。他反对诗歌的“纯洁性”，却不知道这种“不纯洁”在革命那里是致命的元素；他陶醉于斗争和破坏，却不知道这种“奇异的冒险事业”最终将危及自身，危及人类。“革命”的伟大成果往往是，在一派欢欣鼓舞中，诗人得到必须歌颂的命令，而歌颂的对象往往是“像医院似的让人睡坏的男人”和“像格言似的让人用滥的女人”。死得早是诗人的幸运，他依然带着诗歌和革命的理想，没能成为一名从“失火的妓院窗户里”逃出来的“妓女”，估计真到了那时候，不弄个遍体鳞伤、气息奄奄，想逃出来只怕是做梦。明朝文学家袁宏道说：“弟作令，备极丑态，不可名状。大约遇上官则奴，候过客则妓……”以马雅可夫斯基的耿直与决绝，再让他活上十年二十年，他会更加痛苦，自杀或许是他无法摆脱的宿命。与其“饮罪”自绝于人民，不如“含恨”告别自己的爱情。



马雅可夫斯基与莉莉没完没了。莉莉是有夫之妇，纯洁坚贞；而弱水三千，诗人偏偏独取此一瓢。马雅可夫斯基先是每天给莉莉写诗，从不间断。后来，他坚决要求跟毕利克夫妇同居一套住宅，他们一起读诗，一起看戏，一起远足。马雅可夫斯基可不是中国哲学家金岳霖，金先生长期与梁思成、林徽因夫妇住在一块儿，但他只要能在自己爱人身边便心静如水，安天乐命。马雅可夫斯基却有着强烈的占有欲，他常常妒忌得全身发青，眼睛喷火，鼻孔冒烟；而莉莉也渐渐受不了这一难分难解的局面所带来的闲言碎语。她对马雅可夫斯基的冷淡引起了诗人的烦恼与愤怒。1922年之后，诗人基本上是以“诗酒度日”，神经质地过着浑浑噩噩的日子。莉莉看在眼里，痛在心里。无能为力的她，写了一封长信表示自己不再爱马雅可夫斯基了。为了不与莉莉决裂，马雅可夫斯基由疯狂转化为深情，他只有远远地看着自己的爱人，一生中唯一的爱人，他从不违背她的意志，因为害怕爱人的身影在视野中彻底消失。马雅可夫斯基也曾尝试着去爱别的女人，并有两次到了谈婚论嫁的程度，但都没有圆满的结局。

1930 年 4 月 14 日上午 10 时 15 分，马雅可夫斯基的寓所里传来一声枪响。

“妈妈、妹妹和同志们，请原谅——这不是个好办法（我不希望别人采用这种办法），可我的确无路可走了。”

《已经过了一点》据说是诗人写给莉莉的遗作，证据是诗人自杀时留了一张字条，上面写着“不要因为我的死而责怪任何人，也不要闲聊此事”，还有“莉莉，爱我”几个字，并引用了这首诗的第五行到第八行。

“已经过了一点。”这首诗无疑是深夜写的。“你一定已就寝。”这一句饱含无奈，看上去说的是“你”，其实说的也是“我”。两相对比，“你”过着正常的家庭生活，现已安然入睡；而“我”忧伤难遣，无法入眠，正在写一首绝望的诗。可见，“我们”是两个不同世界的人。

“银河在夜里流泻着银光”，这一句以明丽之景衬托自己浩瀚的孤独。诗人看到了在宇宙中个体的渺小，以及与大自然相比人类的黯淡，他去意已决，反而有如桶底脱落，豁然开朗——“我并不急，没有理由 / 用电报的闪电打搅你”。诗人本来是想给心中的爱人拍一份电报，告诉她永别的消息。但银河里流泻的银光让他发现，永恒正在吞噬所有的瞬间，他们之间的“事情已了结”，他不应该再去打搅人家。

接下来三句就是诗人临终前写在字条上的：“爱之船已撞上生命的礁石沉没。/ 你我互不相欠，何必开列 / 彼此的苦难，创痛，忧伤。”



诗人之所以要重点录下这三句，我想，是因为他明白了，再深挚的爱，因爱而产生的再深的痛苦，与银河里流泻着的银光相比，不过是沧海之一粟。无论人类弄出多大的声响，在世界的“沉静”面前，都不值一提。

“夜晚用星星的献礼包裹天空”，这一句与第二句“银河在夜里流泻着银光”相呼应。第二句表明自己的孤独，这一句则表明诗人已安于那浩瀚的孤独，因为他即将与银河的银光，与夜晚的星星打成一片。

这时，诗人心头涌起一种神圣的仪式感。他平静地对自己曾经深爱的人儿说，“我”真的要和你告别了，不过，你不用担心。“我”并不是殉情，而是懂得了情的虚妄、生的无聊。唐代诗人李白感慨“大道如青天，我独不得出”，于是，他就乘着明月，跑到青天上面去了。“我”也渴望化成一缕星光，包裹着天空。

亲爱的，“我”现在是如此通透，如此超迈。“在这样的时刻，一个人想起身 / 向时代、历史、宇宙说话”——“我”并不认为自己是去赴死，相反，“我”是想获得重生，“我”将由小我跃入大我，跃入那纵浪大化之中。

## 道路思忖着美丽的夜晚

[苏联]叶赛宁（1895—1925）　　刘湛秋　茹香雪 译

道路思忖着美丽的夜晚，
烟雾深处隐现出山楂树丛。
小土屋老太婆用门槛的牙齿，
正咀嚼香甜的面包心——寂静。

秋天的凉爽亲热而又柔和地在昏暗中
蹑足走进这堆着燕麦的小院。
一个金发少年透过玻璃的蓝色
定睛看着寒鸦在戏耍游玩。

从绯红的炉膛喷出绿色的灰烬，
笼罩着烟囱在院棚上闪影。
有谁死了，于是薄嘴唇的风
开始叨咕那个在夜间销声匿迹的人。

那个人不会再走进丛林了，

他的脚跟也不再踩踏残叶和金色的野草。

竖起羽毛的猫头鹰忽上忽下翻飞，

声声哀叹，发出无力的鸣叫。

夜色更深，畜栏里呈现安静和困倦，

白色的道路交织着光滑的沟壕……

大麦秆温和地呻吟着，

从频频点头的奶牛嘴边滑掉。

## 寂静像香甜的面包心



叶赛宁是俄罗斯继普希金之后的又一位天才诗人。如果说，普希金确立了俄罗斯语言的优美、力量、规范与灵活性，是俄罗斯文学语言的奠基者；叶赛宁则以诗歌的形式呈现了俄罗斯广袤乡村的淳朴、绚丽、浓烈的生活情趣以及深厚的文化底蕴，他曾自称“我是乡村最后一个诗人”。

叶赛宁与普希金有很多相似点：都少年早慧，才华横溢，很快成为文坛骄子，备受关注；都感觉敏锐，感情丰富，容易冲动，也容易坠入爱河……他们的不同之处在于气质上的差别，普希金更有贵族气息，更入世，他的浪漫主义始终与俄罗斯现实紧密结合在一起，因而铸就了俄罗斯民族的一颗诗魂。相较之下，叶赛宁始终是一名农村青年，他的才气离不开泥土气，虽然写过一些歌唱列宁和苏维埃的作品，却无法融入当时的主流社会，新时代、新思想给这个来自乡村的旧式青年以极大的折磨。

普希金的诗歌金鸣玉振，有一种激越的风格。叶赛宁的诗歌却表达了一种绵绵不绝的“田野的哀愁”，他的风格是忧郁的。1916年，叶赛宁被征去服兵役，因人引荐，他得以有机会给女皇朗诵自己的诗歌。女皇听了之后，对他说：“你的诗歌很美，可为什么那么忧郁呢？”叶赛宁淡淡地答道：“整个俄国农村都是那么凋败、破落，我能不忧郁吗？”女皇听了非常生气，将他发配到一个军纪极严的兵营中服役。

普希金一直是叶赛宁心中的偶像，是他的追求目标。1924年的一天，叶赛宁在莫斯科特维斯基街心花园，瞻仰普希金的雕像。他情不自禁地写了一首《致普希金》，这首诗写得认真又有点孩子气。他对普希金说，你能代表俄罗斯的命运，我也希望能像你那样，即使让我马上死去，我也感到荣幸。那究竟我能不能成为你呢？叶赛宁进行了一些对比，他说：我今天是无赖汉，你也曾游手好闲；我们都有一些寻欢作乐的韵事，既然那些韵事丝毫不能玷污你的容颜，那应该对我也没什么办法。最后他这样表态：“我命中注定要受压迫，/ 但我还要长久地歌吟……/ 直到我那草原般荒凉的诗句，/ 能发出青铜一样的声音。”遗憾的是，一年之后，他就自杀身亡了。

虽然没能实现自己的诺言“长久地歌吟”，但他那些草原般荒凉的诗句，早已发出了青铜一样的声音。叶赛宁在创作早期，倾向于意象主义，注意挖掘事物之间的隐秘联系，从而揭示出另一种真实。写于 1916 年的《道路思忖着美丽的夜晚》便是这一时期的代表作。

一看标题，就有一种陌生感，因为意象在里面起作用。不像一般的标题如《道路》《夜晚》或者《雪》什么的，直接以事物命名，好比一个迷宫开着一张极普通的门，要走进这张门里才知道是一座迷宫。这首诗在门上就直接告诉你，这是一座迷宫，你来不来？

好在，这是一座大自然的迷宫，虽然容易迷失，却是那么美丽。迷失在美丽之中，应当也不失为一桩美事吧。所以，叶赛宁的读者很多，读者面很广。他在生活中神经质，在情感上喜新厌旧，曾与现代舞的开创人物、美国著名舞蹈家伊莎多拉·邓肯掀起过一场轰动世界的情感风暴，最终他以让别的女人怀孕的方式，抛弃了充满母性的舞蹈家。不久，他明白了，无情斩断他与邓肯的爱情，其实就是斩断了自己的生命线。1925 年 12 月 28 日清晨，人们在列宁格勒安格里杰尔旅馆 5 号房发现了吊死在暖气管上的叶赛宁。这里，正是四年前叶赛宁陪同邓肯到列宁格勒演出时同居的房间。这次，他随身仅仅带了一只古花瓶，是结婚时邓肯送给他的纪念品。他割开自己的手腕，让鲜血汩汩流进那只精巧无比的古花瓶。然后，他用一根绳子往自己脖子上绕了两圈，蹬翻了垫在脚底的一张床头桌。他的脸，对着窗外蓝色的天空和敞旷的广场。即便诗人是如此让人又恨又怜，但喜欢叶赛宁诗歌的人越来越多，就因为他诗歌中所蕴含的那种特有的淳朴与温润气息，让怀念乡村的人低回不已，欲罢不能。

我们来看叶赛宁是如何用手里那支魔笔，来描写美丽的乡村的。道路之所以能“思忖”美丽的夜晚，可见乡村的夜晚非常安静，倘若是喧闹的白天，那道路的“思忖”就会被打断。第二句“烟雾深处隐现出山楂树丛”，读上去仿佛是道路“思忖”出来的结果，如果没有第二句的渲染，第一句的“思忖”就会没有着落。第三句马上写到人，小土屋里的一个老太婆，正在用门槛般的牙齿，咀嚼着寂静。“咀嚼”着“寂静”本来就很诗意了，叶赛宁还觉得不够，他将寂静比作“香甜的面包心”。这个意象有两层意思，一层是，老太婆可能很饿，很想吃面包，却没有面包，她只好将“寂静”当作香甜的面包心；另一层是，老太婆家里没有其他人，她安于寂静，对于她来说，寂静就像面包心一样甘甜。

第二段，季节才出来。秋天的凉爽蹑足走进堆着燕麦的小院。“蹑足”依然渲染其静。下面才有“一个金发少年”透过玻璃看着寒鸦戏耍游玩，注意，不是“一群少年”，如果是一群少年，静就被破坏了。

第三段写一个人死了，一个“在夜间销声匿迹的人”。第三句有一个绝妙的比喻，诗人将微风写成“薄嘴唇的风”，多么精准而奇崛。

第四段是承接第三段的，薄嘴唇的风不是在叨咕那个死人吗？第四段的前两句就是风叨咕的内容：“那个人不会再走进丛林了，/他的脚跟也不再踩踏残叶和金色的野草。”失去一个人，在村民们中或许司空见惯，大家连悲哀都淡化了，但大自然是敏感的，所以，猫头鹰上下翻飞，发出声声的哀叹。

最后一段，要回到标题上来。“夜色更深，畜栏里呈现安静和困倦”，这是对夜晚“美丽”的诠释。“白色的道路交织着光滑的沟壕……”这是对道路“思忖”的素描。怎么收尾呢？我们看，本来是奶牛在吃大麦秆，嘴巴发出声音。诗人却说“大麦秆温和地呻吟着，/从频频点头的奶牛嘴边滑掉”，这样就把大麦秆写活了，好处是，将奶牛吃大麦秆这样一种单调的场景变成大麦秆与奶牛之间的斗智斗勇。如此宁静的夜晚，都不乏这种有趣的“争斗”，这就是乡村的活力所在，也是我们这个世界的活力所在。

## 恋人

[法] 保罗·艾吕雅（1895—1952） 裘小龙 译

她站在我的眼睑上
而她的头发披拂在我的头发中间
她有我手掌的形状
她有我眸子的颜色
她被我的影子所吞没
仿佛一块宝石在天上

她的眼睛总是睁开
不让我睡去
在大白天她的梦
使阳光失了色，
使我笑，哭了又笑
要说什么却什么话也说不出

## 她站在我的眼睑上



每一次世纪之交，都像是一道巨大的裂痕，浪潮汹涌，惊涛拍岸，常常诞生振聋发聩的声音、翻天覆地的事业和龙腾虎跃的人物。它们经受苦难礁岩的挤压、命运孤独的煎熬以及时代暴风雨的洗礼，由一股股缓缓运行的潜水，汇聚成訇然磅礴的洪流。从 19 世纪末 20 世纪初的夹缝中喷涌而出的洪流，对人类思想产生划时代意义的有三股: 马克思的科学社会主义、弗洛伊德的精神分析学说和尼采的生命意志论。马克思着眼于宏观社会的解放，弗洛伊德和尼采则主张从幽秘的潜意识和沉睡的生命意志王国唤醒自己，让人成为自身的主人。

对于文学艺术而言，当时影响最大的还数弗洛伊德的精神分析学说，它让巴黎的达达主义流派产生分歧。1922 年 6 月的一天，达达主义在圣麦卡尔戏院举办“胡子心扉晚会”。

在演出之后，两位诗人跳上舞台，宣告与达达主义决裂，他们用阿波利奈尔发明的“超现实主义”作为新运动的名称。这两位诗人，一位是布列顿，另一位叫艾吕雅。

超现实主义甫一形成，即显示出其叱咤风云的力量。他们不仅鼓捣文艺，还干预政治，演讲、画展、朗诵会、游行示威等，各种形式此起彼伏，每个人都为自己能走在反对资产阶级的前列而感到光荣，他们公开打着“叛逆”的旗号令当局不能容忍。奋勇当先的便是艾吕雅，他到处发表演讲，每次演讲完毕，都要高呼口号：“打倒军队！打倒政府！”于是，他就不可避免地被警察请进了班房。

大画家毕加索特别喜欢艾吕雅，他认为艾吕雅的诗歌是超现实主义文学中最激情澎湃、最富有想象力的作品。难得的是，艾吕雅也特别喜欢甚至崇拜毕加索。有一段时间，他奔赴西班牙各地参观毕加索的画展，一再强调：“毕加索是当代不断迸发着创新精神的至高无上的典范。”作为回报，毕加索则成天躲在巴黎的寓所里，认真学习艾吕雅送给他的诗集《富有想象力的眼睛》。

1936 年夏天，刚从一场车祸受伤中痊愈的毕加索，长途跋涉来到圣特比兹海岸，追求具有迷人风度的女画家道拉·玛尔。道拉·玛尔给毕加索的答复是，她更珍视和毕加索精神上的交流。这显然没有达到毕加索此行的目的。毕加索盛情邀请玛尔和他一起去一个叫莫金索的小村庄。道拉·玛尔谢绝了。临别时，依依不舍的毕加索和着清朗的海涛，向自己的心上人背诵了一首诗——《恋人》。

背诵完了，他深情地对玛尔说："这首诗，是我的好朋友艾吕雅写的。但，是我送给你的。"

不久，道拉·玛尔就来到莫金索的"大天地旅馆"，与毕加索成了意气相投的一对。不能不说，艾吕雅的这首《恋人》深深地打动了道拉·玛尔的心。"老谋深算"的毕加索，一定是早有准备，才在求爱几乎无望的情况下，用上了这一招"无敌催情手"。《恋人》何以具有如此大的魔力？我们来赏析一下。

这首爱情诗的奇妙之处在于，我们通篇看不到"爱"或者"恋"这个字。艾吕雅还有一首爱情诗，标题就叫《我爱你》，与这首诗截然相反，那首诗"爱"字贯穿始终："为了一切我不曾认识过的女人我爱你 / 为了一切我不曾生活过的时间我爱你"一直到"为了你那不属于我的明智我爱你……为了对抗那虚幻的世界我爱你"，这样写也能写好，艾吕雅这首《我爱你》也是名篇。但这样写的人很多，直接、坦诚、率真，以这种方式写爱情诗，一是很容易感情直露，流于空泛，二是很容易人云亦云，落入俗套。艾吕雅这首《我爱你》

就用了很大力气，才写出自己的东西。

如果不直接写“我爱你”，那就要找到一个很好的切入点，把自己的感情寄托、替换甚至融会进去，这样难度极大。而一旦找到好的切入点，以爱情本身的感染力，再加上诗人对语言高超的驾驭能力，则很可能浑然天成。艾吕雅的《恋人》就是这样一首作品。

爱情诗所言说的对象不外乎，一个“她（他）”，一个“我”。如何表述“她”与“我”之间的关系，乃所有爱情诗的关键所在。我们看《恋人》这首诗，艾吕雅别出心裁，采取的是既“她”“我”交融，又针锋相对的手法。

第一段是交融，交融到什么程度呢？打头一句是“她站在我的眼睑上”。眼睑就是眼皮。一般人写想念自己的爱人，会说“我的眼里都是你”，我们看艾吕雅说得多么别致。注意这里的人称，艾吕雅用的不是第二人称“你”，而是第三人称“她”，表明诗人是在对读者说，而不是对恋人说，他是对恋人之外的所有人来诉说自己对恋人的爱，这样就有效避免了直接对恋人说可能产生的滑腻甚至肉麻。

由于有第一句的铺垫，后面就好办了。既然“她站在我的眼睑上”，那她的头发就会披拂在“我”的头发中间。这时，她的手放在“我”的手里，于是，她就有了“我”手掌的形状；

“我”痴痴地看着她，于是她的眼里就有了“我”眸子的颜色。还由于“她站在我的眼睑上”，那她的形体自然会被我的影子所吞没。

前面都是陈述，第一段最后来了一个比喻，“仿佛一块宝石在天上”。这一句的译文还有一个版本，“仿佛一块玉石嵌在穹苍”。哪种好呢？我当然偏向于“仿佛一块宝石在天上”，它更符合整首译诗的风格，朴实而低调。“仿佛一块玉石嵌在穹苍”则过于用力，“嵌”和“穹苍”这样的词语十分突兀，使得译诗就像出自两个人之手。

第二段是相对。注意，相对是建立在交融的基础上的，因此，这种“针锋相对”不过是反其意而用之，它真正要说的还是“水乳交融”。

“她的眼睛总是睁开 / 不让我睡去”。她的眼睛睁开，怎么会不让“我”睡去呢？除非她的眼睛就是“我”的眼睛了。以此推之，“在大白天她的梦”也是“我”的梦，是“我”的相思之梦、相恋之梦。它使得阳光都失去了颜色。“我”在梦中时而笑，时而哭，要说什么却什么话也说不出。

那种思念中的折磨，那种爱恋里面的幸福，就在这样看上去互相对抗，其实是完全融为一体的诗句中，表现得淋漓尽致。

## 阴暗的死亡

[西]加西亚·洛尔迦(1898—1936)　陈实 译

我想睡，做苹果的梦，
让自己摆脱坟场的混乱。
我想睡，做那孩子的梦，
那孩子要在大海里切开他的心。

别再对我说死人不流血，
说烂掉的嘴巴还要喝水。
别告诉我青草受折腾，
也别告诉我说月亮的蛇嘴巴
在黎明前努力工作。

我想睡一会儿，
一会儿，一分钟，一百年；
可是让每个人都知道我没有死；

知道我唇上有整个马厩的黄金；

知道我是西风的小朋友；

知道我是自己一滴泪的巨大影子。



黎明时请用薄纱盖住我，

因为黎明会向我撒出大把的蚂蚁

请用硬水浸湿我的靴子，

好让它的毒蝎钳子滑开。

因为我想睡，做苹果的梦，

想学一首让我不沾泥土的挽歌；

因为我想跟那忧郁的孩子生活，

那孩子要在大海里切开他的心。

## 我想睡，做苹果的梦

20 世纪有位伟大的西班牙语诗人叫聂鲁达。一般来说，诗人憎命达。但即便就世俗生活而言，这位智利诗人都有着让无数人羡慕的人生：写诗顺风顺水荣获诺贝尔文学奖，从政跌宕起伏仍差点当上总统，爱情一波三折最终却琴瑟和谐。如果 20 世纪还要列举一位与聂鲁达比肩的伟大的西班牙语诗人，则非西班牙本土诗人加西亚·洛尔迦莫属。

除了诗人的身份和用西班牙语写作，洛尔迦与聂鲁达简直找不到共同点：聂鲁达是煤矿工人的儿子，洛尔迦却出身在大农场主家庭；聂鲁达的诗风雄浑激越，洛尔迦的诗风清丽动人；聂鲁达诗歌的两大主题是爱情和革命，洛尔迦诗歌的两大主题是自然和死亡；聂鲁达的情诗都献给了美好的女性，洛尔迦的情诗则献给了同性的男人；聂鲁达寿终正寝，洛尔迦死于非命……但这两位诗人生前惺惺相惜，保持了很好的友谊。1933 年 9 月，洛尔迦开始了他的第二次南美之行。第一次是三年前，他从美国去了古巴。他认为，与热闹而冰凉的纽约相比，“抚爱而流畅”的哈瓦那就像天堂一样，性感得多。这一次，他应邀去了阿根廷，受到热烈欢迎，但和著名的博尔赫斯见面时，讨了个没趣；不过不打紧，这时聂鲁达正担任智利驻布宜诺斯艾利斯领事，他们一见如故。离开阿根廷的前夜，他去与聂鲁达告别，竟然孩子般地哭了，他说他把自己的一部分留在这里了。有缘不怕千里远。不久，外交官聂鲁达被派往西班牙任职，洛尔迦几乎把聂鲁达的住处当成了自己家。洛尔迦赞誉聂鲁达“离死亡比哲学近，离痛苦比智力近，离鲜血比墨水近”，其实，这三句正是洛尔迦最准确的自况。聂鲁达对洛尔迦也不吝褒扬，说他是“我们语言此刻的引导性精神”。

死亡本是自古以来诗歌最为重大的主题之一。但洛尔迦对死亡有着深刻的体味与独到的感觉，洛尔迦诗歌中的死亡气息正是生活气息、爱的气息。这可能与西班牙的民族文化息息相关，更与洛尔迦自身的性情气质密不可分。

西班牙人浪漫、乐观，富有幽默感，他们有英国人的庄重却不矜持，有德国人的严谨却不刻板，有美国人的活泼却能安静，有日本人的认真却不自虐……他们有着务实而又旷达的生死观。洛尔迦说：“在所有国家，死亡是终结。它一来，百叶帘就会闭上。西班牙可不是这样。在西班牙，百叶帘会拉开。许多西班牙人一生在墙与墙之间过活，死后才会被安放在阳光下。跟其他国家比较，西班牙的死者其实比活着的人更有生气——他侧面的线条比理发师的剃刀更锋利……在这个国家，一切关系重大的事物都具有死亡最终的金属性质。”

而洛尔迦呢，他在20岁生日后的第三天，得知童年伙伴的死讯，这位生性敏感忧郁的西班牙青年整个夏天都覆盖在死亡的阴影中。第二年，西班牙全国陷入混乱，洛尔迦和他的朋友们加入了游行队伍，目睹宪警向手无寸铁的大学生和工人开枪，迸溅如梅花和玫瑰绽放的鲜血吓坏了洛尔迦，死神从此蹲踞于诗人的内心，再也没有离开过，他赐予诗人一片不可磨灭的阴暗。直到1936年8月15日，洛尔迦被长枪党抓捕，理由是：“他用笔比那些用手枪的人带来的危害还大。”三天后的凌晨，他在老家某山脚下的一片橄榄林里，和其他三个同伴一起惨遭杀害。死神完全覆盖了他，并将他的遗体永远保存在“遗失”里。那儿现在是一个公园，由一块花岗岩标示出他遇害的大致地点。

或许，当死亡走进一个人的日常生活，并成为他形影不离的伙伴时，死亡的气息便会渗进生活的质地，构成某种行为动机和艺术酵母，好比一堵高墙被冲开一道口子，正好当作瞭望风景的窗户。鲁迅说：“乱也看惯了，篡也看惯了，文章便更平和。”洛尔迦在看惯血腥与死亡之后，他决意用自己的诗歌建设一个“生死同构”的世界。因此，他笔下的死亡没有凄苦，没有悲伤，而是呈现出一种日常生活的自然色泽，把死者当作依然正在生活的人。





《阴暗的死亡》这首诗，叙述的正是一个死去的孩子的生活与渴望——“我想睡”——主人公“我”就是那个死去的孩子，“想睡”这个词是打通生死界限最为便捷的桥梁。“我想睡”，分明是一个孩子困倦时经常说的话，只不过在这首诗中，他已经死了，或者说，他生活在另一个世界。

“我想睡，做苹果的梦”，多么温馨、惬意！紧接着第二句便抖出真相：“让自己摆脱坟场的混乱。”第三句“我想睡，做那孩子的梦”，说明“我”的身份。为什么要说“那孩子”呢？表明阴阳两隔，“那孩子”是指生前的“我”——“那孩子要在大海里切开他的心”——“切开他的心”是一种表白，有“无人信高洁，谁为表予心”之意。

为什么“要在大海里”切开他的心呢？这里可以有两重理解：一是“大海”喻指世间和社会，“那孩子”要在复杂纷乱的社会里裸露自己的一颗赤子之心。二是“大海”就是水的集合体，象征着纯净和深广。洛尔迦特别钟爱水，他曾想写一本《对于水的沉思和寓言》这样的书，没来得及。在《哑孩子》一诗中，诗人写道：“在一滴水中/孩子在找寻他的声音。”水，在诗歌中往往带来流动，带来变幻莫测，带来童话的趣味和神话的力量。

第二段是“我”以直率的态度，反对人世的虚伪。“我”死了就死了，死亡又没什么稀奇的！所以，不要像对一名临终者那样来安慰和关怀“我”，说什么“死人不流血”，嘴巴在泥土里烂掉了还像生者一样要喝水，死人依然会跑来跑去，折腾坟地上的青草……“也别告诉我说月亮的蛇嘴巴/在黎明前努力工作”，这一段最后两行与前面的内容不一样，是为了承启下一段，意思是你不要告诉“我”说，因为月亮的蛇嘴巴在努力吞噬夜晚，黎明马上就要到了，“我”可还想睡一会儿呢。这就到了第三段。

“我想睡一会儿”，这一会儿，可以是一分钟，也可以是一百年。在那个世界，时间没有意义，一分钟和一百年没有区别。第三段是强调“我没有死”，虽然离开了你们那个世界，但“我”只不过是想睡一会儿而已，“我”要让每个人都知道，“我”还活着——

“知道我唇上有整个马厩的黄金”：耶稣降生在伯利恒一个旅馆的马厩里，由于是圣子，那一天，东方天空上的“伯利恒之星”闪耀如黄金万两。这里将“我”的死与耶稣的生融为一体。

“知道我是西风的小朋友”：在西方文化中，西风号称“不羁的精灵”，它经常被用来象征吹响创新和革命的号角。英国 19 世纪伟大的抒情诗人雪莱的代表作就是《西风颂》，其最后一句“冬天到了，春天还会远吗”，算得上在中国影响最大的外国名言了。

“知道我是自己一滴泪的巨大影子”：这一句的内容又与上面两句不同，它的作用同样是承启下一段。前面两句，强调“我”还活着；这一句则是声明，对于你们那个世界而言，“我”已经死了。“我”也舍不得离开，你们哭了吧，“我”也哭了——在自己的一滴泪水中，我看到一个巨大的影子，像风一样飘拂而逝。

“我”死了。你们眼里的黎明就要到了。请你们用薄纱盖住“我”，因为天一亮，大把大把的蚂蚁会爬到“我”身上。“请用硬水浸湿我的靴子”，硬水是指含有较多可溶性钙盐和镁盐的天然水，可以保护金属免受腐蚀，用硬水浸湿“我”的靴子，毒蝎的钳子可能就会自动滑开。

上一段是作为一名死者，请求生者的关照。最后一段，再次回到“生存”状态，试图将阴阳两隔变成阴阳相通——为什么要“请”你们这样关照“我”呢，又是盖薄纱，又是浸硬水，“因为我想睡，做苹果的梦”。

诗中再次出现“苹果”这一意象。苹果是水果之王，孩子们特别喜欢，苹果象征着简单的生活、纯洁的感情和圆满的结局。古希腊神话中，天神宙斯与天后赫拉结婚时，大地女神该亚送给他们一棵枝繁叶茂的苹果树，上面结满了金苹果。《圣经》中的《箴言》说：“一句简单话，若说得适当，有如银盘中，放上金苹果。”在《雅歌》中，新娘这样赞颂爱情：“我的爱人在少年中，有如森林中的一棵苹果树；我爱坐在他的荫下，他的果实令我满口香甜。”而新郎对新娘的赞美也离不开苹果：“你嘘气芬芳，实如苹果的香味。”

那么，“我”还想做苹果的梦，实际上是追怀和迷恋人世的喜乐、丰饶和爱情。所以，虽然在你们看来，“我”死了，但“我”依然“想学一首让我不沾泥土的挽歌”，也就是，“我”想和没死的“那孩子”继续生活，“我”想回到死之前，“我”但愿这死只是睡一会儿，“我”依然能够回到人世——但“那孩子”是忧郁的，他不得不“在大海里切开他的心”——他贪恋人世，人世却并不理解他。从这个角度来说，他不得不死，因为他不得不在大海里切开他的心。

多少热爱生活的孩子，在追求纯洁和崇高的过程中早夭，像诗中的“我”一样，他们变成一群追逐苹果之梦的曼妙精灵。

# 棋

[阿根]博尔赫斯(1899—1986)　　王央乐 译

软弱的王，斜跳的象，凶残的后，
高高耸立的城堡，还有狡猾的卒子，
在黑白相间的道路上互相寻找，
展开了白刃的格斗。

他们不知道，是棋手那杰出的手
主宰着他们的命运；
不知道有一种绝对的严格，
控制着他们的意志与行程。

然而棋手也是（如欧玛尔所说）
黑夜和白日构成的
另一个棋盘上的囚徒。

是上帝移动棋手，棋手移动棋子。

又是什么上帝，在上帝的背后设计了

这尘土、时间、梦幻和痛苦的布局？

# 另一个棋盘上的囚徒



1986 年 6 月 14 日，阿根廷诗人、作家博尔赫斯病逝，引起国际文坛一片哗然。“哗然”的唯一原因，唉，还是那个鬼诺贝尔奖作的祟！凭博尔赫斯的名气、影响、资历和创作实绩，人们普遍认为，博尔赫斯是迟早要拿那个奖的。但一年又一年过去，这个奖的得主始终不是博尔赫斯。因此，当博尔赫斯逝世的消息传来，他的众多粉丝非常愤慨，认为这不是博尔赫斯的遗憾，而是诺贝尔文学奖的遗憾。

我非常喜欢博尔赫斯，曾两次通读他的短篇小说。我那时也大为博尔赫斯鸣不平，觉得瑞典文学院有眼无珠。但随着对世界文学的深入了解和对博尔赫斯的深入阅读，我渐渐地平和了许多。博尔赫斯无疑应该得诺贝尔奖，但不给他也不是全无道理。首先，获奖本身就是文学之外的东西，一个作家获奖除了他本身具有的实力，还与他的身份（比如是不是流亡作家）、政治态度（比如是不是持不同政见者）、译本（翻译能否经受西方读者的检验）以及机遇等，都息息相关。要知道，诺贝尔奖遗漏的大师级作家绝非博尔赫斯一人，还有托尔斯泰、易卜生、普鲁斯特、乔伊斯、伍尔芙、卡夫卡、佩索阿、里尔克、茨维塔耶娃、布莱希特、卡尔维诺等。具体就文本而言，博尔赫斯的诗歌数量不多，他的小说又只有精雅到极致、类似于小品文的短篇，这些都会让诺奖的评委会犯难。



但即便如此，博尔赫斯本身的确没有遗憾。一个继承了家族眼疾、晚年双目失明的作家，以自己独特的写法开创了一个时代。智利诗人聂鲁达说："在博尔赫斯之前，我们几乎没有哪个作家可与欧洲作家相提并论。像博尔赫斯这样一位世界性的作家，在我们这些国家里还是难以找到的。"言下之意，是博尔赫斯让拉丁美洲的文学走向了世界。获得诺奖的加西亚·马尔克斯、阿斯图里亚斯都声称自己是博尔赫斯的弟子，从他那里得到深远的影响。可见，博尔赫斯不是获奖者，却被公认为"一代宗师"——还有比这四个字分量更重的奖项吗？

有趣的是，博尔赫斯以小说名世，他自己最看重的是诗歌。

他说，他在文学上的成败将取决于他的诗歌。这个当然不一定对，但他的文学生涯是从诗歌开始的，他最喜欢自己的诗歌也在情理之中。何况，“诗人，和盲人一样，能暗中视物”。因为是一名盲人，所以在博尔赫斯心中，他更容易认同自己的诗人身份。

这首《棋》，可以让我们好好领略博尔赫斯语言纯净、内蕴丰厚的诗歌风格。棋是指国际象棋，与中国象棋类似，棋子也差不多，都有象、马、车、卒（兵）。对弈双边的头，中国象棋是“将（帅）”，国际象棋是“王”，叫法不同而已，都以被将死而判负。不同的是，中国象棋还有“士”和“炮”，基本上是战场的复制；而国际象棋还有“后”，“后”是国际象棋中威力最大的棋子。可见，国际象棋增加了女性的力量，和更多人生的况味。

国际象棋与中国象棋的棋盘也不一样，尤其是颜色。中国象棋的棋盘只有一种颜色，国际象棋的棋盘却有黑白二色，这恰好与中国的围棋棋子相同。要知道，在人类的日常生活中，颜色是最富有象征意义的，比如绿色象征希望、红色象征喜庆等，这都是人类长期以来沉潜、积淀下来的集体无意识。黑白既是水火不容的冤家，又是须臾不分的伴侣，它们真是大自然的绝配。棋盘或棋子以黑白划分界限，除了游戏，一定还蕴含着人们对自然与人生的深刻认知。所以，元代学者虞集说围棋有“天地方圆之象、阴阳动静之理、星辰分布之序、风雷变化之机、春秋生杀之权、山河表里之势、世道之升降、人事之盛衰”，国际象棋也有着同样的道理。

“软弱的王，斜跳的象，凶残的后，/ 高高耸立的城堡，还有狡猾的卒子，/ 在黑白相间的道路上互相寻找，/ 展开了白刃的格斗。”





这一段，诗人描绘了棋盘上的格斗局面，多么紧张、激烈，扣人心弦！第二段诗人写道，这些棋子，王呀，象呀，后呀，卒呀，他们投入在一场激战当中，却不知道，他们其实是身不由己，是杰出的棋手和严格的规则控制着他们的意志与行程，主宰着他们的命运。这正如唐人吴大江所言，棋盘上的精彩纯然靠“奇谋人妙，巧思参元”。

一般的诗人考虑到这一层，再把它上升到“人生如棋，棋如人生”就了不得了。像杜荀鹤写有“对面不相见，用心如用兵”，东坡吟诵“胜固欣然，败亦可喜”，袁枚有诗句“非常欢喜非常恼，不看棋人总不知”，都只到了这一层。中国古代诗人多为儒生，他们想得再远也只到“人”这一层，人后面的大自然在他们眼里只是背景，大自然背后的宇宙则几成梦幻。但博尔赫斯就能看到，不仅棋子被棋手操纵，棋手也如一枚枚棋子，成为由黑夜和白日构成的“另一个棋盘上的囚徒”。

括号里的欧玛尔是指12世纪初的波斯人欧玛尔·海亚姆，他集诗人、数学家、哲学家、天文学家于一身，甚至可以说，他是那个时代最接近上帝的人物。他认为，每个人都是时间的囚徒，时间囚禁他们，然后将他们消灭。他有一首诗发出这样的叹息：“啊，人们说我的推算高明/纠正了时间，把年份算准/可谁知道那只是从旧历中消去/未卜的明天和已逝的昨日！”

如果说中国古代诗人看到了“人生如棋”这一层，古波斯诗人欧玛尔看到了“上帝移动棋手，棋手移动棋子”这一层，那么博尔赫斯发出了更为邈远的天问：

“又是什么上帝，在上帝的背后设计了/这尘土、时间、梦幻和痛苦的布局？”

博尔赫斯认为，上帝还不是世界的终极，在上帝的背后，一定还有“什么上帝”，设计了“这尘土、时间、梦幻和痛苦的布局”。在诗人看来，任何事物都有自己的命运，包括上帝；任何事物的命运都由更上面的“上帝”把持着，包括上帝的上帝……我们的认知永远是有限的，不可能穷尽宇宙。你以为你是这场战争、这次博弈的大赢家，殊不知，是上帝而不是我们自己，决定着这场战争的结果。而上帝的背后，还有它的主宰者。

我想，包括博尔赫斯在诺贝尔奖博弈上的失利，他也不会太在意。他作为一个人，作为一名作家的努力，已经达到了极限，已经抵达了顶峰。但他作为一枚棋子的失利，那是上帝的责任，不能怪他了。面对贫穷的街道、绝望的日落、破败街区的月亮，面对漫长的等待、不断变化的世界、高大建筑的阴影和肉体衰颓的悲哀，博尔赫斯对另一个博尔赫斯说：

“我写作，不是为了名声，也不是为了特定的读者，我写作是为了光阴流逝使我心安。”

如此说来，所有静水流深的岁月，所有安然淌过的光阴，都是博尔赫斯的作品。博尔赫斯的不朽，就在于时间的不朽。

## 每当我们的桑树……

[捷克斯洛伐克] 雅罗斯拉夫·塞弗尔特（1901—1986）

贾佩琳　欧阳江河 译

每当我们的桑树开花
它们的气味总是飘飞起来
飘进我的窗口……
尤其在夜晚和雨后。

那些树就在拐弯的街角
离这儿只有几分钟的路。
夏天当我跑到
它们悬起的树梢下
吵闹的黑鸟已经摘去了
幽暗的果实。

当我站在那些树下并吮吸
它们丰富的气味

四周的生命仿佛突然塌下

一种奇异而奢侈的感觉

如同被女人的手所触摸

# 一种奇异而奢侈的感觉



有人问，诗歌是不是一定要有一个主题，一定会有某种思想和意义在里面。我的回答是，完全不是那么回事，诗歌本身就是一个自足的宇宙，它不需要任何附加的东西。一首诗就是一首诗，而不是一首附属于爱情或思想的诗。

当代捷克斯洛伐克最重要的诗人、1984年诺贝尔文学奖得主塞弗尔特就认为："一首诗，它首先应该是诗。"具体说来，他认为诗歌应该具有某种直觉的成分，能触及人类情感最深奥的部位和他们生活中最微妙之处。一首诗如果过于追求所谓艺术性，就会导致矫揉造作；如果过于强调所谓思想性，就会失之于生硬浮泛。所以，艺术性也好，思想性也好，都只是某种诗歌元素而已，好比一栋真正漂亮的房子，你会忽视建筑它的材料。你会说，这房子真漂亮啊！而不会说，建筑这房子的水泥真棒啊！

所以，我们在读诗的时候，千万不要拘泥于它所表达的主题和意义，要学会去“意会”一首诗，学会去欣赏一首诗，就像我们欣赏一朵花和一只蝴蝶那样。你会去问一朵花的主题和意义吗？它的主题就是开放，它的意义就是存在。诗歌也是这样，它在那里，你完全可以不去读它，你不读诗不会对你人生的实际利益产生任何影响。但一旦读到它，你就会领略到诗行中某种微妙的东西。这种东西要你说出来，你可能也说不出，但你会会心一笑，你会沉吟良久，或者仰天长啸一声。你只会比没读过这首诗的人，多这一点点东西。如果你觉得这一点点东西根本不重要，尽可不去读诗，去打牌炒股好了；如果你觉得这一点点东西有趣，你希望再多一点点，那就多读几首好诗吧。

塞弗尔特的这首《每当我们的桑树……》就是这样一首你说不出什么意义，却很有意思的诗歌。我们来一起欣赏。

塞弗尔特说过，他写诗，第一句总是最为重要的一句，是全诗的关键和中心。这首诗的第一句却平平无奇：“每当我们的桑树开花 / 它们的气味总是飘飞起来”；不仅第一句平平无奇，接下来的三四句也没什么花哨：“飘进我的窗口…… / 尤其在夜晚和雨后。”

但如果反复读这一段，我们就会发觉有某种情味蕴含其中。桑树年年开花，这样的景象太常见了，所以诗人用了“每当”；然而，“我”发现它们的气味飘飞起来，“飘进我的窗口”，却是在一定的时候才会发生的。打个比方，一个人三岁时一般发现不了桑树的花香会飘进窗口，四五岁时可能也不会，到了十来岁，这样的事情就可能会发生了。这是为什么呢？这就是成长。这个男孩不仅发现了桑树花香会飘进自己的窗口，而且，他还掌握了两个重要的时间点：夜晚和雨后。这是两个安静的、迷蒙的、容易生发莫名惆怅和忧伤的时间点。这时，一阵花香袭来，能不让那个情窦初开的青涩少年心动神驰吗？

如果我们把自己当作那个发现了一个秘密的孩子，只要轻轻念出这一句“每当我们的桑树开花”，心里就会怦然而动，会有一种掺和着温暖、骄傲和孤独、期待的东西，撞击你的灵魂。所以，诗歌的好，经常不是诗句有多么神奇，而是它能够精准地呈现出某种情境，将我们带入其中，好比我们小时候听外婆讲故事，最喜欢那句：“那是很久很久以前……”

明白了开头，后面的故事就好讲了。没有一个字我们不认识，没有一句大家不懂的，但我们要慢慢地读。

“那些树就在拐弯的街角 / 离这儿只有几分钟的路。”多么平实和缓的语气，就像拉家常。诗人告诉我们，夏天当他跑到桑树悬起的树梢下，一群黑鸟已经摘去了桑树幽暗的果实。

“黑鸟”“幽暗”这样的用词，除了指事物本身的颜色，还有一种心理的映射。黑鸟前面加上“吵闹”，果实前面加上“幽暗”，表明诗人对它们的讨厌。或许来树上摘果实的，远不止黑鸟一种，但诗人就是要将它们统统归咎于“黑鸟”；或许那些叫桑葚的果实，并非都是幽暗的，但在诗人眼里，它们统统是幽暗的；或许鸟并没有将果实摘尽，但诗人恨不得那些幽暗的果实统统被鸟摘去。

为什么？他的眼里，只有花。

当他站在那些树下，吮吸着它们丰富的气味，他的整个世界被桑树的花香充盈了，所以说，“四周的生命仿佛突然塌下”。

“塌下”这个词用得好。平时只有楼房、墙壁这类有形的固体物才说“塌下”，在这里，诗人的意思是说，四周所有事物的生命就像高楼大厦一般坍塌了。有塌下的，就有上升的。

什么东西上升了？在树下吮吸花香的少年。他闭上眼睛，觉得自己一下就长成了大人，于是，他心头产生“一种奇异而奢侈的感觉”。这种感觉因何奇异而奢侈呢？因为，它“如同被女人的手所触摸”。

这是一个多么渴望爱，渴望被爱的孩子啊！

当有记者问塞弗尔特如何看待诗歌时，他说："诗，也只有诗，才具有必要的机巧，使人能够描绘出我们的人生经验。诗歌穿过人类的声音跟我们讲话这个事实，已经使它个别地、直接地与我们接触，使我们感到，我们的全部生命都包括在那里了。"

读《每当我们的桑树……》这首诗，有没有激发我们自己的人生经验？大家有没有感受到一种遥远而又亲切的声音，在和我们说话？你有没有觉得，那一刻，那个在树下吮吸桑树花香的少年，就是我们自己——而这个"自己"，如果不是这首诗的呼唤，我们可能永远也见不到"他"了。

那将是多么遗憾的一件事情啊！

## 我喜欢你是寂静的

[智]巴勃罗·聂鲁达（1904—1973） 李宗荣 译

我喜欢你是寂静的，仿佛你消失了一样。
你从远处聆听我，我的声音却无法触及你。
好像你的双眼已经飞离远去，
如同一个吻，封缄了你的嘴。

如同所有的事物充满了我的灵魂，
你从所有的事物中浮现，充满了我的灵魂。
你像我的灵魂，一只梦的蝴蝶，
你如同忧郁这个词。

我喜欢你是寂静的，好像你已远去。
你听起来像在悲叹，一只如鸽悲鸣的蝴蝶。
你从远处听见我，我的声音无法企及你。
让我在你的沉默中安静无声。

并且让我借你的沉默与你说话，

你的沉默明亮如灯，简单如指环。

你就像黑夜，拥有寂静与群星。

你的沉默就是星星的沉默，遥远而明亮。

我喜欢你是寂静的，仿佛你消失了一样，

遥远且哀伤，仿佛你已经死了。

彼时，一个字，一个微笑，已经足够。

而我会觉得幸福，因那不是真的而觉得幸福。

# 你如同忧郁这个词



诗人肯定才华横溢，这个没的说，但诗人大多缺乏“才干”，除了写诗，能做其他事的不多。如果要在诗人中挑一个最有才干的，我以为，非智利诗人聂鲁达莫属。这位火车司机的儿子不仅是南美洲首屈一指的大诗人，还差点当上了智利总统。记得1984年，上海文艺出版社推出他厚厚一本《诗歌总集》，我买来，立刻读得如痴如醉。聂鲁达什么题材都能写，他写政治诗，写爱情诗，写讽刺诗……难得的是，他哪个题材的诗都写得好。在这方面，可能只有苏联的马雅可夫斯基能与之匹敌，但聂鲁达显然更为宏阔大气。我读他的《诗歌总集》时，激动得不得了。他的诗句有时排山倒海，仿佛一个巨浪裹着你向前冲，让你不禁站起来拍案称奇；有时细腻如发，仿佛有一根针在你的心尖尖上绣花，读得你心里一阵阵发紧。

聂鲁达 1904 年出生于智利中部的帕拉尔城，原名雷耶斯·巴索阿尔托。他十三岁时立志成为一名诗人，开火车的父亲不同意，认为写作只会给人带来灾难。聂鲁达无奈之下，只好取了这个笔名，发表作品时父亲便不知道这是他儿子在“顶风作案”了。

聂鲁达从小对大自然有着强烈的爱，他喜欢鸟儿、海滩、贝壳、森林等，这些也成为他诗歌素材的一部分。但他使用这些素材与其他诗人不一样，他不相信象征的作用，在他看来，大自然的一切事物都是以物质形态存在的，鸽子只能代表鸽子，不能让它去象征和平，不能让它超越一只鸽子，成为其他的东西。

聂鲁达的出现，就像一个广角镜头，将一个遥远的景点慢慢拉近，拉近，直至成为一个巨大的特写。他就是这样，沿着一行行诗句，从幽闭走向开阔，从悲伤走向充实，从一个孤绝之地走向世界，成为人类众生中的一名巨人。

与自己气势磅礴、酣畅淋漓的史诗作品相比，聂鲁达的爱情诗写得沉静而绚丽，别具一格。《我喜欢你是寂静的》这首诗是诗人献给远方情人的礼物。

你在远方，而“我”是那么思念你。诗人如何来表达他的思念和爱意呢？他开头就说：“我喜欢你是寂静的，仿佛你消失了一样。”所谓“寂静”，是因为你在“我”的心里，你无法说话，所以你是寂静的。你在“我”心里，从“我”的心而言，你是存在的；从现实而言，你是“消失”的。“我”在和你说话，“我”的声音当然无法触及你，但“我”知道，你在远方静静地聆听。“无法触及”却又能“聆听”，多么矛盾啊，在诗人的想象中，这一切却顺理成章。

不仅如此，“我”还想象你聆听的样子：“你的双眼”痴痴地望着远方，仿佛“已经飞离远去”，飞到了“我”的身边；仿佛你能感受到“我”给你的亲吻，因此你的嘴唇微微闭着，如同在接受“我”的亲吻。



第二段比较抽象。“如同所有的事物充满了我的灵魂”，意思是说，“我”对你的爱，使“我”如同拥有万物，使“我”的灵魂饱满如同帝王。而你从所有事物中浮现，充满“我”的灵魂，又让所有事物不复存在，让帝王不值一提。这有点“爱美人不爱江山”的味道，只是这种诗意的表达更含蓄而沉厚。

第二段的第三句倏忽收拢，撇开所有事物，将诗句落到“你”和“我”上。“你像我的灵魂”，“你”和“我”在灵魂中直接对话，你就像“我”梦里的那只蝴蝶，因为美丽而悲伤，因为寻觅而忧郁。所以，“你如同忧郁这个词”。

中国有“庄周梦蝶”的典故。庄子梦见一只蝴蝶，他说，不知是庄周梦见了蝴蝶，还是蝴蝶梦见了庄周。聂鲁达这句“一只梦的蝴蝶”，我估计他是化用了这个典故。只不过，庄周借此说明“齐物论”，物与物之间可以交合、变化，而聂鲁达借此表明你中有我、我中有你，你我之间水乳交融。

第三段继续说“我喜欢你是寂静的”，接下来说“好像你已远去”，而没说“消失”。可见这一段，诗人加强了思念的力量，他让自己进入自己的梦中，化梦幻为现实，这样他就与自己的爱人近在咫尺，所以用“好像你已远去”这一虚拟语气来模糊和淡化“你”“我”之间的距离，于是“我”能听到你的声音，但“你听起来像在悲叹”。这种无法相见的悲叹声又让我觉醒：呵，原来这是做梦！连不能发声的蝴蝶，都像鸽子一样悲鸣，这不是在梦中又是在哪里呢？

诗人梦醒，依然回到正常的思念状态：“你从远处听见我，我的声音无法企及你”，那就“让我在你的沉默中安静无声”。

第四段诗人进行了倒装。第一句“并且让我借你的沉默与你说话”，按照语意，应当去掉“并且”二字置于本段最后一句。诗人将它提到第一句，是为了强调“你”与“我”之间的关系，哪怕是沉默，“我们”一刻都不能停止交流。加上“并且”二字，使之承接上一段，显得更加连贯和流畅。

第四段后面三句都是在诠释“你的沉默”。爱人在远方，没有手机、微信，没有电邮、QQ，“沉默”自然是一种常态。但在“我”看来，“你的沉默”就像拥有寂静和群星的黑夜，虽然遥远，却“明亮如灯，简单如指环”。这是一种让“我”喜爱和沉溺的沉默，它明亮到“我”能看到你的爱，简单到就像“我们”如同指环一样不可分割。

最后一段开头依然是“我喜欢你是寂静的，仿佛你消失了一样”，它不是对第一句的简单重复，而是像一种咏叹，流露出自己的陶醉之情；它又像医生打针一样，将针管向肌肉中徐徐推进，疼痛在一点点加深，这疼痛中却带有难以言传的慰藉与快感。

第一段的“消失”是看不见的意思，这里的“消失”却是“仿佛你已经死了”，因此，“遥远且哀伤”。这时，“我”只要能听到你的一个字，能看到你的一个微笑，就足够了。

末尾一句是神来之笔。一般诗人写到“而我会觉得幸福”，这首诗就算很好地完成了，因为对自己的爱人有了至死不渝的承诺。但聂鲁达偏偏还要加一句：“因那不是真的而觉得幸福。”——如果你真是死了，那“我”还有什么幸福可言呢？就像一个孩子执意要说出事情真相那样，这一句说得幽默、俏皮，而唯其幽默、俏皮，才见其情深、意切。

## 战时在中国之十八

[英] 奥登（1907—1973） 穆旦 译

他被使用在远离文化中心的地方，
又被他的将军和他的虱子所抛弃，
于是在一件棉袄里他闭上眼睛
而离开人世。人家不会把他提起。

当这场战役被整理成书的时候，
没有重要的知识会在他的头脑里丧失。
他的玩笑是陈腐的，他沉闷如战时，
他的名字和模样都将永远消逝。

他不知善，不择善，却教育了我们，
并且像逗点一样加添上意义；
他在中国变为尘土，以便在他日

我们的女儿得以热爱这人间，
不再为狗所凌辱；也为了使有山、
有水、有房屋的地方，也能有人烟。

## 他的名字和模样都将永远消逝



奥登 1907 年出生于英国，1946 年成为美国公民。因为他一生有大半时间是英国人，我们还是按照惯例将他纳入英国诗人行列。有趣的是，奥登在创作上是一位典型的“多妻主义”者，诗歌、散文、戏剧、评论，无一不精；但在生活中，他却是一位著名的同性恋者。1935 年，他有过一次短暂的婚姻，对象是大名鼎鼎的小说家托马斯·曼的女儿艾莉卡，这次婚姻的目的仅仅是帮助艾莉卡获得英国护照，以逃离纳粹德国。目的达成后，婚姻自然就解散了。

说奥登是“著名的同性恋者”，不仅仅因为他自己是与叶芝、艾略特齐名的大诗人，还因为他的同性恋伙伴衣修伍德同样不含糊。衣修伍德是创作出《在那儿进行访问》《独身男人》等很多优秀作品的小说家。1928 年，奥登与大他三岁的衣修伍德在伦敦一所预科学校一见钟情，他们的恋情持续了十五年，合作生出了多个“孩子”，比如诗剧《皮下之狗》《攀登 F6 高峰》《告别柏林》等。

1937 年，奥登的游记《冰岛书简》热卖，让出版社大受鼓舞。伦敦的费伯出版社和兰登出版社决定趁热打铁，全额出资，约奥登写一部东方游记。那时，奥登哪里离得开衣修伍德呢。出版社拗不过他，同意他俩同行同写。此时，卢沟桥事变震惊世界，奥登最喜欢去战地考察，西班牙内战的时候，他就去凑过热闹，所以，他和衣修伍德决定以“中立观察者”的身份去中国看看。

1938 年 2 月 16 日，两位同性伴侣经过埃及，穿过印度洋，抵香港。他们先是像度假一样，游乐了十来天，进入广东看到日本炮艇，还觉得有点好玩。直到 3 月中旬，他们在武汉遇到空袭，6 架日军轰炸机形同恶鸟，探照灯交互发出的光线仿佛圆规，炸弹迸射的火花就像一群群恶毒的蝗虫。这也激起了奥登的“战斗”欲望，他迫不及待地要去前线。他们在一个午夜到达郑州，看到的不是一座城市，而是一片“笼罩在某种邪恶气息之中”的废墟。奥登剑指徐州，那里炮火纷飞，没被允许。由于奥登名满天下，他在中国基本上想见谁就能见到谁。因此，他见到了前线最高指挥官李宗仁将军。当时徐州有五道防线，李宗仁批准送他们到第四道。到了第四道，没见什么动静，他们执意要去第三道；到了第三道，还比较安全，他们坚持要去第二道。到了第二道，硝烟弥漫，流弹如雨，他们赶紧撤离。

接着，他们又去了西安、南昌、金华、上海等地。6月12日，奥登和衣修伍德乘船离开上海，绕道美国回英国。两个人的收获是，合作著述了中国见闻《战地行纪》。奥登另写了27首十四行诗《战时在中国》，被誉为“三十年代最伟大的英语诗”。奥登并没有获过诺贝尔文学奖，但中国诗人对奥登的推崇不亚于任何一个诺奖作家，除了奥登本身诗艺精湛，他四个多月的中国之行和这27首十四行诗亦功不可没。我们来赏析其中第十八首。这首诗是1938年4月14日，他们从前线返回汉口时，奥登为一名死去的中国士兵而写的。

在中国写的这组十四行诗取名为《战时在中国》，既是对时局的反映，更是诗人对战争的反省。如此规模的战争，发生在一衣带水的邻邦之间，发生在两个具有共同文化母体的国家之间，真让人匪夷所思。据此，奥登认为，一整部人类文明史都是失败的，因为人类历史几乎是一部战争史，地球上的每一个角落都时刻遭到战争和恐怖事件的威胁。一战结束后仅仅二十年，二战就爆发了，战争不再局限于欧洲，连“远离文化中心”的远东都成了主战场。

奥登以英美为文化中心，所以中国就成了“远离文化中心的地方”。这里应该是“不知有汉，无论魏晋”的桃花源啊！然而，这个可怜的中国孩子却惨死在战场！第一句，我们要注意“被使用”这三个字，只有物品才“被使用”，这说明在战争中，每一个士兵都像物品一样，是“被使用”的战争工具。



在诗人奥登看来，这个中国孩子首先因为自己的籍贯被“文化中心”抛弃，然后他因为无孔不入的战争被偏远之地的安宁恬适抛弃，到了战场上，他又被他的将军和他身上的虱子无情地抛弃，最终他被死神接收了。

唐代诗人曹松名气不大，但他有一句诗尽人皆知：“一将功成万骨枯。”在战场上，无数普通士兵都只是垫脚石和牺牲品。士兵是战争胜负的关键，但当人们日后写一部战争史、写一场战役的时候，极少有士兵会被提及。何况，这个年轻士兵，他并没学到什么重要知识，所以他头脑里也没什么可丧失的。他只会开一些陈腐的玩笑，他沉闷得就像战时那些荒凉的废墟，毫无疑问，“他的名字和模样都将永远消逝”。

就是这样一位不知名的、已经死亡的士兵——他“不知善，不择善”，换句话说，他没有太多的善恶概念，更没有主动选择的能力——却让我们受到了教育，“并且像逗点一样加添上意义”。为什么要说“像逗点一样”呢？因为，这个意义是在不断添加的，只要战争没有结束，它的添加就不会画上句号。

最后四句，诗人表达的是一种世界主义的思想。如果没有这四句，这首诗就什么都没有了。抗战时期，中国诗人也有很多作品，但大多止于“抗日”，反侵略，充满着民族之间的血海深仇，没有把暴力上升到整个人类的层面，进行声讨和反思。其中最好的诗歌，比如戴望舒的《我用残损的手掌》、艾青的《我爱这土地》等，它们的成功在于，不直接写战事，不直接表达仇恨，而是写诗人对这一方土地的热爱：“我用残损的手掌 / 摸索这广大的土地”，“为什么我的眼里常含泪水 / 因为我对这土地爱得深沉”……虽然视野尚显狭窄，但他们以自己的才情让中国有了真正意义上的反战诗，而不是“抗战诗”。反战与抗战，这一字之差，境界完全不一样。反战，是反对一切战争，反对所有暴力行为；抗战，是以暴对暴，以其人之道还治其人之身。抗战是军人的事情，抗战是为了保家卫国；反战是诗人的事情，反战是为了让全世界不再出现战争。

还有不少人认为，关于战争的诗，就是要写像“大刀向鬼子们的头上砍去”“每一颗子弹消灭一个敌人”这样的诗句，才有力量。其实大谬不然。诗歌是另一个领域的“战争”，它不以消灭敌人的肉体为目标，而是以触动人类的灵魂为旨归；诗歌不能以暴抗暴，而是要去除人类的暴力倾向和作恶冲动。感染力而不是煽动性，才是诗歌最有力的武器。我们来看奥登这首诗最后的四句。

“他在中国变为尘土，以便在他日 / 我们的女儿得以热爱这人间”。他在中国变为尘土，与“我们的女儿”他日热爱这人间有什么关系？诗人的女儿在欧美，与一个远在中国、而且早已死去的中国军人有什么关系？当然是有关系的，和平是全世界的事，只要世界的某一角落还有战争，那里的人们就一定会牵动我们的心。一个中国军人，看上去他是为国捐躯，实际上，任何一个生命被伤害、被屠杀都会在不同程度上唤醒全人类对和平的向往与追求，“唇亡则齿寒，户破则堂危”，我们的古人说得多好！

诗人在这里用了“我们的女儿”而不说“我们的儿子”或者“我们的儿女”，或许因为女性是和平与幸福的象征。唐代诗人陈陶的名句“可怜无定河边骨，犹是春闺梦里人”，张若虚《春江花月夜》中的“此时相望不相闻，愿逐月华流照君”，李白《子夜吴歌》中的“秋风吹不尽，总是玉关情”，等等，都是从女性的视角来看待战争。只不过，唐诗写的是当下，是战争进行时，主题是“闺怨”；而奥登着眼于未来，是在战时憧憬战后，主题是“热爱”。

是啊，正因为有无数像这位中国军人一样的各个国家和民族的小伙子，慷慨赴死，他们的牺牲，就是对战争和暴力的一次次控诉、一次次拒绝、一次次批判，由此，最终将带来世界的和平，以使我们的人间不再为狗所凌辱——“狗”寓示着对暴力的憎恶与蔑视；也使有山、有水、有房屋的地方，还能有人烟——如果听任战争蔓延，世界将卷入一片火海，那时，就不仅仅是中国，不仅仅是伊拉克和叙利亚，很可能全世界都“覆巢之下无完卵”。

看来，那个时候的奥登，对这个战事纷纭的世界，依然抱着谨慎的乐观。

## 简单的意义

[希] 扬尼斯·里索斯（1909—1990） 韦白 译

我躲藏在简单事物的背后，于是你可以找到我，
如果你找不到，你可以找到那些事物，
你的手将触及我的手曾经触及的东西，
我们的手印会浮现出来。

厨房里八月的月亮在闪烁
像镀锡的平锅（因为我的提及而变成了这样）
它点亮了这空空的屋子和屋子里正在跪落的寂静——
总是这寂静在持续地跪落。

每一个字都是一条敞开的路
通往一次经常取消的会晤，
而这个字将成真，当会晤仍在持续时。

# 每一个字都是一条敞开的路

1971 年，法国诗人路易·阿拉贡写了一篇文章，标题赫然是《当今最伟大的诗人名叫扬尼斯·里索斯》。阿拉贡可是超现实主义大师，死后被誉为“20 世纪的雨果”，他何出此言，对扬尼斯·里索斯大加赞赏呢？那当然是因为里索斯写出了伟大的诗歌。

探究扬尼斯·里索斯的生平，发现他真是一个不走运的人。虽然在写作上遇到阿拉贡这样的知己，但他多次成为诺贝尔文学奖候选人，均失之交臂。1977 年，他获得列宁和平奖，算是一个小小的安慰吧。里索斯的父亲是一名地主，里索斯的童年过得很殷实。命运的转折点出现在 1924 年，希腊军队被土耳其人击溃，里索斯的父亲先是失去了所有财产，接着因妻子和另一个儿子相继死于肺结核而神经错乱，15 岁的里索斯只身来到雅典，一边读书一边靠做仆役、打零工艰辛度日。苦难中，日子真是漫长。里索斯也像他死去的兄弟一样，得了肺结核，这位盗窃他健康的恶魔和他相处了五年，见无机可乘才拂袖而去。身体可以不用操心了，国家的现状却让人忧心忡忡。他毅然参加“民族解放阵线”，不久被捕，去集中营待了四年；出来后，继续在左翼活动，再遭逮捕，被放逐到萨摩斯岛上。等到流放解除，已到了 1970 年，这名祖国的“政治犯”不期然成了大诗人，第二年就有了阿拉贡的雄文，扬尼斯·里索斯作为希腊现代诗运动的先锋和代表诗人，昂首走向国际诗坛。

鉴于以上背景，“痛苦”成为里索斯诗歌的主旋律就不奇怪了。但里索斯对痛苦的表现，绝不是嘶吼和号叫。他受过那么多苦难，搁在别人身上，都死过好多回了。然而，那些死去的人的生命，包括他的兄弟和父母，都集结到了他的身上，让他的肉体和灵魂变得异常强大。这位肺结核病人活到 81 岁才溘然长逝，在他产量丰富的诗歌作品中，具体而深广的痛苦经由灵魂的冶炼，演变成一种极具质感和张力的“戏剧性独白”。

里索斯有一首诗《第三个》，它就像一篇荒诞派小说。说的是三个人，一个在谈着海，一个在听前面那个谈海，第三个既不谈也不听，他沉浸在海的深处，他漂流着，移动着，他在探查一艘沉船，于是便有“精美的水泡带着轻柔的声音往上升”。这时，上面的那两个，一个问：“他淹死了吗？”另一个回答：“他淹死了。”而那第三个，从海底无助地望着他们，眼神就像望着淹死的人。

这是多么生动而深刻的一幅浮世绘！岸上的人何等冷酷，他们谈着大海的宏阔与壮美，却坐视沉没在海里的人被淹死。然而，反过来的是，那在海里的“第三个”，他真正了解大海，享受着大海，大海就像他的家一样，对于他来说，那些坐在岸上空谈大海壮美的人，才是真正被大海“淹死的人”。

很多俗世的成功者、享乐者，对于陷溺于痛苦深渊中的广大民众，总是熟视无睹，麻木不仁，他们自以为这样就远离了“痛苦”。其实，痛苦深渊中的民众，总有一些杰出者，通过“苦其心志、劳其筋骨、饿其体肤、空乏其身”之后，必将成为开创大业、天降大任的“是人”。

被痛苦磨砺着的人，由于知道自己没有天生的高贵，没有非凡的际遇，于是分外懂得简单事物的可贵，分外珍惜人事与物事中每一个寻常的机缘。

“我躲藏在简单事物的背后”——为什么要躲藏？因为外面不安全，或者“我”不习惯外面的热闹与争斗。那躲到哪里去呢？“我”选择了躲到简单事物的背后：一是简单事物不打眼，往往被别人所忽视；二是这样你就容易找到“我”，你懂的。

“如果你找不到”这一句是个急转弯，诗歌从此改变方向，向着诗人欲探求的“深渊”前进。躲到简单事物后面，明明是为了方便你找到，那“如果你找不到”又会是一种什么情况？只有一种情况：有人捷足先登了！“我”被逼着离开了那“简单事物”，到更复杂的地方比如集中营、审讯室、监牢去了。不过，没关系，“我”不在了，那些简单的事物还在。你摸摸它们，那些“我”曾经触及的东西，在你的触及和抚摸下，“我们的手印”也会像在大海中一样，也会像“精美的水泡带着轻柔的声音往上升”，它们会浮现在你面前，传递给你有关“我”的信息。

这时，你会发现，秋天的月亮在厨房里闪烁。在“我”看来，它就像我们家那口镀锡的平锅。括号里那句“因为我的提及而变成了这样”，表明每个人眼里的月亮都不同，现在你去看它也像一口镀锡平锅，是因为“我”的提及，“我”的示意。这一句既体现了诗人能够改变事物的魔力，又表达了“我”与你之间的默契。镀锡平锅本来就是再简单不过的事物，通过诗人的比喻，迷倒众生的月亮也成了像镀锡平锅那样简单的事物，普照天地万物的月亮此刻只属于这间“空空的屋子”。人去了，月还在，它点亮着这空空的屋子和屋子里“正在跪落的寂静”。

“跪落”这个词，译者在这里用得特别好。我们要好好品咂“正在跪落的寂静”这几个字。寂静正在跪落，说明现在还不是寂静的，说明刚才还是喧闹的；“跪落”则描绘出一幅被强制、被迫害的没有尊严的画面——你来迟一步，“我”刚刚被他们抓走了。



“寂静”的后面，诗人用破折号加以诠释和强调：“总是这寂静在持续地跪落。”闹得久（可见有挣扎），所以静得慢，“跪落”才是持续的，因而一直到你来，那寂静都没能完全“跪落”下来。

你找不到“我”了，只好去找“我”写的字。“我”写的那么多字、那么多诗句都在等着你。你知道吗，读“我”的诗，诗中的每一个字都是一条敞开的路，通往一次次因为意外而取消的会晤。而只要你通过这个字，让“我们”被取消的会晤因你的阅读而得以持续，那这个字将借助你的嘴、你的眼和你的心，得以成真。

扬尼斯·里索斯的译者韦白也是一名优秀诗人。他有一段评论里索斯的文字，我认为十分中肯，特摘录如下：

“我一直把扬尼斯·里索斯作为我写作的标杆，他选择的立场也是我认为最为恰当的立场。他的诗歌一点也不卖弄，朴素得几近于木讷，但仔细一读，又发现平易中隐含着另外的极为犀利的东西，一种沉积于生活深处的、最为核心的苦痛。他的音调始终在低音区，有点像自言自语，类似呢喃和梦呓，却有着巨大的场域，盘旋在高处，扫过脏乱的街区、弱至无言的人群，乃至整个令人伤心欲绝的尘世。他的语言仿佛是用胆汁泡制而成，然后经过反复的风干，看起来似乎脱离了苦水，但在咀嚼之后，那种苦才真正令人铭心刻骨。”

## 断章

[希] 埃利蒂斯（1911—1996）　袁华清 译

时间是飞鸟掠过的影子。

它的形象中圆睁着我的双眼。

蝶群绕着幸福的绿叶

在进行伟大的历险。

此时无辜

正抛掉最后一个谎言。

甜蜜的生活，甜蜜的

历险。

尘世渗透着痛苦

一个个谎言从房间飞快吐出。

因喧闹和不安

而变轻的夜

在我们之中变了形状

新的沉默闪着启示之光

我们发现我们的头在主的臂间枕放。

## 时间是飞鸟掠过的影子

希腊，欧洲文明的发源地，欧洲文化的母体。西方的史诗和抒情诗都是从这里萌芽：荷马、萨福、品达、赫西俄德、阿尔凯奥斯……这些卓越的名字，一一镌刻在诗歌殿堂的最顶端，仿佛天上永不熄灭的星辰。

“高歌吧，女神！”荷马史诗《伊利亚特》就是以这样的方式为诗歌敲响激昂的鼓点！

“没有比漫无目的的徘徊更令人无法忍受了。”这是《奥德赛》中的名句，它告诉我们，人类心灵要有真正的进展，继神话和寓言之后，诗歌是迈出的最为关键和重要的一步。

萨福，世界上最早的美女诗人，被柏拉图称作“第十缪斯”。她比我们国家的屈原老先生还大了两百多岁。

“恰似一个又红又甜的苹果高悬枝头，/ 在树梢上，摘果人不知怎的把它遗漏。/啊，不是遗漏，而是至今无人能摘到手。”

那个年代，或许我们只能靠想象去揣摸，但每次读到这样的诗句，我仿佛能看到诗人那迷离的眼神，她缓缓行走的宽幅裙摆，甚至能感受到她伸出去摘果子的手的温度。

自从公元前338年，希腊联军被马其顿人打败，主权丧失，文明衰落；再加上罗马帝国和日耳曼铁蹄的摧残，古希腊文明渐渐像神话一般，成为一个日益稀薄的背影。这一沉沦就是两千多年，直到20世纪30年代以后，依赖两位诗人的横空出世，希腊文化走上复兴之途：一位是1900出生的乔治·塞菲里斯，另一位是小塞菲里斯11岁的奥德修斯·埃利蒂斯。

1963年，乔治·塞菲里斯获得诺贝尔文学奖，理由是“他卓越的抒情诗作，是对希腊文化深刻感受的产物”。16年后，埃利蒂斯以长诗《英雄挽歌》再次代表希腊文学斩获此奖，理由是：“他的诗以希腊传统为背景，用感觉的力量和理智的敏锐，描写了现代人为自由和创新而奋斗。”两位诗人获奖，都提到了希腊的文化传统，这不是偶然的。没有传承，就不会有开拓。无论塞菲里斯，还是埃利蒂斯，他们极富现代性的诗歌里面无不晃动着古希腊的衣香鬓影。

特别是埃利蒂斯，他的诗歌有两个源头，一个是欧洲的超现实主义，另一个便是古希腊神话。在有着悠久传统的国度里，诗人们总会不由自主地背上沉重的文化包袱，这一包袱往往让现代写作者难以脱颖而出，像中国明清时代的诗人，一下笔，前面就拦着屈原、陶渊明、杜甫、李白、韩愈、苏东坡、李清照……才高如吴梅村、李渔、张岱、袁枚，写起来也是左支右绌，不是一头扎进陶渊明的田园诗里，就是双足陷入李太白的山水诗中，要不就被杜工部的咏史诗缚住了手脚，横竖出不了头。希腊文学也是一样，为什么两千多年都没有起色，因为一代又一代写作者挣脱不了传统的阴影，靠研究和模仿古代神话，谋生立业尚可，焕然一新则几无可能。





因此，超现实主义宛如埃利蒂斯手里的一根长矛，他无情地挑烂了国内同行身上那件模仿的外衣。反过来，超现实主义破坏性够强，但若要有更大建树，又必须有优良的文化传统来撑腰。这时，古希腊深厚的神话传统就在埃利蒂斯的诗歌建构中发挥了巨大的作用。埃利蒂斯的家乡是克里特岛上的伊拉克利翁镇，那里山高谷深，断崖林立，岬角与海湾柔美相依，还有壮丽的日出与日落。在诗人看来，希腊本身就是一个神话。这一切，注定了他不可能成为超现实主义的信徒，而只是将它当作一种武器。埃利蒂斯有一个形象的比喻，他说超现实主义是“垂死的，世界上最后可用的氧气”。

《断章》这首诗的前两句是埃利蒂斯最有影响的句子：“时

间是飞鸟掠过的影子。/ 它的形象中圆睁着我的双眼。”

希腊神话与飞鸟是息息相关的。如十二主神之一的赫耳墨斯，是宙斯与风雨女神迈亚生的儿子，他脚生双翼，迅疾如飞；眼睛在夜里闪亮的猫头鹰是智慧女神雅典娜的象征之一；鸽子是爱与美的女神阿弗洛狄忒的宠物；兀鹰是战神阿瑞斯的圣鸟；乌鸦则是太阳神阿波罗的爱鸟……几乎所有的天使，那模样儿都可称得上亦人亦鸟了。

“时间是飞鸟掠过的影子。/ 它的形象中圆睁着我的双眼。”这里使用了现代诗的一个经典技法，打乱时空层面，并进行诗意的转换。

在诗歌创作中，时空转换一般有两种模式，一种是单向度的，时间的转换或者空间的转换，这在中国古典诗词中较为常见，比如李商隐的《夜雨寄北》“君问归期未有期，巴山夜雨涨秋池。何当共剪西窗烛，却话巴山夜雨时”，就将过去、现在、未来打成一片，营造出如梦如幻的缠绵氛围；像贺铸《青玉案》的“一川烟草，满城风絮，梅子黄时雨”，就用连续的空间转换来渲染“闲愁都几许”。另一种模式是双向的，时间与空间进行转换。诗歌写作不外乎在时间与空间这两个向度上展开，中国古典诗歌早已意识到时间与空间的不可分割，“宇宙”一词即寓有时空一体之义。因此，古诗中有很多“时空共寓”的佳句，比如王昌龄的“秦时明月汉时关”，杜甫的“窗含西岭千秋雪”，李白的“今月曾经照古人”等。但将时间与空间在本质上进行转换，让时空在诗句中直接呼应、碰撞、融合，基本上是现代诗歌出现后才有的事儿。

我们看，“飞鸟掠过的影子”本是一件实物，是可见的；而时间是一种不可见的、虚的东西，将“时间”比喻为“飞鸟掠过的影子”，而且不说“像”，而说“是”，这样就使得时间不仅能感受，而且能看见，甚至能触摸。正因为时间有了具体的形象，接下来才可以说“它的形象中圆睁着我的双眼”。这句诗如果不作时空转换，一般可写成这样：“在飞逝的时间中，我像眼睛圆睁的鸟掠过的影子。”这句诗写得也算不错了，但远不如埃利蒂斯的句子让人感到新奇和震撼。

“蝶群绕着幸福的绿叶 / 在进行伟大的历险”。蝴蝶绕着绿叶飞舞，我们觉得那算什么呵，但对于蝴蝶来说，它可能认为自己在进行一场伟大的历险哩。就像我们进行的伟大历险，上帝看了可能会觉得好笑一样。

第一段的大意是，任何生命都拗不过时间的飞逝，它们虽然是无辜的，但所谓“甜蜜的生活”“伟大的历险”都不过是一个谎言。这是诗人“圆睁着”“双眼”看到的真相。

第二段，诗人继续无情地揭露尘世的真相：尘世渗透着痛苦，一个个谎言从房间飞快地吐出。“房间”自然是指房间里的人，人们的承诺、讨论、表白……都是谎言。为什么这个“房间”充满了谎言呢，这些谎言要起到什么样的作用？埃利蒂斯认为，谎言是为了掩饰真相，人类为了生存下去，不得不用“甜蜜”“幸福”“伟大”等种种谎言来掩饰尘世的痛苦。

掩饰和伪装就会产生喧闹与不安，喧闹与不安又让夜晚变得浮躁、轻飘，因而在我们之中改变了它的形状。但，喧闹与不安不可能是永久的，人们总得放下那些“伟大的历险”，暂别那些“甜蜜的生活”，而休歇，而安睡。诗人“圆睁”的“双眼”又惊讶地发现：只要我们安睡下来，那新的沉默便会闪烁启示之光。原来，我们不仅仅是睡在床上，还头枕着主的手臂。

那就有一个问题：到底是主的臂间让我们安睡，还是因为我们安睡了，所以能枕到主的臂间？诗人没有说。谁又是“主”？上帝？大自然？还是我们自己？诗人也没说。在这里，诗人留下一个空，让读者自己去填。正如英国剧作家品特所言，这“是一种非常含糊的处理，是流沙，是蹦床，是一个随时会在你脚下破裂的池塘的冰面”。

## 信念

[波] 切·米沃什（1911—2004） 张曙光 译

信念会在心中出现，无论何时你
看见一滴露珠和一片漂浮的叶子
知道它们存在因为它们必须存在。
即使你闭上眼睛幻想
世界仍将保留原来的模样，
那片叶子也将被河水带走。
你也会产生信念，当你的脚
被一块尖利的石头碰伤，你知道
石头就在那里，碰伤我们的脚。
看到了那棵树投下的长长的影子？
我们和花朵在大地上投下影子。
没有影子，就没有活下去的力量。

# 没有影子，就没有活下去的力量



诗人布罗茨基这样评价他的这位同行："我们这个时代最伟大的诗人之一，或许是最伟大的。"我同意布罗茨基的前半句，因为原本"最伟大的"就没有之一了，而布罗茨基在其他场合曾说过："在我们这个世纪，再没有比茨维塔耶娃更伟大的诗人了。"可见，"最"表达的往往是一种激赏，而不是说真的就独一无二。

米沃什有着宽阔的额头、高耸的鼻梁、深邃的眼睛和厚实的嘴唇。他的头颅像一面山岩，酷似他的老家谢泰伊涅——立陶宛首府维尔纽斯附近一片树木葱翠、错落有致的山谷，秀丽之中隐含着孤寂与坚忍。米沃什出生的时候，谢泰伊涅还在波兰的版图内，米沃什家族一直以波兰语为母语，他也一直视波兰为自己的祖国，并坚持用波兰语进行写作。

22 岁那年，已经出版了一本诗集的米沃什留学巴黎，他把自己比喻为刚刚来到世界之都的“年轻的野蛮人”。然而，对于一位满怀热望的年轻诗人，城市有其更野蛮的一面：“城市按照它的本性行动，/ 在黑暗中响起沙哑的笑声，/ 烘烤长面包，把酒倒进泥罐里，/ 在街头卖鱼、柠檬和蒜，/ 对荣誉、羞耻、伟大和光荣无动于衷。”这时，一个叫奥斯卡·米沃什的长者成了他的引路人，这位本家对文学和《圣经》均了如指掌，他大隐隐于市，在一个颓废的时代保持着自己对万物的爱，拒绝参加一切竞技，包括写诗。这颗谦卑、好奇而缓慢的心灵奇妙地嫁接到了切·米沃什身上。1939 年春天，米沃什回到波兰老家三年后，得知奥斯卡与世长辞。哀思很快被米沃什转化成力量，面对战争即将到来的欧洲，一个人必须具备勇气和智慧双翼，才可能突出重围。果然，先是德苏签订密约瓜分波兰；而后，纳粹德国闪电攻陷华沙，苏联则从东部入侵波兰。不久，希特勒对苏联宣战，孱弱的波兰完全成了一块被肆意践踏、蹂躏的蛋糕。翌年 6 月，米沃什闯过苏军与德军四道防线，从维尔纽斯长途跋涉到华沙，等到他再次回到老家那座“从童话中长出来的城市”，已经是半个多世纪之后的事情——他成了一名流亡诗人。

诗歌无意成为战争和死亡的见证，但战争和死亡野蛮地闯进了米沃什的诗歌。一天，米沃什看见一位 20 岁左右的犹太姑娘，她身材丰满，光彩照人，当时正在大街上兴高采烈地走着。突然，她莫名其妙地举起双手，一边奔跑一边惊惧地狂喊：“不！不！”旋即，传来党卫军冲锋枪子弹连发的声音，姑娘倒在地上。温热的鲜血和阳光一起灼痛了诗人的眼睛。

战争结束后，米沃什先是当上了波兰驻美国使馆的文化专员，过了一段养尊处优的生活；接着被任命为驻法国大使，“回到”巴黎，和阿尔贝·加缪结成好友。1951 年初，经历了种种荒诞现象的米沃什不愿意成为加缪笔下的西绪弗斯，加缪的另一本书《反抗者》成了米沃什的新标签，他向法国申请政治避难，理由是在自我“道德责任”的驱使下——他不愿意成为任何体制的帮凶，他不愿意再用自己的舌头传达“侏儒和恶魔”的尖叫，他要用笔来“揭示我和我这个时代的羞耻”。从此，切·米沃什在这个世界上便只有唯一的身份：诗人—— 一个承担着历史使命和具有坚定信念的诗人。

一名诗人的信念是如何产生的？米沃什告诉我们，无论你什么时候，哪怕是看到一滴露珠、一片漂浮的叶子，一定不要忽视它们，要知道：“它们存在”是因为“它们必须存在”。诗人有意选取露珠和叶子两样东西，虽然露珠易逝，树叶卑微，但它们都是“天生我材必有用”的。这个世界上，有花朵，必然有真菌；有高山，必然有尘埃；有森林，必然有树叶……懂得世界上任何事物，有大小之分而无尊卑之别，有寿夭之差而无贵贱之异，这是你心中信念产生的前提。正如罗曼·罗兰在他的名著《约翰·克利斯朵夫》中所言：“每个生命都是自然界一种力的方式，都有自己的使命和规则。”

做人，第一不要小看小事物。小事物有大空间，有大作为，有大境界。“千里之堤，溃于蚁穴”就是小事物的大作为，“一花一世界，一叶一如来”说明小事物有大空间，“纳须弥于芥子”则是小事物的大境界。

第二不要把事物看旧了，不要熟视无睹，任何事物每一刻都是新的。《易经》说，万物不居，周流六虚。西哲赫拉克利特说，人不能两次踏进同一条河流。皆极言万物变化翻新之快。与他类比，万物各不相同；与自己比，却“日日新，又日新”。

“即使你闭上眼睛幻想 / 世界仍将保留原来的模样”，那也是不可能的，你闭上眼睛顶多只能关住自己的主观意识，客观世界包括你自身的变化就像“那片叶子”一样，“也将被河水带走”。

然而，变化虽是主流，存在却是比变化更大的“河岸”。

无论如何沧海桑田，“变化”也逃不出“存在”的手掌心。所谓信念，就是在一个时刻变化的世界里，保持自己某种思想或情感上的坚定，好比“当你的脚/被一块尖利的石头碰伤”的时候，它让你知道“石头就在那里”，而且它“碰伤我们的脚”。诗人要告诉我们的是，任何伤害我们的事物都是一种“必须”的“存在”，因此，我们所经受的所有伤害也无不是“必须”的“存在”。我们无法逃避伤害，就像我们无法逃避事物一样，只要还活在世上，哪怕是一缕风、一片落叶都可能伤害到我们。

但不要沮丧，最重要的是活着。如果想看到无数水流，你就必须成为岸的一部分；如果想看到更多的世事变迁，你就必须坚忍地活着。看到“那棵树投下的长长的影子”了吗？看到“我们和花朵”在大地上投下的影子了吗？影子虽然阴暗，却是希望和光明的象征。中国古诗有“拂墙花影动，疑是玉人来”，有“月既不解饮，影徒随我身”，有“起舞弄清影，何似在人间”……有影，是因为有光的照耀，有物的烘托，有人的感知。反过来，影子的存在，让我们懂得光明，让我们与万物相拥，让我们明白自己还活着——是故，“没有影子，就没有活下去的力量”。

光与影，这一相生相克的意象，在米沃什诗歌中屡屡成为审视遥远事物和凝视自身的利器：“一个清晨，我望向窗外，看见一棵幼小的苹果树在光线中逐渐变得透明”(《窗外》),“我们眨着眼，犹如一只老虎一跃而出 / 站立在光线中，抽打着尾巴”（《诗艺》），“我的爱，你被一把凿子穿过的胸脯 /……对春天的影子，它都无从记起”（《一对夫妇的雕像》），“菩提树的影子爬上了花坛，/ 世界隐没在蓝色的三桅船后面”(《门廊》），“她的影子爬上野猪的影子。/ 于是她独自搏斗，同那凶残的野兽”（《楼梯》），“在光线触摸到平原的地方 / 影子逃逸着仿佛它们真的在奔跑”（《爸爸在解说》），“让他跪下，把脸俯向草地，/ 看着从地面反射出的光线。”（《太阳》),“直起腰来，我望见蓝色的大海和帆影”(《礼物》)……

在米沃什看来，人一生最大的幸福就是这世上没有一样东西他想占有，没有一个人值得他羡慕，就是一个人能忘记自己遭受的不幸——所有这一切，都不过是大自然“光”与“影”的变幻而已。倘若明白这一点，在你的身上便不会有痛苦，你就收到了上帝赐予你的最美好的礼物。

## 调解

[英] R.S. 托马斯（1913—2000）　程佳 译

神对一位说：来，
运用数字和图形
来我这；看我的美
尽在星星之间的
角度里，在我王国的
公式里。带着
你的透镜来崇拜
我的维度：远
在外，远在内，
永远有更多的我
比例相称。对另一位说：
我是燃烧的灌木丛
在你存在的中心；你必须
脱去知识

光着思想

来我这。对这一位

他说：因为

你肚子肥大，情感

荒芜，我

将来到你身边，化作最简单的

事物，化作一个人的

身体，吊在一棵

大树上，你已把树变成

木材，该不会认得我。

## 我是燃烧的灌木丛



R.S. 托马斯，是一名地地道道的威尔士人。从政治领域来说，威尔士人当然就是英国人；但从文化而言，威尔士有着自己独特的风神，它并不愿意跟“英国”搅在一起。R.S. 托马斯，曾长期致力于威尔士的民族复兴运动，最终却依然以“英国诗人”名世。历史的吊诡就是如此，往往让文化无地自容。

R.S. 托马斯的职业是牧师，他在这个位置上一直工作到 65 岁退休。然而，别的教徒是因疑生信，疑为信之门；托马斯却是因信生疑，信为疑之始。他自始至终“怀疑上帝，又胆子太小 / 不敢否认他”。

托马斯不是战士，他反对暴力，不主张革命。他希望的是人类自身能够觉悟，觉悟到不要侵占他人，不要侮辱他人，也不要自取其辱。托马斯也不是上帝完全信得过的牧师，他经常和他唱唱反调，或者陷入不该有的沉默。然而，托马斯是一名真正的诗人，1996 年，他在诺贝尔奖竞争中惜败给波兰诗人辛波斯卡，但他虽败犹荣。同样出于被无情侵犯过的弱小民族，辛波斯卡的获奖的确更具象征意义，或者说，辛波斯卡获奖同样也是托马斯获奖，他们中没有输家。

托马斯与辛波斯卡都是用句简截、风格明快的诗人，他们的诗歌读起来叮当作响。辛波斯卡天分更高，更富有激情和战斗力，也更引人注目；托马斯则更朴质，有时近乎朴拙，他兼具威尔士农民的厚重与牧师的灵慧，他有意降下自己，然后向高于自己的任何事物表达质疑。我很喜欢辛波斯卡，但我对 R.S. 托马斯的喜爱一点也不亚于辛波斯卡。

辛波斯卡打眼，容易吸引人，她本是那种极具才华和气场的诗人。R.S. 托马斯仿佛一块泥土，仿佛一句在《圣经》中待得不耐烦、跑出来玩耍的名言，总之，他是一个可爱的老头：诗多，话不多；个头高，从不自视过高；怀疑一切，却并不悲观；时常向上帝发问，甚至跟他赌气，但始终没离开过上帝："上帝就是我们生活中 / 伟大的缺席、内心的 / 空寂、我们探索的 / 意境，不曾奢望 / 抵达或觅得。"

R.S. 托马斯前期的诗歌是典型的"英式风格"，酷似英国足球队直来直去的硬朗打法，从自己门前直接长传冲吊到对方门前，在整体战中体现自己的实力：“难道你看不见 / 在时代的笑脸背后 / 那头脑冷酷的机器 / 将摧毁你和你的人民？”这样劲爆的射门虽然很多，但当球传到门前，位置恰到好处时，他也不乏来一记妙射的能力：“你所能做的 / 就是善意地将身子倾过深渊 / 去听听那从前是智慧的话语。”还有时，托马斯灵光迸射，突然有如马拉多纳附体，从中场带球，迂回，腾挪，闪过对方多名后卫，最终骗过门将，将球打入空门：

“从古至今 / 那支巨大的画笔从未歇息，/ 画漆也从未干过。然而有谁，/ 或淡然观望，或如我们此时 / 透过泪的镜片，细赏过 / 这幅作品，明白它尚未完成？”

这首诗的标题是《窗景》。他将窗景比作一幅画，写得极妙。与崇拜唐代诗人王维的美国诗人吉尔伯特相比，托马斯在创作上无疑更有王维的韵致。

60 年代之后，R.S. 托马斯的风格开始改变，他显得更加节制，更加蕴藉，随着机器对文明的介入、文明对乡村的开发，还有他内心本来就摇摆不定的信念，他诗歌中忧伤与怀疑的成分越来越多。在《精神实验室》这本诗集中，托马斯发现了更多的内心风景，他学会了不断传球，学会了利用中场的腹地和边缘，在更广阔的心灵背景上，展示自己惊人的蜕变。

这个阶段最大的成就是，他开始调解自己与上帝的矛盾。他意识到，上帝或许没有，但人类必须追求神性，否则将无路可走。我们看到，在《调解》这首诗中，神一共与三个“人”进行了对话。“三”在哲学上的意义众所周知，“一生二，二生三，三生万物”，“三”昭示无限，也表示整体。神对三个人说话，其实就是对整个人类发言。

西方人说，上帝与我同在。东方人说，举头三尺有神明。上帝和神究竟是什么东西，应该如何认识它呢？通过托马斯的诗句，神亲自来告诉人类。

神对第一位说的，是用科学的方式来认识神：“运用数字和图形 / 来我这”，“看我的美 / 尽在星星之间的 / 角度里，在我王国的 / 公式里”。以科学的方式，正常的目光远远不够，你必须带着透镜“来崇拜 / 我的维度”，这样你才能发现“永远有更多的我 / 比例相称”。

神对第二位说的，是用思想的方式来认识神。人说，既然能用科学的方式认识神，那好啊，我们可以刻苦钻研，知道无穷大和无穷小的数字，懂得世界上所有的图形，明白万事万物的角度，理顺一切可以得到的公式……神说，这还不够。科学的方式只是一个基础，还得用另一种——思想的方式。因为，“我是燃烧的灌木丛 / 在你存在的中心”。

这一句要好好理解。《旧约·出埃及记》中说：“神化身为燃烧的荆棘，向摩西启示他的使命。摩西用手捂住脸，他不敢看神。”荆棘是灌木的代表，灌木丛在山野草地，随处可见，既不能做景观，又不能充当栋梁，人们对它基本上熟视无睹。然而，神告诉人们，“我”不是别的，“我”就是灌木丛而已，但“我”是“燃烧的灌木丛”，而且在“你存在的中心”，如果仅有关于灌木丛的物理知识，没有关于“灌木丛”的丰富思想，你是看不到“我”的。只有当你能够看到一丛灌木、你眼中所有的灌木都在“燃烧”时，那丛与知识无关的灌木才会以神的形式，豁然挺立于“你存在的中心”。

那么，有了思想的方式是不是就能认识神了呢？神说，不能，还必须有另一种——直观的方式。所以，神对第三位说，其实“我”已经来到了你身边，“我”一直就在你身边，只不过，“我”化作了最简单的事物，化作一个人的身体吊在一棵大树上，但是由于你混迹世俗太深，经纶事务太久，功名和世故让你变得“肚子肥大，情感 / 荒芜”，所以，你只认得那树是一块好木材，而压根儿“不会认得我”。

现在我们明白了，这三种方式并不是任意一种方式都能通向神，而是必须循序渐进，逐步上升，最终抵达神明之境。以科学的方式破除愚盲，但科学是分领域的，只有超越科学才能圆融无碍；以思想的方式打通界限，但思想是有范畴的，只有超越思想才能浩然无边。超越了科学与思想，人才能身心透彻，回到万物的本原之中，以直观的方式，在万物中看到自己，也就是看到真正的神。这样的人，才会充满着神性，洋溢着欢乐，拿禅宗的话来说，叫“遍身法喜，难以言传”。

青原惟信禅师上堂说：“老僧三十年前未参禅时，见山是山，见水是水；后来参禅学佛，得个入处，见山不是山，见水不是水；而今得个休歇处，依旧见山只是山，见水只是水。”意思是说，参禅学佛得到的知见往往只是假山假水，真正的山水在知见之外，在内心，在本我，在真实自然的日常生活中。可见，最终能拯救人类的，不是上帝，而是不断上升的人，是充满神性的人。如果这个世界上全是伧夫、俗物、名利客，那就真的无可救药了。

## 拒绝为一个在伦敦被火烧死的孩子哀悼

[英]狄兰·托马斯(1914—1953) 韦白 译

永不会轮到那创造人类

主宰鸟兽和花草

使一切感到谦卑的黑暗

在静默中说出最后的光线已经消逝

也不会轮到寂静

降临于轭具下翻腾的大海

而我必须再次进入水珠

浑圆的天堂

和麦穗耳中的圣殿

那时我才会为一个声音的影子而祈祷

或者把咸涩的种子

撒进丧服的山谷来哀悼

这孩子庄严的死亡与焚烧。

我不会用僵死的大道理

来杀死她离去时所引发的人性思索

也不会用任何更多的天真与青春的挽歌

来亵渎她生命之旅的驿站。

伦敦的女儿和最初的死者深埋在一起；

挟裹在远逝的朋友、

亘古的尘土和她母亲暗黑的血管中，

隐藏在奔涌的泰晤士河

那无人哀悼的水边

在第一次死亡后，就不会再有死亡

## 在第一次死亡后，就不会再有死亡



狄兰·托马斯是个什么样的诗人呢？唉，真是一言难尽。如果要在中国找一位诗人与他对应一下，我想到了“奉旨填词”的柳永。他们都是胸有成竹的天才诗人，又都是胸无成规的超级混混，只不过，狄兰·托马斯比柳永要“混账”得多。那就先讲讲狄兰·托马斯的故事吧。他慕名去拜访一位老画家，却看中了老画家天生丽质的年轻女友凯瑟琳，公然与之调情，惹得老人家大怒，欲以决斗解决问题。白头与黑发在一场惨烈的斗殴之后，获胜的竟是白头！老画家赢得了尊严，却输掉了佳人。狄兰·托马斯发挥他的优势，用连篇累牍的情书打动了凯瑟琳的芳心，他们终成眷属。可狄兰并不满足于这样的美事，他的眼睛和身体总是不忘去吸引其他女人，也总是被其他女人所吸引。他随意和其他女人鬼混，肉搏于脂粉阵中，弄得债台高筑、声名狼藉、疾病缠身。

狄兰·托马斯有两样东西能对女人产生致命的吸引力，一是才华，一是气场。他的诗歌激情澎湃得近乎暴力，却又不缺少美。他的诗歌不那么好懂，但你心里明白他想说的是什么，他告诉了你氛围和中心，他的细节和意象却是模糊不清、摇摆不定的。他喜欢用僵尸（体）、阴影、血液、乳房、肉体（身）、子宫、骨骼（髓）、神经等词语系列来表达他对人自身的看法，又用花朵、圆环、火焰、金属、尘埃、大海、墓地等词语系列来构筑他对世界的看法。



在狄兰看来，生活就是本能的释放，诗歌就是冲突的艺术。有次，诗人访问美国好莱坞，一位崇拜他的女演员问，你为什么来好莱坞？狄兰的回答让人瞠目结舌："一来想摸摸金发碧眼的小明星的乳头，二来想见见那位卓别林先生。"女演员当场满足了他的第一个愿望，前提是他的手指必须先蘸香槟酒消毒，他乖乖地照办了。然后，女演员带他去与卓别林和玛丽莲·梦露共进晚餐。但还没开餐，狄兰就酩酊大醉了，卓别林一气之下，赶走了诗人，不过他的话还是说得很客气："伟大的诗歌不能成为发酒疯的借口。"狄兰的回应是，给卓别林家门廊里的一株植物喂了一泡长长的尿。

这样一个混混，甚至是混球、混账男人，何以会成为一名伟大诗人呢？狄兰过着一种腐朽的生活，然而，像柳永一样，他一旦拿起诗笔却能化腐朽为神奇，花天酒地顷刻化作晓风残月，轻狂裘马立即变成白衣卿相。在现实生活中，他们是一个“黑暗中的孩子得不到翅膀”，是“狎兴生疏，酒徒萧索，不似少年时”；而在诗歌中，他们又能看到“时间怎样沿星星滴答成天堂”，又能“衣带渐宽终不悔，为伊消得人憔悴”。

《拒绝为一个在伦敦被火烧死的孩子哀悼》，在现代诗歌中，这首诗的题目算是很长的了。这个标题叙述了一件新闻，表明了一个态度。新闻是一个孩子死于伦敦的一场大火；态度是拒绝哀悼—— 一个无辜的孩子，被一场人为的、不负责任的大火夺去鲜活的生命，诗人觉得太不可思议了！他不愿承认，不敢相信，所以拒绝哀悼。

为方便理解，开头一句我们先浓缩了来读，那就是：“永不会轮到黑暗在静默中说出最后的光线已经消逝。”

“永不会轮到”表明诗人态度的决绝。“轮到”这个词显示出诗人的气场，似乎万物应该由他来安排，而不是那如上帝般主宰万物、毁灭生命的黑暗。如果由诗人来安排，则那“最后的光线”永不会消逝；那死亡的寂静，永不会“降临于轭具下翻腾的大海”。

“轭”是牛、马等动物拉东西时架在颈部的套具。每一个人背负着生存的压力，背负着道德、荣誉和使命等种种赘物，何尝不是戴着轭具的牛马哩！“大海”是诗人常用的意象，喻指人世。比如在《死亡也并非所向披靡》一诗中，他将死亡比喻为“沉落海底”，将生存比喻为“久卧在大海的迂曲漩涡之下”。

“我必须再次进入水珠/浑圆的天堂/和麦穗耳中的圣殿”，“那时我才会为一个声音的影子而祈祷”。这一段，诗人告诉我们，他不是不想哀悼，如果要他哀悼，除非他和那个孩子一样，进入那浑圆的天堂和小小的圣殿，那他就可以“把咸涩的种子/撒进丧服的山谷”，痛哭一场。

“再次进入”，表明这样的灾难已不是一次。“一个声音的影子”说明死去的孩子音犹在耳。“咸涩的种子”无疑是泪水。咸涩的种子撒进丧服的山谷，会长出什么样的植物来呢？悲哀与沉痛。可见，拒绝哀悼其实是哀到极点，痛彻心扉。

第三段容易理解。孩子已经死了，由她的死所引发的人性思索应该活着，“我不会用僵死的大道理”来杀死它，也不会用诗句唱出任何更多的“天真与青春的挽歌”，那对她短短的生命之旅只是一种亵渎。

这个在火灾中意外丧生的女孩，我们应称之为“伦敦的女儿”。她和其他早已去世的死者深埋在一起，“托体同山阿”，

“挟裹在远逝的朋友、/ 亘古的尘土和她母亲暗黑的血管中，/ 隐藏在奔涌的泰晤士河 / 那无人哀悼的水边”—— 一个娇小可爱的女儿，本来会有如花绽放的青春年华，会有星月光辉的人生岁月，会承担更多的磨难、更多的痛苦，也会享受更多的欢娱、更多的喜悦……然而，一旦被灾难吞噬，她就永远一去不复返了！

很多东西在“第一次”之后，还有第二次、第三次。唯有死亡，在第一次之后，就不会再有！

《拒绝为一个在伦敦被火烧死的孩子哀悼》，是一首批判之诗，批判那些伤及无辜的人为灾祸；也是一首哀痛之诗，哀痛生命之易逝，有如朝露晚霞。楚国狂人接舆在孔子身边鼓噪道：“往者不可谏，来者犹可追。”他不知道，有多少来者一不留神就跃入了往者之列。虽然狄兰说，死亡也并非所向披靡，但他同时又看到，“时光是一座奔跑的坟墓”，“除了死亡，没有谁在说”。

一个诗人的气场再大，也拗不过死亡随时盯住他的眼神。狄兰先后四次前往美国，他爱上了这个富裕和自由的国家。1949 年第一次赴美，他狂放的朗诵风格和超强的酒量征服了大学校园和曼哈顿酒吧。1952 年春，狄兰第二次去美国，诗人北岛说他第二次美国之行有明显的自我毁灭倾向。1953 年

5 月，他第三次来到美国，北岛说："成功就像一辆刹车失灵的汽车，欲罢不能。"此刻，狄兰腐败的身体更像一辆刹车失灵的汽车。他回到威尔士仅仅过了一个夏天，便迫不及待地再返美国，并将有过两次婚史的丽兹发展成情人。但丽兹对诗人的控制力远远比不上妻子凯瑟琳。11 月 4 日中午，刚满 39 岁的狄兰在白马酒吧喝了 18 杯威士忌和 2 瓶啤酒，回到家里陷入昏迷，五天后，不治身亡。



据说柳永死时一贫如洗，故有"群妓合金葬柳七"的故事流传。每年清明，歌妓们相约赴其坟地祭扫，相沿成习，称之"吊柳会"。狄兰死后，白马酒家也成为来自世界各地诗人、艺术家的聚会之地，每年狄兰的忌日，酒家供应诗人最后一餐的饭菜单。

伟大的诗歌的确不能成为发酒疯的借口，但它足够成为吊唁和怀想的理由。

## 大街

[墨] 奥克塔维奥·帕斯（1914—1998）　赵振江 译

这是一条长长的寂静的街道。
我在黑暗中行走，跌跤，
爬起来，踏着干枯的落叶和沉默的石子，
深一脚，浅一脚。
我身后也有谁将它们践踏：
我停，他也停，
我跑，他也跑。
当我转过脸，无人静悄悄。
一片漆黑，没有出路，
我在街口转来转去
总是又回到原处，
那里没人等我，也没人将我跟随，
我却在将一个人紧追，
他跌倒了又爬起来，
一见我便说：没有谁。

## 在黑暗中行走



说墨西哥诗人奥克塔维奥·帕斯是世界级诗人，不唯他的创作水平达到了世界级，更重要的是，他是真正学习、打通世界各种文化，并熔铸成独特风格的大诗人。他先天的基因里不仅有母亲带来的西班牙文化传统，还有祖母身上的印第安人的血液和风骨。他从 5 岁开始，接受英式和法式教育，14 岁即成为墨西哥大学的少年大学生，他在哲学、文学、法学、政治学、社会学诸领域狼吞虎咽，胃口惊人。17 岁，他开始文学创作，办杂志。23 岁那年，他深入尤卡坦半岛，让那荒瘠的石头缝里绽放出一朵绚丽之花——他奇迹般地创办了一所中学，广纳农家子弟，而且写出了一本诗集《在石与花之间》。

帕斯的经历告诉我们，象牙塔里是出不了诗人的。他接下来赴西班牙参加反法西斯作家代表大会，他和智利诗人聂鲁达一样，以外交官的身份涉足欧亚多国，并对印度佛学、中国道家和古典诗词产生了浓厚兴趣。在他的创作中，你能看到超现实主义的幽魂，闻到存在主义的气息，倾听到象征主义的隐约涛声和结构主义的鼓乐阵阵，你还能领略玄学的诡秘、道家的洒脱和被西化的唐风宋韵。

帕斯一方面坚实立足于拉美大地，热烈地投身到世俗生活当中，不管是日常的，还是社会的、政治的，他都以一个公民的责任，以一个诗人的良知，毫不含糊地表现自己的姿态，表达自己的看法。他认为，每个人都应该对国家、社会和时代负责，每个人都要发挥自己“闪电”般的作用。在《朦胧中所见的生活》一诗中，他写道：

在大海的黑夜里，
穿梭的游鱼便是闪电。
在森林的黑夜里，
翻飞的鸟儿便是闪电。

在人体的黑夜里，
粼粼的白骨便是闪电。

世界，你一片昏暗，

而生活本身就是闪电。

另一方面，帕斯又坚信文字对于生活有魔幻般的影响与改变。与聂鲁达不同的是，他不认为诗歌是情感的直接表达方式，而应该是一种事件的呈现方式，在这个呈现过程中，诗歌被文字创造，又创造新的文字。这一点，帕斯与嘲弄一切抒情态度的小说家米兰·昆德拉很像。昆德拉说，任何抒情态度都是想给存在赋予一种意义，而无视存在本来具有的意义。在帕斯看来，挖掘存在本来意义的诗人必须具备两样武器：技巧的精湛和思想的标高。基于此，诗歌便可以实现对社会生活的持续超越。所以，在《诗人的墓志铭》一诗中，他写道：

“他要歌唱，/ 为了忘却真实生活的虚伪，/ 为了记住虚伪生活的真实。”

对于诗人来说，“真实生活”反而是一种“虚伪”，从政府的规划到亲友的承诺，从报纸的高头大章到日记的鸡毛蒜皮，无不充斥着谎言。而他凭借意象、暗示、象征、隐喻创造出来的“虚伪生活”，才是对事物规律与世相真理的探索与追求。帕斯的野心是，诗歌应当向社会威势发起挑战，建立自己“永恒的国度”。1990 年，帕斯以其“充满激情，视野开阔，渗透着感悟的智慧并体现了完美人道主义”的作品，荣膺诺贝尔文学奖。诗风活力澎湃而淳熟内敛，质地清澈，身手灵妙，得大自在，帕斯终于缔造了自己的诗歌王国。

我们来看看《大街》都说了些什么。“这是一条长长的寂静的街道”——街道是城市的一部分，准确地说，是由街道构成了“城”，由人群构成了“市”。城市越大，街道越多，也越长。在动辄打造“国际化大都市”的今天，“长长的”街道更是随处可见。但，“长长的寂静的街道”就会受到时间的限制，比如说白天你很难看到一条长长的街道是寂静的，只有到了深夜，车消人隐，那长长的街道才会陷入寂静。

“我在黑暗中行走”，陈述的是一个事件，它看上去很突兀：“我”为什么要在黑暗中行走，“我”从哪里来，要去哪里，都没说。这样的“断崖式”叙述是现代诗歌的一个特点。比如法国诗人阿波利奈尔的《秋天》开头一句“在雾中走过一个罗圈腿的农夫”；德语女诗人、1966 年诺贝尔文学奖得主内莉·萨克斯在《约伯》最后一段写到“你的声音到达了虫和鱼那里”等：都运用了这一技法。

“黑暗”表明时间是在夜晚。“寂静的”再加“黑暗的”，也显示出一种偏僻。这种偏僻未见得指地理位置，更多或许是陶潜先生那种“心远地自偏”的况味。这种况味在帕斯的另一首诗《这里》也曾出现：

“我沿着这条街行走的脚步/回响/在另一条街上/那条街上/我听见我的脚步/沿这条街走过/这条街上//只有雾是真实的”

《大街》写的是深夜，而《这里》写的似乎是黎明或清晨；《大街》写的是“我”在街上碰到的一群“我”，《这里》写的是“我”在街上感受到的两条街（一条和另一条）——诗人从不同的角度，诠释自己孤独的处境。正如帕斯所言：“我在自己的中心迷失地行走。”

“断崖式”叙述的一个好处在于，它不交代理由和背景，显得简单、直接而有力，读者可以专注于事件本身，并因其抽象化而增添了象征色彩和隐喻意味，拓展出更大的想象空间。接下来，诗人便带领我们一步步走向神秘的诗歌内核。他在向大科学家、数学与地理学之鼻祖克劳迪乌斯·托勒密致意的一首诗中说：

“我是人：我最终做得很少/而夜晚硕大无朋。/但每当我仰望：群星写作。/我无意中明白了/我也被写下，/就在这非常时刻/有人费力地拼读我。”

硕大无朋的夜晚，勤奋写作的星星们在费力地对诗人进行拼读。《大街》告诉我们，帕斯并不愿意像普通人那样“做得很少”，他希望自己也能成为群星中的一颗，他希望自己能拼读出自己，并像群星那样，去拼读万物。

“行走”“跌跤”“爬起来”，这都是日常动作，不足为奇。可是，我们平时走着走着摔一跤，爬起来，拍屁股走了，顶多不好意思地瞅瞅看有没有其他人瞧见，觉得怪丢脸的，却很少会注意，爬起来后我们“深一脚，浅一脚”地踏着的“干枯的落叶和沉默的石子”。

我们摔倒了，疼痛，而且害羞。那被我们践踏着的落叶和石子呢，谁会心疼它们，谁来理会它们的羞辱感？何况，“我身后也有谁将它们践踏”——践踏它们的不是一个人，而是一支队伍。

“我停，他也停，/ 我跑，他也跑。/ 当我转过脸，无人静悄悄。”诗人在这里增添了虚幻感。身后的那个人像是在盯梢“我”，然而，“我”像在森林和沙漠里迷了路一样，转来转去总是又回到原处，“那里没人等我，也没人将我跟随”。也就是说，诗人感觉到的身后人只是他的一种幻觉。我们在走夜路时，也时常会产生这种幻觉，总觉得有个人在背后跟着，一回头却什么人也没有。

要命的是最后三句：“我却在将一个人紧追，/ 他跌倒了又爬起来，/ 一见我便说：没有谁。”

在深夜的大街上走着，“我”以为背后有人，回头却没看见，这叙述的仍然只是日常生活中的心理体验。最后三句，诗人继续进行冷静的叙述。原来，“我”在将一个人紧紧追赶。上面说了，身后人是一种幻觉，那“我”所追赶的前面的人是不是幻觉所致呢？大家知道，在日常场景中不太可能出现这样的幻觉，何况，那个人也像“我”一样，跌倒了又爬起来。可见，“我”追赶的这个人其实就是“我”，这从末句“一见我便说：没有谁”更看得出来。



于是，在身后盯梢诗人的人——诗人——诗人追赶的人，形成了深夜大街上这样一支奇特的队伍。其实，这支队伍只有一个人，只有“我”，他们都是诗人的本身和化身，也是每一个人的本身和化身。

我们一边践踏万物，一边做着无谓的自我追逐。我们践踏万物时，不知万物的孤独和恐惧，却因为自身的孤独和恐惧而徒劳地自我追逐。在诗人看来，我们比那些“干枯的落叶和沉默的石子”更为不幸：它们只要承受人的践踏，而人除了要承受上帝和命运的践踏，还要承受自身的践踏。

## 从前我想要一个大海

[奥]恩斯特·施瓦茨(1916—2003)　黎奇 译

从前我想要一个大海，
或至少是一个湖，
为了要宣泄
我小小的痛苦。

如今我那巨大的王国
已经大大收缩：
为了宣泄我最大的痛苦，
一片最小的池塘就已经足够。

人到了老年，
慢慢地学会了容忍，
一潭小小的水池
就容得下痛苦的海洋。

## 一片最小的池塘就已经足够



奥地利诗人恩斯特·施瓦茨，不要说读者们，就连诗人圈内，都很少有人听说过他。然而，他不仅是一名卓越的诗人，还是一名优秀的汉学家，他和中国有着不解之缘。我简单讲一讲施瓦茨与中国的故事吧。

恩斯特·施瓦茨 1916 年 8 月出生在音乐之都维也纳。1938 年 3 月，同讲德语的奥地利成为希特勒的第一个侵略目标，从入侵到吞并，纳粹德国只用了不到两天时间。一年后，希特勒在欧洲那个大馅饼上咬下一口“捷克”，也没遇到多大阻力。1939 年 9 月 1 日，希特勒以闪电战吞并波兰，引发第二次世界大战，整个欧洲笼罩在恶魔般的战争阴影之中。那时，施瓦茨在维也纳一所大学研究埃及学，他是犹太人，又是进步组织的一名重要成员，时刻有被捕的危险。他听说中国的上海接纳犹太人，便从朋友那里借了一支手枪，装上六发子弹，奔赴遥远的东方。这一路是怎么过来的呢？他曾为此写过一首诗叫《死亡》：“我爬着，不顾死亡，在一切死亡中爬过……”大家想想，在一切死亡中爬过，那是一种什么滋味。当然，爬过一切死亡最终得以存活的人，必定不同凡响。

施瓦茨九死一生，终于抵达上海。中国就这样成了他的第二故乡：他在这里生活了 22 年。刚到上海时，他以做拳击教练和德语教师为生。日本法西斯听说上海藏了不少犹太人，决定实行全城搜捕，以取悦它的盟友德国。施瓦茨只好躲进城南的一座寺庙，装扮成和尚。看他一副西洋人样子，日本人说他是“假和尚”，抓住他一顿痛打，他一边护着自己一边用流利的汉语吟诵刚刚学会的《心经》，才逃过一劫。施瓦茨从此迷上了佛教，他到《中国佛教》杂志社工作过一段时间，晚年还写过一部有关菩提达摩的小说，以此阐述他日常人道主义的信念。

佛教和诗歌，让背井离乡的施瓦茨在中国有了归属感，他的内心也日渐丰盈而柔软。有一天，他在海边，看到海滩上的无数砂砾，想起它们的前身是巨大而坚硬的岩石，立马对大海满怀敬意。他写了一首诗《观海》，结尾是这样的：“但愿我与岩石融为一体，/ 让大海粉碎，让狂风卷去，/ 有一天，也许我会化为一片美丽的海滩，献给孩子们玩耍、嬉戏。”这是多么博大的爱心啊！这也是佛，是禅，是囊括一切的善和美。

1949 年，中华人民共和国成立，两万多犹太人离开中国，对这个东方古国深怀感恩的施瓦茨却留了下来。他先是在奥地利驻中国大使馆担任远东秘书一职，一手创建了中奥文化协会，后到北京外文出版社担任自由翻译。他的心情越来越不好，因为他翻译的东西必须是上面规定的，不能推卸和拒绝，他认为那都是一些过于夸饰的陈词滥调。无奈之下，他去了美丽的西子湖畔，在杭州大学做英语教师，那时正值“大跃进”时期，经常半夜还在开会，教学无法正常进行，加上那个年代中国人对外来人员固有的怀疑与敌视，让他觉得“此处不可久留”。1960 年夏天，这位被战争赶到中国来的奥地利诗人，又被中国一波接一波的政治运动赶了回去。他在一篇文章中谈到当时的感受:“离开中国时我感到难过，我感谢这个国家！如果中国不接纳，我的遭遇会和大多数在德国和奥地利的犹太人一样，或许早就死了。但是，只有疯狂的运动一个驱赶着另一个，禁止真诚的批评，只有欢呼和叫喊，我在中国就再也待不下去了……”

“剪不断，理还乱。”回到欧洲，施瓦茨割不断他的中国情结。他在柏林洪堡大学东亚研究所进行博士论文答辩时，特意选择了中国最著名的流亡者和最伟大的诗人屈原。1995年，他出版《道德经》德译本，并逐章写出阅读心得。他认为，两千多年前的老子把“雌”“弱”“静”“淡”优先放在如水穿石的最高位置，明确反对法律，轻视权力，抵制战争，为“天下”设置了一个值得为之奋斗的和谐远景。该书再版九次，发行六十多万册，创造了德译汉文著作的奇迹。20世纪80年代，中国诗人绿原应邀访问民主德国，在获赠图书中，意外看到施瓦茨翻译的《道德经》，他高兴得视如拱璧，将其和老子的原著一起摆放在书架上，不时翻阅，每有所获。这也算是一桩诗坛佳话吧。

无论怎样的业绩，都无法掩盖施瓦茨在诗歌创作上的成就。施瓦茨少年时即开始写诗，他流亡中国时用中文和英文写过不少作品，可惜多已散失。直到1978年，62岁的他才在民主德国出版处女诗集《击石》。《从前我想要一个大海》便是其中一首。

少年时，我们习惯于将一点小小的痛苦无限放大。玩具坏了，挨了父亲的打，被老师批评，好朋友在背后说我们的坏话，喜欢的女同学不理我们，等等。每当遇到这样的情形，我们总觉得自己一定是世界上最不幸、最痛苦的人。辛弃疾有名句“为赋新词强说愁”，“强说愁”不是说没有忧愁，而是将忧愁无限地放大，恨不得有一个大海，至少是一个湖，来宣泄自己的忧愁和痛苦。第一段就是这个意思。

第二段第一句说“如今我那巨大的王国/已经大大收缩”，言下之意是，现在经历了无数世事和磨难，像施瓦茨那样，经历过生死流亡，又在异国他乡漂泊了二十多年，一个人对待痛苦的态度会越来越客观。痛苦，曾经那被想象无限放大的“巨大的王国”已经大大地收缩，以至于一片小小的池塘就足够将它宣泄。痛苦好比岁月给我们玩的一个游戏，年少时没啥苦的，便把痛苦感受成无限大，年长时“去日苦多”，反而变得平静和从容起来。

大家注意，第一段和第二段诗人都用了“宣泄”这个词，表明从少年到中年这段时期，痛苦对诗人来说，都是一道必须越过去的坎。只是，少年时痛苦那道坎仿佛大海，让人久久难以自拔；而青年、中年时，痛苦就像一口池塘，可以较为轻松地一跃而过。

第三段，到了老年，诗人放弃了“宣泄”，而以“容忍”取而代之。从“宣泄”到“容忍”这样一个过程，是“慢慢地”，而且要“学会”。所以，读诗，我们一定要掰开来读，捏碎了读，千万不能囫囵吞枣。“慢慢地学会了容忍”这一句表明，第一需要时间，第二必须学习。

有的人急于求成，结果被痛苦束缚得越来越紧，痛苦在他眼里成为越来越巨大的王国，最终积郁成疾，甚至郁郁而终。有的人从不学会去容忍，只是一味地宣泄——宣泄是站在痛苦的对立面，李白“抽刀断水水更流，举杯销愁愁更愁”之谓也。而容忍是慢慢地与痛苦和磨难结成朋友，让自己性情安和，处变不惊。唯有这样，才能让自己的心——那一潭小小的水池，容得下痛苦的海洋啊！

## 数数杏仁

[奥] 保罗·策兰（1920—1970）　王家新　芮虎 译

数数杏仁，
数数这些苦涩的并使你一直醒着的杏仁，
把我数进去；

当你睁开眼睛而无人看你时，我曾寻觅你的目光，
我曾纺过那些秘密的线，
上面有你曾设想的露珠
它们滑进罐子，
守护着，那些无人领会的言词。

仅在那里你踏入自己的名字，
并以切实的步子进入你自己，
锤子在你沉默的钟匣里自由挥动，
被窃听到的信息撞向你，

死亡用手臂围绕着你，

于是你们三个漫步穿过了黄昏。

使我变苦。

把我也算作杏仁。

## 以切实的步子进入你自己



保罗·策兰，这位特别喜爱里尔克的诗人，被誉为继里尔克之后最为重要的德语诗人。其实，策兰与里尔克有着很大的不同。里尔克是温热的，他的诗歌有着事物本身的温度；而策兰是冷艳的，他在语言上更为决绝，策兰诗歌中事物的温度由他来决定，他可以让太阳变成一块冰，也可以让冰变成一团火。

策兰用诗歌建立起自己的国度，那是一个难以理解却又吸引着众多目光的国度，是一个焕发着光芒却又让人难以接近的国度。从政治地理而言，策兰是没有祖国的，打在他前面的国籍时而是德国，时而是奥地利。他 1920 年 11 月 23 日在一个叫切尔诺维兹的地方横空出世的时候，那里属于罗马尼亚，而现在切尔诺维兹在乌克兰境内。我想，祖国在哪里，这个命题可能连策兰自己都搞不清了。但切尔诺维兹是一个实实在在的地方，不管它归属哪国；甚至，正因为它地处边陲，经常易手于各国之间，所以有着异常蓬勃的文化活力。那里的人往往一出生就能讲乌克兰语、罗马尼亚语、德语、斯瓦比亚语和意第绪语。策兰的母亲选择了纯正的德语作为儿子的母语，后来他还学习了希伯来语。对于文学来说，语言就是武器，我们想象一下，策兰手上有多少门武器。

可怕的是，策兰还有另一门世俗的武器：长得帅极了。他身材修长，满头黑发，高鼻大眼，一双明眸，杏仁脸，嗓音浑厚，语调温柔，还幽默。从策兰身上，你几乎找不到他外在的缺点。他唯一的缺陷是生活在一个罪恶的年代。1938年秋天，他前往法国上医学预科，火车经过柏林，正赶上纳粹第一次大规模对犹太人举起屠刀。寒光一闪，枪声骤起，从那刻起，死亡的阴影就笼罩在他俊拔的身上，渐渐地，他也成为这阴影的一部分。1941年7月，切尔诺维兹被轴心国占领，加入了轴心国的罗马尼亚派出大批军警，协助德国人对犹太人实施隔离和屠杀。第二年6月，犹太人再遭驱逐，策兰请父母帮他想办法藏起来，母亲说："我们逃脱不了自己的命运。"这样，父母进了集中营，策兰进了劳改营。不久，父亲死于伤寒；母亲因病不能参加劳动，遭枪杀。策兰先是在普鲁特河大桥搬运煤渣，后到邮局清理垃圾，他被命令收集和销毁俄国书籍……这时，诗歌成为死亡阴影中唯一的光。1944年春，策兰写成《死亡赋格》，这是他第一首公开发表的作品，也是青年保罗·安切尔第一次用上自己的笔名：保罗·策兰。

一般来说，诗歌训练有一个相当长的过程，诗人在这个过程中由幼稚走向成熟。所以，诗歌中很难有处女作成为经典的。然而，策兰的处女作《死亡赋格》一出世即是“20世纪的标志性诗歌之一”，除了诗人特别的天赋，特殊的际遇也常常成为经典诗歌的产房。比如曹植的《七步诗》，虽是即兴吟诵，却由于生死攸关而有超常发挥。策兰的第一首诗便以死亡为主题，这已与灵感无关，而是时势使然——那时，死亡是法西斯厨房里的家常便饭。

德国可是一个古典哲学和古典音乐的国度，很多刽子手杀完人，把白手套一扔，转身拿起一把小提琴或走到一架钢琴前，随手就是行云流水般的弹奏，好像他们刚才不是在杀人，而是在春游似的。德国拥有那么多文化经典、那么多文学艺术大师，德国法西斯却杀人如麻，于是，策兰写道：

“他叫把死亡奏得更好听些死神是来自德国的大师 / 他叫把提琴拉得更低沉些这样你们就化作烟升天 / 这样你们就有

座坟墓在云中睡在那里不拥挤……”

写得好吧。这种好，就在于让人沉痛，让人绝望。以音乐为铺垫，以神圣为旗号，以万物为刍狗。飞溅的鲜血与飞溅的音符合一，思辨的哲学化为锐不可当的刀锋，强大的文化演变成惨烈的灭绝……策兰无意于为历史代言，但他的《死亡赋格》完全超越了个人痛苦，以一种纯净而深沉的笔调，表现了人类在绝境之中的姿态。

《数数杏仁》也是策兰的名篇，它写于1952年4月，是新诗集《罂粟与记忆》的压卷之作。一般认为，策兰这首诗是写给母亲的。中国有句古话“子不嫌母丑”，母亲在子女心中永远是美丽的，何况策兰有一个长得很漂亮的母亲。这种漂亮，在儿子心中无疑会上升为一种图腾。诗中，策兰选择了母亲漂亮的一个重要特征——脸和眼形似杏仁——来展开自己的情思。

这样选择的理由有二：一是策兰也是杏仁脸，这种遗传是对母子关系的最好证明；二是杏仁外形虽美，却是一种苦味食品，别号“苦杏仁”，可入药。扩延开来，杏仁又酷似聪明、勤奋、成就卓著却不断遭逢苦难的犹太民族。策兰作为犹太之子，生逢本民族最为危急的时刻，他没有别的办法，只有用诗歌来倾诉自己对母亲、对民族的挂怀与感念。

“数数杏仁，/ 数数这些苦涩的并使你一直醒着的杏仁，/ 把我数进去；”诗人用一种悠缓的、梦幻般的口吻开篇，奠定全诗的基调。

“数数杏仁”，第一句就超越了个体，表明他在这首诗中不仅仅是怀念母亲，他是在对所有母亲说话，是在对整个犹太民族说话。用“苦涩”和“一直醒着”来修饰杏仁，喻示犹太民族在深重苦难中表现出来的刚毅精神。最妙的是，诗人温和而坚定地说“把我数进去”。母亲再苦，“我”也是你的儿子，你的血脉是“我”的源头；民族再苦，“我”也是其中一员，“我”是众多“杏仁”中的一颗。“我”决不会因为杏仁的苦涩而躲进樱桃或桂圆的队伍。





第二段，“当你睁开眼睛而无人看你时，我曾寻觅你的目光”。你睁开眼睛，但别人的眼睛却不看你，可见一个生命、一个民族承受着多大的孤独与冷遇，只有“我”，因为是你的儿子，因为是你的一员，所以才寻觅着你的目光。

“露珠”在各大宗教中，都是一个重要意象。佛教认为，人是坠入红尘的露珠，短暂而晶莹。基督教以露珠昭示人生的纯洁与高贵，《旧约·约伯记》有句：“我的根长到水边，露水终夜沾在我的枝上。”诗人济慈最喜欢将露珠比作珍珠，所以雪莱在悼念济慈时，将他比作“一颗露珠培养出来的鲜花”。我们来看第二段这句“我曾纺过那些秘密的线，/ 上面有你曾设想的露珠”，诗人是想告诉母亲，在进行自我修炼的那些岁月里，“我”一直在朝着你的期望而努力，做一个高洁之人。初唐诗人骆宾王有《在狱咏蝉》诗，感叹：“无人信高洁，谁为表予心？”策兰就是在向母亲表明心迹。

母亲，“我”虽有一颗高洁之心，但在这样的乱世，如何能保全它？“我”的办法是，让它们滑进罐子，用那些无人领会的言词守护着它。“无人领会的言词”是什么呢？那肯定是诗啦！诗人说，母亲，“我”成了一名诗人，“我”用诗歌守护着自己的高洁之心。

“罐子”也是基督文化中的重要概念，有人将约柜、手杖和罐子当作基督教的三大圣器。罐子是犹太民族日常生活中不可或缺的容器。罐子可以盛放饮用水，往往也将活水变成死水，个中奥妙，只能由修行者自己去参悟。

第三段最难理解，却非常重要。“仅在那里你踏入自己的名字，/ 并以切实的步子进入你自己”。我觉得，这一段的“你”不是指母亲了，而是指诗人自己。既然是跟自己说话，那为什么不用第一人称“我”呢？通读全诗就知道，这里如果突然改用“我”，显得非常唐突，会让诗歌的节奏大乱。更何况，这段最后一句的“你们”是指母亲、“我”和死亡三者，所以，沿用第二人称还有要让母亲同时听到的意思，从“你”过渡到“你们”便顺理成章。

“锤子在你沉默的钟匣里自由挥动”——“锤子”是不祥之物，是毁灭的利器；“沉默的钟匣”是指被强权和暴力压制的岁月。接下来，“被窃听到的信息”是指专制和暴政渲染出来的白色恐怖，“撞向你”言下之意是你无法躲避，你只有死路一条！可是，“死亡用手臂围绕着你”，这里只有两者啊，为什么这段最后一句要说“你们三个漫步穿过了黄昏”？因为，诗人把自己也算进去了。

于是，结尾呼之欲出：“使我变苦。/ 把我也算作杏仁。”诗人可以说是请求，也可以说是祈祷——让“我”永远做母亲的儿子，永远做一名犹太人。如果“我”还苦得不够，“我”愿意变得更苦，愿意加深自己的苦，只要“我”能被算作一枚“杏仁”。

读这样一首诗，我们能深刻体会到诗人的一颗赤子之心。1970 年 4 月 20 日，基督教逾越节的一天，未满 50 岁的策兰从巴黎著名的米拉波桥上，一头跃入塞纳河的碧浪之中。10 天后，他的尸体才被发现。那时他的书桌上还摊开着一本《荷尔德林传》，他画记了其中一句：“有时，天才会变得黑暗，沉入内心的苦井……”

这个执意变苦的孩子，终于回到了母亲身边。

## 一种令人困惑的悲哀在林中

[芬] 伊娃-利萨·曼纳(1921—1995) 北岛 译

一种令人困惑的悲哀在林中
当村庄睡眠的时候。
一种脆弱的、令人困惑的悲哀
好像孩子的哭泣。
你打开门。你倾听。什么也没有。
你关上门。它又重现。
谁迷了路?
谁被抛弃在黑暗里?
谁沉没在水中?
一种冗长的、令人困惑的悲哀。
如同记忆、影子、回声在哭泣
遍及水面。

## 有一种令人心痛的雅致



芬兰两位最卓越的现代诗人都是女性：索德格朗和曼纳。她们还有一些有趣的对比：索德格朗出生于国外（圣彼得堡），她的老家至今仍归属于俄罗斯，后来却长住芬兰东部一个小村庄；曼纳出生于芬兰首都赫尔辛基，后来却长住国外。长住芬兰的索德格朗用瑞典语写诗，长住国外的曼纳用芬兰语创作——她们同一国籍，却是不同语种的诗人。索德格朗 1923 年 31 岁时英年早逝，两年前的 1921 年，曼纳诞生，顺利接过了索德格朗冥冥中递过来的交接棒。与索德格朗不同的是，曼纳活到 74 岁，她生前在诗歌、翻译、剧作以及短篇小说各领域全面开花，成为二战后芬兰最具国际影响力的诗人。

曼纳的诗歌是轻的，但扎得你生疼；是浅的，但你一旦跳进去，便发现深不可测；是向内的，她将寻常物事信手拈来，却每每能独出机杼，自铸伟词。曼纳的伟大在于她的细微，她对细微的认知与感觉。

比如写雾，中国古代诗人一般注重其形态，像李峤的“类烟飞稍重，方雨散还轻”，苏味道的“拂林随雨密，度径带烟浮”，唐太宗李世民的“色含轻重雾，香引去来风”，都是在轻重、疏密、浓淡上做文章，意思不一样，意味却差不多。秦观的名句“雾失楼台，月迷津渡”只是一句写景的铺垫，通过巧妙使用动词，构成不俗的意境，但在意象上并没有出新。中国古诗写雾最出色的，还是白居易，他一首《花非花》在抽象与具象中摇曳生姿：“花非花，雾非雾。夜半来，天明去。来如春梦几多时，去似朝云无觅处。”这首诗奇就奇在第一句，六个字，就把人灌醉。

曼纳怎么写雾呢，她在《空荡荡的小路》中写道：“早晨，雾如此浓重 / 你能从中纺出毛线……”妙吧！还有，她在《树木是裸体的》一诗中写道：“树木是裸体的 / 秋天 / 把它的薄雾之马赶向河流。”浓雾，她喻之为一个毛线球；薄雾，她比之为一匹跑向河流的马。乡下人天天见到雾，天天纺毛线球，天天骑马，但有几个能把这些截然不同的事物巧妙地联系起来？在中国诗歌美学中，这叫“以不类为类”。钱锺书先生在《谈艺录》中说："律之对仗，乃撮合语言，配成眷属。愈能使不类为类，愈见诗人心手之妙。"不仅古典诗词如此，创作现代诗，撮合不同的事物置入同一意境或情境，看上去乱点鸳鸯谱，实则妙手偶得之，让"强扭的瓜"更甜，就能达到出奇制胜、出神入化的效果。

比如说，一封信和一片月光有什么联系呢？如何能将这两件事物拿捏到一块儿？宋代词人李清照在《一剪梅》中写道："云中谁寄锦书来？雁字回时，月满西楼。"其清丽、蕴藉，其渴慕、缱绻，全由明月来代言了。芬兰诗人曼纳也不让李清照专美，她的《我以为看见一封信投在门廊》：





我以为看见一封信投在门廊
可那只是一片月光。
我从地板上拾了起来。
多轻啊，这月光的便笺，
而一切下垂，像铁一样弯曲，在那边。

仅仅五句，比李白的《静夜思》只多一句，比很多词都要短，但曼纳这位现代女诗人通过将月光比喻为一封投递在门廊的信，让我们对月夜有了新的认识。"我以为看见一封信投在门廊/可那只是一片月光”，有点诗仙李白“床前明月光，疑是地上霜”的味道，只不过曼纳“疑是一封信”。接下来，运用的就是诗歌的现代技巧了。“我从地板上拾了起来”——在此，不同的事物悄然完成转换，月光变成了信笺——“多轻啊，这月光的便笺”，这一句，既是顺势而为，月光的便笺自然是轻的，又为结尾做好了铺垫，积蓄了能量。

关键在最后一句，用一个“而”字转折之后，蓦然宕开，由月而至月夜，由虚而实，由近向远，由轻到重，诗歌脱离单纯抒情的轨道，向智性拓展：“一切下垂，像铁一样弯曲。”描写黑夜，还有比这更简截、精准的诗句吗？

“在那边”，千万别小看了这三个字，它指向的是黑暗。这里可以有两种理解，一种是我们在明亮的月光下，不要忽视了“那边”的黑暗——月光这张便笺上，或许就是写的这句话，这就是月光要告诉我们的秘密。另一种是月亮这张便笺是从黑暗“那边”寄过来的，这种明亮、宁馨的日子来源于“一切下垂，像铁一样弯曲”的那边，好比我们的幸福总是来源于苦难一样。可见，没有“在那边”三字，“信”的含义便落不住脚。写诗，不能累赘，也不能脱线，必得丝丝入扣才行。而且，如此丰富、复杂的内涵，没有现代诗歌的表现技巧，是很难达到的。

《一种令人困惑的悲哀在林中》是曼纳的代表作。这首诗如同肖邦的钢琴协奏曲，有一种令人心痛的雅致，每一个字都像一个音符，每一个字都饱饱地浸满了忧郁与悲伤。特别是描写孩子哭泣时的那种细腻："你打开门。你倾听。什么也没有。/ 你关上门。它又重现。"

1986 年，我读大学二年级，伙同另三位好友利用暑假自费考察湘西，历时近一个月。湘西迷人的风情、美丽的风光和不可预知的风雨，给了我们一场最好的洗礼。若干年后，我以此为背景创作了中篇小说《一路平安》，刊发于《创作与评论》2014 年第 12 期"吴昕孺专辑"中。我在小说中虚构了一个叫安的女孩，她被拐骗、被凌辱，历尽艰辛逃出来后，深夜藏在凤凰县武装部招待所的一个墙角。我们是如何邂逅的呢？我在小说中有一段这样的描述：

半夜，我从深深的酣睡中被人强行拉拽出来，仿佛一只被水桶舀出井底的青蛙，吓得一跳。超光着膀子在拧我的胳膊："哎，哎，有哭声。"

"哪里？"我一惊而起。

"你听。"

我没听到。超也听不到了。

“等会儿，肯定有。”他爬到自己床上去了。

我把两手交织着叠在脑袋下，瞪大眼睛，支起耳朵。确实没有。超那边响起了鼾声。

正待放松警惕，闭眼睡觉，一缕微弱的抽泣飘过来，仿佛一口针掉到地上。我再支起耳朵：一缕，又一缕……我披衣下床，捏着超的鼻孔：“走，下去看看。”超一边揉着惺忪的眼，一边瓮声瓮气：“我说了有嘛，你还不信。”

下了楼，却什么也没有看见。院落里停着两辆北京吉普，窗下一排夹竹桃开满了花，颜色被昏黄的路灯和黝黑的夜晚染得不伦不类，感觉脏兮兮的。夜晚是多么安静，连我们的蹑手蹑脚都显得那般唐突和粗鲁，抽泣声更是听不到。

回到房间，再躺下来，不一会儿，抽泣声又隐隐传来，像雨丝洒落到我们脸上，仿佛有人在天上哭。我和超都不作声，紧张地听着。听了好一阵，它突然一停，这一停让我感觉到了它的方位：“在招待所的外面！”超说：“有可能。”我喊醒丰和俊，四个人幽灵般溜到招待所门外，绕过一堵很长的围墙，哭声愈来愈清晰。

是一个女孩。像条蛇一样，蜷缩在围墙即将结束的一个旮旯里。她手里抓着一个小小的布包。

这一段与曼纳的这首诗有惊人的相似。可见，那种极致的悲哀、那种从悲哀中渗透出来的无穷恐惧，从来不是用号啕大哭来表现的，而是隐忍的，压抑的，几近无声的，“如同记忆、影子、回声在哭泣 / 遍及水面”。

迷路的人们，被抛弃在黑暗中的人们，沉没在水中的人们……他们不是旁人，就是我们自己。我们从来没有离开过那种“冗长的、令人困惑的悲哀”。这就是，我们同样离不开诗歌的原因。

## 水

[英]菲利普·拉金(1922—1985) 舒丹丹 译

假如我被召唤
创建一种宗教
我将用水。

去教堂
需涉水而过，
晾干，各色衣裳；

我的祈祷文将用
浸泡的意象，
热烈而虔诚地浸透，

我将在东方举起

一杯水，

光线从各个角度

无休止地聚集

## 水是一种宗教



有人将 20 世纪的英国诗歌分为上下两部分，上部分的主宰者无疑是 T.S. 艾略特，下部分谁来主宰呢？有人说是奥登，有人说是拉金。奥登的特点是风格多样，他受艾略特影响很深，曾是英国现代派年轻诗人中的领袖，但此君从 1939 年起就定居美国了，1946 年加入美国籍，一生有一半时间在美国度过。拉金始终是一名“英国”诗人，他对庞德和艾略特将“美国”带入英国诗歌颇有微词，对英国人奥登移民成为美国诗人更是不屑。在创作上，拉金也是艾略特的反对者，他不喜欢艾略特以及艾略特的弟子们那种“阔大无边的自命不凡”。他并不反对现代主义，不然他不会将黑人爵士音乐当饭吃，但他厌恶一切现代主义运动。有趣的是，他在牛津大学读书时，参加了一个名为“运动派”的诗社，后来被评论家们认定为“运动派”的代表诗人。拉金厌恶那种声势浩大、语气夸张、缺乏节制的诗歌作品，所以，他喜欢哈代。他说：“我读到哈代时，便有一种解脱感。”他认为生活之外没有诗歌，概念之内也没有诗歌，诗歌就是一次微妙的闲谈、一场优雅的踱步。

拉金试图越过艾略特高大的身影，让英国诗歌回归传统。他一边大量采用传统格律，一边努力让诗歌口语化，他有一种强大的控制力，能让日常生活的任何事物穿上雅致的韵律套装。他内心幽闭，外表冷峻，终生未婚，几乎在图书馆中度过一生。1984 年，他拒绝受聘为人人求之而不得的桂冠诗人，这与他著名的诗歌原则“不用很多形容词，而让事实说话”如出一辙：他不愿意在他的诗歌前面，加上诸如“桂冠”这样的形容词。

这首诗《水》可能算不上拉金最有名的作品，但我个人特别喜欢。因为 20 世纪 90 年代，在我压根儿没听说过拉金的大名之前，也写过一首《水》。我这个从多山地区出来的农家孩子，对水怀着一份别样的感情：渴望中隐含着敬畏，希望它是一个玩伴，却又将它当作神明。

看来，拉金有过之而无不及。他说：“假如我被召唤 / 创建一种宗教 / 我将用水。”这一段的意思很简单，诗人把水当成一种宗教。我那首《水》的第一段是这样的：“一朵

莲花的命运 / 捏得出水 / 自我指间渗出。”

莲花是佛教的象征物，“花开见佛性”是莲的境界，也是人的境界。莲花无水不开，人无水不活，所以，每一个人的命运都与水息息相关。拉金想用水创建一种宗教，而在我这样的中国诗人眼里，水本身就是一种宗教。

拉金创建水这种宗教之后，要求去教堂必须“涉水而过”。也就是说，一个人必得经受水的浸润与洗礼，才能领悟生命的教义。

“各色衣裳”代表各种人，形形色色的人。无论你身居何种高位，拥有多少财富或学识，衣衫褴褛或者穿着多么漂亮的时装，在“涉水”的过程中统统都会被打湿，甚至湿透。湿透之后，抵达了“水”的教堂，才能晾干——倘若你不能抵达“水”的教堂，那就永远也不会晾干。所以，“水”的宗教最终是为了干，而不是湿；是为了净，而不是流。“干净”这个词的意义就是这样来的。我们为什么不说“湿净”，而说“干净”，因为干而且净，才是真正的净。离开了水，还能够保持自身的干净，才是真正的净。好比佛教，最终是为了让你好好做人，而不是所谓的成佛。有的人只有在教义中才能呈现佛性，离开教义便不知所措，那算不上真正的高僧。

“涉水而过”四字值得好好揣摩。“涉”是修行的过程，“水”

是教义，更是生活，教义必来源于生活。最重要的是“过”，“过”了之后才能“晾干，各色衣裳”；如果没有“过”，还在水里，那衣裳是永远也晾不干的。一个人通过学习，通过生活的实践，品尝过酸甜苦辣、悲欢离合种种人生况味，就能“涉水而过”，获得做人的智慧，就能让自己变得干净、通透、洒脱。元稹有绝句“曾经沧海难为水”，而拉金认为，曾经沧海就是为了成为水，就是为了在水中学会游泳，为了学会“涉水而过”。





第三段，诗人说“我的祈祷文将用 / 浸泡的意象，/ 热烈而虔诚地浸透”。这是对“涉水而过”四字的具体解释。

译者舒丹丹连用了两个“浸”字，我觉得她对拉金的本意是十分体贴的，拉金在这里就是要强调“水”对万物（当然包括人）的浸泡、浸透，但对于诗歌文本来说，接续出现两个“浸”字又显得有点偷懒。参考《水》的各种译本，前辈王佐良和汪剑钊都用了“泡水”和“淋透”这样的词，缺乏诗意，与作为一种宗教的“水”格格不入。这一段，我最喜欢的是画皮发表在诗生活网站的译本：“我的连祷将会雇佣 / 湿漉漉的幻象，/ 一场狂热而虔诚的浸润。”

“雇佣”一词用得特别好。“employ”本来有雇佣的意思，画皮顺水推舟，借此确立“我”与“祈祷文”、“祈祷文”与“湿漉漉的幻象”之间的主客体关系，与第一段“假如我

被召唤 / 创建一种宗教 / 我将用水”相呼应，让人们记住，不是水，而是“我”，才是诗歌的真正主体。换句话也可以说，无论你信何种宗教，置身于何种阶层，研习于哪个领域，教义和职业都不是你人生的目的，生活才是人生的唯一目的，做真实的自己才是人生的不二法门。

“湿漉漉的幻象”与“浸泡的意象”，我个人觉得，在同样准确的前提下，前者显得更妥当。“湿漉漉的”表明是“浸泡”之后的结果，既与下一句的“浸透（润）”合上拍，又省得“浸泡”与“浸透”这样两个含义差不多的词打架。“Images”虽没有“幻象”的释义，但也没有“意象”的意思，王佐良和汪剑钊都用“形象”，太实；舒丹丹和樊心民都用“意象”，比“形象”好，我还是认为画皮的“幻象”更为精妙——“湿漉漉的幻象”，似真似假，如梦如幻，更贴切“水”的意境，也更贴近生命的无常。贯休和尚有句“万般如幻希先觉，一丈临山且奈何”，临山也好，临水也罢，幻象总是眼前之常，心中之无常。另一位和尚齐己叹道：“生下便知真梦幻，老来何必叹流年。”流年似水，但水可见，流年不可见；水有声响，流年没有声响。所以，那场“狂热而虔诚的浸润”，终归是“湿漉漉的幻象”。

第三段的翻译，画皮是神来之笔。但就这首诗整体而言，舒丹丹的翻译显得更凝练，也更有韵致。

最后一段，“我将在东方举起 / 一杯水，/ 光线从各个角度 / 无休止地聚集”。《圣经》说：“要有光，便有了光。”可见，光是世界之始，绝对的黑暗永远与生命无缘。和人生一样，光也有幻灭感，光明时有被黑暗战胜的时候，但光同时又是永恒的，光合作用是一切生物赖以生存的基础，光与生命同在，比生命更久远。可见，水是基础，光才是核心。大自然如此，人亦如此。东方乃日出之地，诗人在东方举起一杯水，是为了让“光线从各个角度 / 无休止地聚集”。

有了光，任何人生皆可“涉水而过”，所有衣裳都可以在“水”的教堂里晾干。杨万里《小池》云“泉眼无声惜细流，树阴照水爱晴柔”，就是一幅光与水的“宗教图”，这里透露出大自然的一派生机。是故，根本不用再创建什么宗教，回到大自然之中，将自己老老实实看作自然界的一员，珍惜生命，爱护万物，我们就将坚韧似草，繁丽如花，只有荣枯，没有生灭。

## 毛泽东

[日]谷川雁(1923—1995)　张承志 译

闪电爱恋的山丘上

破晓之前的水瓮

汲吮青白的水

面容就好像岩石

从他的背上流淌而下

刑场上白雪的美

充实了今日这一天

充实了熔岩的苦恼

明日仍在深处鸣响吗

毛同志的两耳低垂

一声回音投身了

村落里悲哀的喊叫

然后，当朽木与绳子

汲取了些微的风暴

像一束痛苦的光

毛同志伫立不动

# 闪电爱恋的山丘上



我想，让一百位中国诗人来写毛泽东，都不会写成日本诗人谷川雁这个样子。我第一次读到谷川雁这首诗时，惊呆了。他这写的是毛泽东吗？是的，这首诗的标题就是《毛泽东》。

谷川雁出生于1923年冬天。他家三兄弟，个个了得，老大谷川建一是日本著名的民俗学家，老三弟弟谷川道雄是历史学家、京都大学教授，但在日本最有影响的还是老二谷川雁，革命家兼诗人。谷川雁本名叫谷川严，日本四面环海，上空常有大雁飞过。谷川雁少年时，写过一首俳句："吾似雁，雁似吾，洛阳城里，翅影背花还。"这是我读到过的最美的日本俳句。谷川严以诗抒怀明志，遂改名为谷川雁。谷川雁读高中时，日本军国主义猖獗至极，他写诗嘲讽、批判日本盟友希特勒，被指斥为"赤色分子"。考入东京帝国大学不久，他被强征入伍，因作风与“皇军”不配而遭禁闭三次。8个月后，日本就投降了。

1949年10月，毛泽东缔造的新中国成立，与日本一衣带水的中国开创了一个看上去将向着兴盛繁荣发展的新时代。这一点令日本知识界和思想界兴奋不已，因为他们仍普遍沉溺于战后的迷茫与绝望之中，苦苦寻觅出路而不得。新中国的成立给美军占领下的日本打了一剂强心针，毛泽东立马成为日本青年知识分子的偶像。1951年，鲁迅研究专家竹内好出版了一本《毛泽东评传》。在这本书中，他别开生面，将毛泽东定格为井冈山上打游击的毛泽东，定格为创世、隐忍与崛起的毛泽东，定格为原始的、纯粹的、浪漫主义的毛泽东。这一点，正合诗人谷川雁的口味。1954年，谷川雁这首以《毛泽东》为题的诗歌甫一发表，立即引起日本知识精英的广泛传诵。诗人心目中的毛泽东是一个什么样的形象呢？1958年，谷川雁又写了一篇文章《毛泽东的诗与中国革命》，他说：毛泽东“不是幻影式的屹立于荒野的圣者，而是文明的焦点”。

“文明”本身是一个较为空泛的词，谷川雁所说的“文明”究竟有什么具体含义？在革命者谷川雁看来，人类真正的文明是乡村文明。毛泽东的胜利正是“农村包围城市”的胜利，新中国无非是“井冈山革命根据地”的扩大版。他又认为，日本各个阶层的母体是农民，覆盖日本文明的是世世代代农民的感情，大部分日本民众都是在村庄共同体的记忆碎片中顽强地生活着，因此，日本的崛起必须召唤毛泽东这样的巨人。诗歌《毛泽东》，就是谷川雁作为一名革命家兼诗人的召唤词。

第一句便不同凡响：“闪电爱恋的山丘上”，奠定全诗的浪漫主义基调。“爱恋”一词，凸显自然界本身的和谐，连闪电劈在山丘上都是“爱恋”，充满激情的诗人眼里处处都是激情的现场。

往后，越来越难读。“破晓之前的水瓮 / 汲吮青白的水”，“破晓之前”是将晓未晓，日本当时正是这样，战争结束了，美军却还占领着他们的国土。水瓮在汲吮青白的水，一幅多么日常、宁静而又带着神秘气息的乡村场景，可在如此美好的乡村文明里面，却耸立着侵略者的刑场——“刑场上白雪的美 / 充实了今日这一天”。诗人故意写刑场的美，让“刑场”这个词显得异常刺眼，让它成为乡村文明中的一颗炸弹、一枚毒瘤，这就是诗歌作为“武器”最有力的批判手段。

那白雪的美，充实了今天这一天。这是我们表面能看得到的。然而，我们看不到的，是它还充实着熔岩的苦恼。熔岩直欲喷薄出来，却被坚硬的地面压抑着，被美丽的白雪覆盖着。“明日仍在深处鸣响吗”，这是以问句形式表达强烈情感的肯定句，它本质上不是问句。

在这样的背景下，毛同志“两耳低垂”，表明他在倾听那深处的回响。这里我们一定要注意了，刚才我由着诗句的顺序往下解释，但遗漏了第四句和第五句：“面容就好像岩石 / 从他的背上流淌而下”。因为，诗人在这里使用了倒装句法。第四句和第五句本来的位置，应该在第十句“毛同志的两耳低垂”之后，是对毛同志的外貌与神态描写。





诗人为什么要在此处使用倒装句法？用处有三：一是将描写毛泽东面容的这两句提前，使主人公在这首短诗中尽快露面，诗歌的整体结构便更加匀称。二是突出了毛泽东的面部刻画：像岩石，以示其坚定，岿然不动；从他的背部流淌而下，以示其气势，席卷一切。三是“两耳低垂”后面紧接上“一声回音投身了 / 村落里悲哀的喊叫”，显得自然而顺畅。

作为领袖，毛泽东不仅听到了地下深处轰鸣的熔岩，而且还听到那熔岩的回音，与“村落里悲哀的喊叫”融为一体了。

“然后”是一个转折、一个停顿，诗人的手掌在这里握成了拳头。“朽木与绳子”，我们在乡下司空见惯，它象征着乡村，象征着农民。当压迫太甚，屈辱过重，当内心些微的风暴开始武装乡村和农民的时候，连朽木和绳子都能像一束痛苦的光那样，慢慢聚积摧毁宇宙的力量。

最后一句，“毛同志伫立不动”，仿佛一尊力与美的雕塑。但其实，这正是风暴来临的前兆。此刻，革命的激情呼之欲出，愤怒的火山即将爆发。

这就颇似德国诗人、美学家莱辛在他的名著《拉奥孔》中所揭示的美学原理：高明的艺术，作者会选择物体在其运动中最富于暗示性的一刻，寓动于静，使观者（读者）想象这物体在过去和未来的状态。《毛泽东》正是这样。我们看到，在这首诗中，诗人写革命，始终不直接写革命场面，而是写革命前引而不发的那一瞬；他写毛泽东，始终不写其丰功伟业，而是写他对苦难的观察与感受。

可见，谷川雁对毛泽东的遥望，不仅是以一名日本诗人的姿态，去呼吸和招引一份诗化的、浪漫的革命激情，而且，他还以一名具有朴素“村庄思想”的日本知识青年的胸怀，通过对毛泽东的注视，试图组建一个感性的、自由的、温暖的新共同体，让记忆的碎片觉醒，让革命的力量凝聚。正如他在一篇文章中所说，“人类现在正身临断崖”，我们要“去呼喊新的太阳”。

现在的“地球村”是不是谷川雁理想中的新共同体呢？我看不是。因为，时下的地球村，早已将乡村文明践踏得一文不值。

## 无题

[波] 辛波斯卡（1923—2012）　胡桑 译

他们俩单独留下，那么久，

彼此毫无爱意，一言不发，

迄今，他们应当获得的，可能是

一个奇迹——一次雷击，或成为石头。

即使在我们出版的两百万册希腊神话里，

也找不到拯救这对恋人的方法。

即使，有人按响门铃，或者

某种东西一再闪现与消失，

无论来自何处，无论在何时，

无论，那是兴奋、恐惧、欢乐或忧伤，

都无济于事。没有越轨，

也不存在偏移，一切源于这出市民戏剧

所操控的情节，如此精湛。他们这次
整饬的疏离，就如字母“i”上的那个点。

坚定的墙壁处于背景之中，
他们怜悯着彼此，一起
凝视着镜子，但镜中空无一物，
除了他们自己敏感的身影。

他们看见镜框中的两个人。
事物警觉着。在各种向度上，
处于大地与天空之间的事物
注视着命运，我们带着这些命运出生，
但是，依然不清楚，为什么
一只突然跃过房间的鹿
摧毁了整个宇宙。

## 一只突然跃过房间的鹿

2012 年 2 月，波兰诗人、诺贝尔文学奖获得者辛波斯卡病逝，享年 89 岁。湖南文艺出版社于这年 8 月推出《万物静默如谜——辛波斯卡诗选》，印数高达六万册，创造了 21 世纪以来诗集发行的惊人纪录。

辛波斯卡给广大读者的印象，首先是一名反法西斯和反专制的诗人。她的确写过很多这种题材的诗歌。辛波斯卡的过人之处在于，作为一名诗人，她没有丝毫情绪化，也不发表“奥斯维辛之后，写诗是野蛮的”之类激愤之语，她冷峻得像一尊喜马拉雅雪山上的女神，俯视嚣乱的人间，将万千世态尽收眼底，像剖析标本一样做成辛波斯卡式的“博物馆”。

在这个博物馆里，有统计数据：“生活在对某人或某事的 / 持久恐惧中者——七十七人……个体无害，/ 群体中作恶者——至少一半的人；// 为情势所迫时 / 行径残酷者——还是不知道的为妙，即便只是约略的数目……公正不阿者——三十五人，为数众多；// 公正不阿，又通情达理者——三人；// 值得同情者——九十九人；// 终须一死者——百分之百的人。/ 此一数目迄今未曾改变。”（《对统计学的贡献》）

有历史照片：“小奶嘴，尿布，拨浪鼓，围兜，/ 活蹦乱跳的男孩，谢天谢地，十分健康，/ 长得像他的父母，像篮子里的小猫，/ 像所有其他家庭相簿里的小孩。/ 嘘，现在先别哭，小宝贝。/ 黑布底下的摄影师就要按快门照相了！”（《希特勒的第一张照片》）

有动物：“一只猴子，眼睛盯着我，讽刺地听着，/ 另一只似乎在打瞌睡——/ 而当问题提出我无言以对时，/ 他提示我，用叮当作响的轻柔铁链声。”（《布鲁格的两只猴子》）“这只死掉的甲虫躺在路上，/ 无人哀悼，在阳光下闪闪发光。/ 瞄它一眼总会引人思索：/ 它看来一副并未发生什么大不了事情的模样。/ 重大事件全都留给了我们。/ 留给我们的生和我们的死，/ 一个重要性被渲染和夸大的死。”（《俯视》）

还有履历表：“所有的爱情只有婚姻可提，/ 所有的子女只有出生可填。// 认识你的人比你认识的人重要。/ 旅行要出了国才算。/ 会员资格，原因免填。/ 光荣记录，不问手段”……

辛波斯卡和无数人一样，有着普通的、日常的生活经历。但她对幸福、爱情、理想、慈善等人类所惯用的美好词语，抱着深深的怀疑。《无题》选自辛波斯卡的诗集《我曾这样寂寞生活》，书名反映了诗人对人类作为一个群体，哪怕是家庭单元的失望；诗题则体现了诗人举重若轻、深入浅出的诗歌风格。

“他们俩单独留下”，看来是在一场聚会之后，客人们都走了，剩下“他们俩”这一对“彼此毫无爱意，一言不发”的恋人。彼此毫无爱意能算作恋人吗？在公众眼里是的，因为他们共同生活在一起，人们或许并不知道他们俩毫无爱意，或者知道了，也不想去操他们的心。何况，每一个人、每一对恋人的境况都不见得比“他们俩”好多少——在聚会上有着光鲜而热闹的默契，一旦“单独留下”，则“一言不发”。

关于恋人和夫妻关系，辛波斯卡用诗歌做过很多精湛论述，比如在《金婚纪念日》中，她写道：“这两个人谁被复制，谁消失了？/谁用两种笑容微笑？/谁的声音替两个声音发言？/谁为两个头点头同意？/谁的手势把茶匙举向两个人的唇边？/谁剥下另一个人的皮？/谁依然活着，谁已然逝去/纠结于谁的掌纹中？”大约在辛波斯卡眼里，任何人都是以自我为中心的，所以，任何机构、组织和家庭，都只可能是一个人对另一个人、一个人对其余人、一部分人对另一部分人的剥夺和遮蔽，让另一个或其余人因被复制而消失。这正是人与人之间“毫无爱意”的根源所在，因为他们真正爱的只有自己。

这种冷漠和疏离到了什么程度呢？除非发生奇迹，让一次雷击将他们的头脑轰开窍，或者索性让他们变成石头。否则，“在我们出版的两百万册希腊神话里，/ 也找不到拯救这对恋人的方法”。

对这种冷漠和疏离，人类正常生活范围内的所有事件，都起不到作用：有人来访，某种东西一再闪现与消失，无论是兴奋、欢乐，还是恐惧、忧伤。令人难以理解的是，在这场恋人之间毫不妥协的冷战中，并没有谁在情感上越轨，没有什么原则问题，一切就像两个市民之间任性的闹剧，纯属茶余饭后的精湛谈资。他们这场疏离，仿佛诗歌格律一般整饬；仿佛字母“i”上的那个点，近在咫尺，又远在天边。

第四段首句“坚定的墙壁处于背景之中”，按自然顺序应该放到这一段的最后。置前的好处在于：一、强调“坚定的墙壁”，以对应人的冷硬与隔膜，由此，下面的“怜悯”可见得只是一种带着怨恨的同情。二、由“背景”牵出“镜子”，比由“镜子”引出“背景”更具蒙太奇效果，这样还突出了最后一句“除了他们自己敏感的身影”。

第五段是结束段，诗人铺展和渲染的笔墨猛然停止，就像中国毛笔字的收束，毫锋顿立，手腕抖动，内心凝注笔端，力透纸背。“他们看见镜框中的两个人”——生活中的人往往看不见自己，这时他们通过镜子看到了自己，镜框所产生的效果，让他们像一张结婚照那样正襟危坐着，靠得那样近，彼此却身硬如墙，心冷如铁。





在这种奇怪而乖张的沉默中，事物一直处于警觉状态。“在各种向度上，/ 处于大地与天空之间的事物 / 注视着命运”——人的冷战，干事物什么事呢？因为人有病，也将给事物带来伤害，将破坏万物之间的关系。所以，人类社会产生的任何鸡毛蒜皮、蛛丝马迹，都与他们周围事物的命运息息相关，也必将引起事物的关注和警觉。

同样的道理，事物之间关系的恶化必将影响人类的生存与和谐，这是人类无可更改和逃避的宿命，所以说“我们带着这些命运出生”。然而，人类并不明白这些事理，他们一直以为自己是“万物之灵”，一直以为“人定胜天”，一直以为这个世界应该“以人为本”，愚盲和自大让他们“依然不清楚，为什么 / 一只突然跃过房间的鹿 / 摧毁了整个宇宙”。

物理上的“蝴蝶效应”我们了然于胸，心理和命理上的

“鹿效应”我们是不是都明白呢？一只鹿的狂躁与失落，可能毁灭整个宇宙；那么，一个人的冷漠与残忍又将如何？因此，我们千万不要小看了夫妻吵架、同事纠纷，不要小看了我们扑向孩子身上的巴掌和咒骂，不要小看了对一条蚯蚓和一只蜜蜂的伤害，它们完全可能成为摧毁整个宇宙的导火索。

辛波斯卡是一个悲观主义者，她认为人类以其自私与暴行早已自绝于大自然这个整体，人类自我放逐到就连石头、沙子这样的无机物都很难与他们共处—— 一切事物与人类对立。就像罗曼·罗兰所预言的，人类即将或正在遭受坦塔罗斯式的痛苦：仰取果实，变为石块；俯饮河水，水即不见。

辛波斯卡对世界的看法是：这个世界没有“未来”，当我们说这个词时，一张口即成过去。这个世界没有“寂静”，我们一说它，就打破了它。这个世界没有“无”，我们时刻在无中生有。

这样一个没有“未来”、没有“寂静”、没有“无”的世界，还有什么呢？只有模糊而且将越来越模糊的历史，只有纷繁而且将越来越纷繁的喧闹，只有离奇而且将越来越离奇的无中生有。因此，面向未来、耽于寂静、挖掘虚无的诗歌，在现实社会中得不到人们的关注和喜爱，“一千个人当中大概 / 会有两个吧”。然而，我们得抓住它，得“紧抓着它不放，仿佛抓住了救命的栏杆”。

万物静默如谜。辛波斯卡或许知道谜底，或许她也不知道。她从不自居为真理的发现者与拥有者，至于她在诗歌中表现与抒发的一切，她平静而又无奈地说：

“我对你们说的一切都是独白，/ 你们都没有听见。”

## 人的一生

[以色列] 耶胡达·阿米亥（1924—2000） 刘国鹏 译

人的一生没有足够的时间
去完成每一件事情。
没有足够的空间
去容纳每一个欲望。《传道书》的说法是错误的。

人不得不在恨的同时也在爱，
用同一双眼睛欢笑并且哭泣
用同一双手抛掷石块
并且堆聚石块，
在战争中制造爱并且在爱中制造战争。

憎恨并且宽恕，追忆并且遗忘
规整并且搅混，吞食并且消化——
那历史用漫长年代

造就的一切。

人的一生没有足够的时间。
当他失去了他就去寻找
当他找到了他就遗忘
当他遗忘了他就去爱
当他爱了他就开始遗忘。

他的灵魂是博学的
并且非常专业，
但他的身体始终是业余的，
不断在尝试和摸索。
他不曾学会，总是陷入迷惑，
沉醉与迷失在悲喜里。

人将在秋日死去，犹如一颗无花果，

萎缩，甘甜，充满自身。

树叶在地面干枯，

光秃秃的枝干直指某个地方

只有在那里，万物才各有其时。

## 人的一生没有足够的时间



先要来介绍一下耶胡达·阿米亥这位以色列诗人，他1924年出生于德国，12岁时随全家搬到了以色列。阿米亥当过士兵，参加过二战，担任中学老师多年……2000年病逝于耶路撒冷，享年76岁。这个寿命长到足以让他完成这一生所有杰出的作品，却不足以让他得到诺贝尔文学奖。当然，得奖并不重要。阿米亥早已被誉为当代以色列最为伟大的诗人，也是20世纪国际诗坛最为重要的诗人之一。

他在以色列受欢迎到什么程度？无论婚礼还是葬礼上，朗诵他的诗歌都是必备节目。如此高雅、现代的诗歌，能进入以色列的寻常百姓家，亦可见那个民族文化素养之高，跟我们国家红白喜事上大唱流行歌曲是不是形成了一种对比呢？还有，以色列士兵上战场，一定要带两样东西，一样当然是行李，另一样就是阿米亥的诗集。这是一种怎样的慷慨悲歌啊！让人不得不肃然起敬。

阿米亥的诗，亦庄亦谐，亦简亦繁，大愚大智，大雅大俗，他将强烈的个人体验与深厚的普世意义融会在一起，呈现出人类整体复杂而危险的生存境遇。

现在我们来看看《人的一生》这首诗。第一段就提到："《传道书》的说法是错误的。"《传道书》是《旧约圣经·诗歌智慧书》的第四卷，相传是大卫王的儿子所罗门国王写的，主题是感叹人生的虚空。

阿米亥这首诗向伟大的《圣经》传统致敬的方式便是指出其错误。你不是说"人的一生没有足够的时间 / 去完成每一件事情。/ 没有足够的空间 / 去容纳每一个欲望"吗？历史和现实证明，不是这么回事。人们不得不一边恨一边爱，一边欢笑一边哭泣，一边抛掷石块一边堆聚石块……

"石块"这个意象有什么含义？直接地说，它可以象征战争、争斗，也可比喻人们的日常生活。自远古以来，石块就是人类的工具和武器。"抛掷石块"与"堆聚石块"，在和平的中国，可以看作是时下的大兴土木与大肆拆迁。但在以色列，人们可能更多地会理解成"攻"与"守"之间的战争，所以接下来的一句是："在战争中制造爱并且在爱中制造战争。"

“在战争中制造爱”与“在爱中制造战争”又是完全不同的两回事——在战争中制造爱，说的是战争，在战争的大背景下，爱成为点缀；在爱中制造战争，说的是生活，以爱的名义，家庭、家族、社区、民族聚在一起，却时常闹出家庭暴力、族群械斗、社区纠纷、民族矛盾甚至恐怖事件等等。所以，在现实世界，无论过去、现在，还是将来，战争与爱总是难分难解，很难说谁会占据上风。第三段说的就是这个意思：





“憎恨并且宽恕，追忆并且遗忘 / 规整并且搅混，吞食并且消化——/ 那历史用漫长年代 / 造就的一切。”

历史造成的一切，就是难分难解，刚刚还在说爱，转眼就打了起来；刚刚还在打架，一晃又拥抱在一起了。我们看到，阿米亥在这里使用了四组相对的词，憎恨与宽恕，追忆与遗忘，规整与搅混，吞食与消化。这也是阿米亥常用的技巧之一，他最为著名的作品是长诗《开 · 闭 · 开》，标题使用的就是“开”和“闭”这一相对的词。《人的一生》这首诗里面，这一技法贯彻始终，仿佛历史在拔河，仿佛命运在拔河，整首诗就这样在相反相成、相生相克的词组拉锯中，形成一股强大的张力。

到第四段，情况突然发生变化。这一段的第一句重复第一段的第一句，通过这一重复，诗歌到这里才开始定调：人的一生没有足够的时间。但阿米亥认为，并不是因为人生短促才没有时间去做很多事情，而是因为必须得做很多事情才显得人生短促。必须得做很多事情，这就是人生的规定性，是谁也逃避不了的，如果我们不做人，做一只鸡、一只狗，甚至一只蚂蚁，那活六七十年不是大大超长了吗！

为什么人生有“必须得做很多事情”这种规定性呢？第五段告诉我们，这是因为灵魂的作用。人与其他动物不同，在于他有灵魂。灵魂的“博学”和“专业”让人爱恨交织、忧乐丛生。可是，人的肉体又与鸡、狗无异，“始终是业余的”，“不断在尝试和摸索”，因而总是陷入迷惑，“沉醉与迷失与悲喜里”。

注意，这里用了“沉醉”这个词。诗人是想借这个词表明，虽然人的肉体学不来灵魂那一套，它们常常貌合神离，但由于灵魂的存在，人的肉体所遭受的一切爱恨、忧乐、宠辱等，就具有一种别样的美感。“沉醉”在这里是全诗的转折，它直接开启最后一段。

最后一段谈人的死亡。“人将在秋日死去”这句，诗人的意思是说，死亡的气息与秋天最为相近。一个人无论死在自然季节的哪一天，他死的时候统统归于“秋日”：大家吃过无花果，果实皱巴巴的，但它把所经历的风雨都转化成了一种甘甜的美味。人死的时候就像一枚无花果，虽然萎缩，但因其一生所经历的风雨与苦难，人生的甘甜充满着自身。

别看人死好像树叶枯了，树干光秃秃的，但只有此时此地，一个人内心所包含的“万物”，一个人的心灵世界，才会因肉体的消亡而挣脱束缚与羁绊。“各有其时”是指灵魂会有它自己的生长规律，也会有它自己的归宿。所以，我们不要害怕死亡。死亡其实是一种脱胎换骨的新生。

阿米亥在他的长诗《开·闭·开》中有一个名句：“打开关闭的，寻找失去的，歌唱沉默的。”我们读了这首《人的一生》，有没有这种感受呢？

## 只在弹奏时，音乐才在钢琴中

[美]杰克·吉尔伯特（1925—2012）　柳向阳 译

我们与世界并非一体。我们并不是
我们身体的复杂性，也不是夏日的空气
在那棵大枫树里无目的地游荡。
我们是风在枝叶间穿行时
制造的一种形状。我们不是火
更不是木，而是二者结合
所产生的热。我们当然不是那片湖
也不是湖里的鱼，而是为它们所愉悦的
某物。我们是那寂静
当浩大的地中海正午甚至削弱了
坍塌的农舍边昆虫的鸣叫。我们变得清晰
当管弦乐队开始演奏，但还不是
弦或管的一部分。就像歌曲
它只在歌唱中存在，而不是歌者。

上帝并不住在教堂的钟里面，

只在那儿短暂停驻。我们也是转瞬即逝，

和它一样。一生中轻易的幸福混合着

痛苦和丧失。总在试图命名和追随

我们胸中扬帆的进取心。

现实不是我们所结合的那种感觉。而是

走上泥泞小路，穿越酷热

和高远的天空，以及无尽延伸的大海。

他继续走，经过修道院到旧别墅，

他将和她坐在那儿的露台上，偎依着。

在宁静中。宁静是那儿的音乐，

是寂静和无风的区别。

# 万古长空，一朝风月

在读柳向阳翻译的《拒绝天堂》之前，我从没听说过美国有位叫杰克·吉尔伯特的诗人。但一读《拒绝天堂》这本诗集，我就喜欢上了这位诗人。这个书名就很有趣，一位诗人，他为什么要拒绝天堂呢？我从柳向阳的译作中，读到吉尔伯特诗歌中一种特异的质地，我称之为“现世的”，或者说是“浪子的”。

一边读吉尔伯特的诗，一边能感到这个人，正向我们走来，或者就在我们身边，正离我们而去。吉尔伯特是永不会停下来的一个人。他享受客居，享受受伤和渴望，同时也享受遗忘。他顽强地把自己人生的各个方面，情感和思想，卑屈与荣光，隐居和显要，艳遇与冷遇，统统当作诗歌的消费品。这个孤独、高傲、桀骜不驯的男人，幸而他热爱诗歌和女人。女人像明月，诗歌像星群一样，烘托着他坚硬的性格底色里罕见的温柔。赫拉克利特说：“人不能两次踏进同一条河流。”他认为运动是绝对的。吉尔伯特说：“我们不能两次进入同一个女人。”他认为爱情是人生最绝对的运动，因为每一个爱人都是不同的，同一个爱人在任何不同的时候也是不同的。吉尔伯特是浪子，但不是“浪荡子”，他在爱人身上体会到的绝对运动，让他能始终对同一个爱人保持新鲜感和责任感。“责任”在吉尔伯特看来，不是道德概念，而是审美概念。于是，拥有诗歌和爱情，一个人足以拒绝天堂，哪怕现世有着无尽的缺失。



难得的是，中国古典诗歌与禅宗文化对吉尔伯特有很深的影响。他从中国古诗中学会韵律的变化，让现世的冲突以和谐的方式表现出来；他从禅宗中吸取“空性圆融，万法无碍”的微妙法门，来为自己的生活和诗歌张本。比如，我很喜欢的那首《被遗忘的巴黎旅馆》后半部分：

“金斯堡有一天下午来到我屋子里 / 说他准备放弃诗歌 / 因为诗歌说谎，语言失真。/ 我赞同，但问他我们还有什么 / 即使只能表达到这个程度。/ 我们抬头看星星，而它们 / 并不在那儿。我们看到的回忆 / 是它们曾经的样子，很久以前。而那样也已经绰绰有余。”

这是用中国风格诗化美国元素的代表作品，清新、晓畅、蕴藉。然而，这首诗的开头和前面部分是纯然的西式味道："上帝馈赠万物，又一一收回。/ 多么对等的一桩交易。像是 / 一时间的青春欢畅。"

精彩绝伦的"中西合璧"！吉尔伯特用他非凡的悟性和控制力将两种不同的文化元素巧妙地融会在一起。

当然，东方文化元素在吉尔伯特的诗歌中有时也显得较为勉强，就像西方元素在许多中国诗人的作品里显得勉强而造作一样。吉尔伯特非常喜欢唐代诗人王维，他写了一首《向王维致敬》，也很不错，但诗中的焦虑、质疑与痛苦，和王维"白水明田外，碧峰出山后"的恬淡风格隔着一片望不到边的太平洋。

《只在弹奏时，音乐才在钢琴中》是一首典型的吉尔伯特风格的诗。它的独特性在于：第一，标题看上去与诗歌毫无关系，"只在弹奏时，音乐才在钢琴中"这句话不仅在诗歌中找不到原句，而且类似的暗示也没有，它具有罕见的独立性。第二，整首诗既具体，又抽象；既感性，又知性；既像呓语，又像哲思……它有着广阔的视野、深远的镜像和丰富的可能性。

开头确立全诗的基调："我们与世界并非一体。"就像音乐与钢琴并非一体，钢琴本身并不具备音乐，而只有在弹奏时，音乐才在钢琴中。相对应的是，“我们”好比音乐，而“我们身体的复杂性”好比钢琴，所以说“我们并不是/我们身体的复杂性”。

接下来是一些隐喻，值得逐一探究。“我们”也不是在那棵大枫树里无目的地游荡的夏日空气，而是风在枝叶间穿行时制造的一种形状。“无目的地游荡”的夏日空气就是风，这句的意思是，“我们”不是风，而是风与枝叶结合所产生的一种形状，这种形状里面既有风，又有枝叶。好比，弹奏与钢琴结合产生音乐一样。它让我们想起禅宗六祖慧能那句名偈：“不是风动，不是幡动，仁者心动。”

“我们”不是物——不是风，也不是幡；不是树叶，也不是钢琴：能证明“我们”的是心，这颗心仿佛钢琴弹奏时发出的乐音。风吹幡动，风动了，幡也动了，这是物理。不是风动，不是幡动，仁者心动，这是心理。物理世界时刻处于运动之中，在运动中求得平衡。而人心则需要一种平和与冲淡，对抗外界的喧嚣与杂乱。可以这么说，动是一种能量，而静是一种力量，是一种以小容大、以弱胜强、以柔克刚的力量。

同样的道理，“我们不是火/更不是木，而是二者结合/所产生的热”，“我们当然不是那片湖/也不是湖里的鱼，而是为它们所愉悦的/某物”，就像歌曲，“它只在歌唱中存在，而不是歌者”。

教堂的钟每个整点都要响起，这并不意味着上帝就住在教堂的钟里面，它只是钟声响起那一刻，“在那儿短暂停驻”，就像“我们也是转瞬即逝”一样。我们的一生，“轻易的幸福混合着/痛苦和丧失”。吉尔伯特认为幸福是轻易的，轻而易逝。他在《寂静如此完整》一诗中说“那些/我们轻易爱过的女人”，爱也是轻易的，但混合着痛苦与丧失之后，它就有了存在感，有了一定的分量，能够不断地追随“我们胸中扬帆的进取心”，并试图为它命名。

“我们胸中扬帆的进取心”表明一种生活的主动，爱情的主动，追求幸福的主动。这种进取心或许能让“我们”结合，然而，“我们”发现，现实并不是“我们所结合的那种感觉”。结合只是短暂的，那现实究竟是什么？

禅意的花朵又在吉尔伯特的笔底绽放了。他说，现实是“走上泥泞小路，穿越酷热/和高远的天空，以及无尽延伸的大海”。如此具体的描画，诗人无非是要说明，现实并不仅仅是某种感觉，它首先是一个漫长的过程：有泥泞，有酷热，有高远，还有无尽的延伸，仿佛“万古长空，一朝风月”……

诗歌也可以在这里结束了，但伟大的诗歌总会有它的特异与卓越之处。这首诗写到结尾，诗人突然变调，从密集的意象和连环的隐喻中抽身而出。诗人从“我们”中拈出一个“他”——“他继续走”这一句说明“他”无疑是“我们”中的一员，或者说，“他”就是“我”。“继续走”三字既承接上文属于“我们”的“走上泥泞小路”，又开启下文只属于“他”的“经过修道院到旧别墅”。

“经过修道院到旧别墅”是万古长空，“他将和她坐在那儿的露台上，偎依着”则是一朝风月。吉尔伯特这位“现世”的诗人，他不会放过“现世”的每一次享受，这正是他“拒绝天堂”的理由。现在，“他”和“她”坐在那儿的露台上，享受着宁静——“宁静是那儿的音乐”。这种宁静，不是由于没有风，不是由于寂静，而是由于内心的安宁。

我们欣慰地看到，吉尔伯特这个孤傲的美国男人，终于在诗歌的柔化下，实现了自己的蜕变。这个清高的浪子，沿着诗歌的道路，回到了“现世”的家——“他用他所写的，作为火焰，去发现道路，让他返回 / 他当时所知的一切。”

或许他一生中全部的爱情，都倾注在了诗歌上。

## 神

[美] 安妮·塞克斯顿(1928—1974)　赵琼　岛子 译

塞克斯顿夫人出去寻找神。
她开始遥望天空——
期待手持蓝树枝的颀长的白衣天使。

没有一个。

她接着留神于所读过的书籍
印刷字体藐视地向后仰着脸。

没有一个。

她向伟大的诗人作了朝拜
他的喷嚏打在她的脸上。

没有一个。

她在世界所有的教堂里祈祷过

占有了大量的文化。

没有一个。

她去大西洋、太平洋，为寻找真正的神……

没有一个。

她去佛陀，婆罗门，金字塔

得到许多大型明信片。

没有一个。

然后她旅行回到自己的家
世界上所有神都关在她的盥洗室里

终于！
她大声抱怨，
锁上了这扇门！

## 世界上所有神都关在她的盥洗室里





安妮·塞克斯顿与另一位美国女诗人西尔维娅·普拉斯有太多相似之处,她们都是“自白派”诗人的代表,都天分极高,都患有精神病,都有一次婚姻和两个孩子,都多次自杀并在最后一次取得成功,写作都是她们对抗世界和与这个世界妥协的唯一方式,她们都是普利策诗歌奖获得者。

从照片上看,塞克斯顿长得很漂亮,颇有明星风范。她在读书时做过时装模特,但 20 岁那年,她与阿尔弗雷德·塞克斯顿私奔,改变了她的命运。婚姻生活很不幸福,在一首诗中,她将婚姻比喻为“一个士兵被迫同另一个士兵待在一起 / 因为他们分享着同样的 / 肮脏和打击”。不过,他们拖到 1973 年才离婚。翌年 10 月 4 日,塞克斯顿自杀成功:“死亡像一颗弹珠 / 在我的喉咙里咔嗒作响”,这颗弹珠终于像一枚甜果，被她幸福地咽了下去。

很多人不理解，为什么诗人如此迷醉于自杀？这么说吧，常人大多贪生，认为多寿才多福。修行者去除得失之心，穷理尽性，正如宋代哲学家张载在《正蒙·诚明篇》所言：“尽性然后知生无所得，则死无所丧。”这些人既不贪生，也不怕死。有为数不多的另一类人，历经人生悲苦之后，他们认为生即是失，活得越久，失去得越多，因此结束自己的生命便成为他们的追求，死亡让他们尽早得到解脱与安逸。而诗人如普拉斯、塞克斯顿、中国的海子等，由于其超凡的才气、经得起时间考验的作品，还让他们获得比他们生命长无数倍的身后名。

塞克斯顿是美国女权运动的先驱者，她认为，误解而不是性别本身，让女性深受其害。男权当道，女性已成为一个“迷幻的女巫”，她的本质是“一个喜欢完全不是女人的女人”——男化，“一个喜欢被人误解的女人”——奴化，“一个不喜欢羞耻而死的女人”——妓化。

如果说西尔维娅·普拉斯是“自白派”天分最高的诗人，那安妮·塞克斯顿便是最具有“自白派”风范的诗人，她毫不隐讳地坦陈自身——她的肉体与灵魂在这个世界所遭受的双重放逐，她不喜欢这个世界，尤其憎恶男人：“男人是邪

恶的 / 我大声地说。/ 男人是一朵花 / 应该被焚烧，/ 我大声地说。/ 男人 / 是一只满是烂泥的鸟 / 我大声地说。”反过来，她“赞美作为女人的我”，赞美女性的子宫：“你像小学女生一样歌唱。/ 你没有被撕裂。”这种赞美，无疑是对被强权凌辱的一切事物的护佑，就像一只母羊面对黑熊的袭击，挺身而出保卫自己的小羊羔，但她内心非常清楚，她和羊羔都将是黑熊的食物。一如她热爱的语词，只有这些脆弱的事物能激荡起她柔曼的母性：“我尽量小心 / 并温柔地对待它们。/ 词和蛋一样，必须被细心照料。/ 它们都是一旦被打碎，/ 就再不可修补之物。”

不顾一切的付出（私奔），让自己变成“塞克斯顿夫人”，得到的却是每天都要重复的孤独和痛苦，这对一个极度敏感的年轻女子来说，无异于一枚渴望上天的石子却被扔进了深谷。1954 年，她的精神开始崩溃。幸运的是，她遇到了一位优秀的心理治疗师马丁。她第一次跑到马丁那里，气咻咻地说：“我什么都干不了，我只有去做妓女！”马丁笑着对她说：“根据我对你的分析，你很有创造性，我建议你从事写作。”这个没受过多少教育的女子便去波士顿大学报了“自白派”倡导者罗伯特·洛威尔开的研究班，并与同窗西尔维娅·普拉斯结成好友。

诗歌和马丁一起，成为塞克斯顿支撑自己人生的两大支柱。她写的第一首诗就是《你，马丁医生》。此后，她写的每一首诗都要给马丁看，也一定能从马丁那里得到充分的鼓励。1960年，塞克斯顿出版第一部诗集，名叫《去精神病院半途而返》。再过7年，另一部诗集《生与死》让她荣获普利策诗歌奖，以表彰她“在美国诗坛留下了独特的声音”。

《神》这首诗其实是表达了塞克斯顿对人的看法，对世间的看法，通篇带有自嘲的意味，所以诗人没有用第一人称，而是用了第三人称，并在起句戏谑式地以“塞克斯顿夫人”自称。塞克斯顿夫人出去寻找神，她首先遥望天空，“期待手持蓝树枝的颀长的白衣天使”，却没有看见一个。这表明，所谓天使只是人类的一个虚构，天空依然是空的，那里不可能寄托人类的希望。

“她接着留神于所读过的书籍”，从书籍中去找，可“印刷字体藐视地向后仰着脸”。“藐视”表明书本知识的傲慢和大而无当，它们着眼于浩茫宇宙而不见人世，致力于空洞道德而无视人情，里面自然也不会有一个神。

“她向伟大的诗人作了朝拜”，然而，“他的喷嚏打在她的脸上”。一个虔诚的崇拜者只能从“伟大的诗人”那里得到喷嚏，诗人的“神性”可想而知。接着，塞克斯顿夫人为了寻找真正的神，又去了“世界所有的教堂”，“去大西洋、太平洋”，“去佛陀，婆罗门，金字塔”，均一无所获。

“去佛陀，婆罗门，金字塔”得到许多大型明信片，说明人类的这些文化重镇都成了旅游胜地，金钱在主宰一切，哪里能找得到神呢？于是，她满世界跑了一圈后，回到自己家里，发现“世界上所有神都关在她的盥洗室里”。

中国禅宗有则公案，说某个小伙子决意离家到外面去寻找佛，他也是满世界溜了一圈，一无所获，正当绝望之时，碰到一个老和尚。他向老和尚请教：“佛在哪里？”老和尚告诉他：“你夜半归家，那个反穿衣裳、鞋拖半只，开门迎你的，就是佛。”小伙子连夜赶回家，大声喊门，老母听到儿子的声音，一骨碌从床上爬起，情急之下，衣服都穿反了，趿着一只鞋子跑过来开门。小伙子看到欢喜不尽的白发老母，幡然醒悟。

这则公案的内容与塞克斯顿这首诗情节大致相似。不同的是两位当事人的心理反应，小伙子发现“佛”就是家中老母，从此不再外寻，一心一意侍候家慈，回报母爱。而诗人塞克斯顿，当她回到家里，发现世界上所有神都关在她家盥洗室里时，她的反应是“大声抱怨”，并“锁上了这扇门”！

躲在盥洗室的神，算哪门子神呢？诗人一气之下，把盥洗室的门锁上了。她彻底地绝望了！

据说，塞克斯顿临死的时候，她发现打字机键盘上清晰地出现了美好和希望的象征。她究竟看到了什么？死亡的倩影、从诗句中上升的光亮，还是一个拍打着两只翅膀的子宫？我们不得而知。我想，最大的可能是，塞克斯顿看到了引领自己灵魂的神，无论那是死神，还是诗神。

## 水怎样开始演奏

[英]特德·休斯(1930—1998)　杨子 译

水想活着

它走向太阳它又哭着回来

水想活着

它走向树木它们燃烧它又哭着回来

它们腐朽了它哭着回来

水想活着

它走向鲜花鲜花皱皱巴巴它又哭着回来

水想活着

它走进子宫它碰见血

它哭着回来

它走进子宫它碰见刀子

它哭着回来

它走进子宫它碰见蛆虫和腐烂

它哭着回来它想去死

它走向时间它穿过石头的门

它哭着回来

它穿越所有的空间去寻找空虚

它哭着回来

直到泪水流尽

它在万物的底部躺下

彻底疲惫　彻底干净

## 它在万物的底部躺下



英国诗人特德·休斯的出名，既因为他的诗歌，又由于他与美国女诗人西尔维娅·普拉斯那桩让两人痛苦终身的公案。进入 20 世纪之后，同源异流的英美诗坛紧密结合，频繁互动，共同推进着现代诗歌的发展。其间，结合得最为紧密的一次莫过于休斯与普拉斯的六年婚姻。想当年，貌美如花的普拉斯与风度翩翩的休斯在酒会上一见倾心，休斯大胆而羞怯地从他的灯芯绒夹克衫口袋里掏出一页折叠的诗稿，他们的才气被词语吸附，顿时碰撞出绚烂的爱情火花。当诗稿再次折叠的时候，两颗一起跳动的心也在那里面重叠。四个月后，他们结成伉俪。朝夕相处，使他们身上各自分裂出许多敌人——休斯要面对的除了诗人普拉斯，还有一个因神经衰弱而性情强悍的普拉斯，一个极度以自我为中心的普拉斯，一个在电子治疗之后充满夸张和虚幻感的普拉斯；而普拉斯在面对诗人休斯的同时，还要面对外表温雅而内心暴烈的休斯、对诗才无比自负不甘屈居老婆之下的休斯、对任何生活细节像诗句般吹毛求疵的休斯以及对其他女性想入非非的休斯……毫无疑问，这些“敌人”让他们身心交瘁，力不能支——“乌鸦意识到有两个上帝——他们中的一个比另一个大得多 / 爱着他的敌人 / 并拥有所有的武器。”

到此为止，问题是出在两个人身上，没有对错之分。关键时刻，休斯迈出了决定性一步：他丢下两岁的女儿、半岁的儿子和患间歇性精神病的妻子，与另一个女人同居。决绝的普拉斯在办理离婚手续过程中用煤气自杀身亡，将休斯推上“无情无义”的风口浪尖——“于是人哭，以上帝的声音哭。/ 于是上帝流血，流着人的血。”直到他 1998 年去世，也没从那备受谴责的舆论潮头上下来过。

一方面自知理亏，另一方面为了不让自己和孩子受到更大的伤害，休斯一直采取隐忍的态度。私底下，他用诗歌与普拉斯继续进行交流，长达二十余年，结集成《生日信札》：“我试图所做的一切是脱光衣服，成为赤子，跋涉于其中。”他感到这个时候，普拉斯才真正和他在一起，死者重新成为他心中的爱人，他生命中唯一的伴侣。他辛辛苦苦地带大两个孩子，认真整理出版普拉斯的遗稿。去世前一年，休斯将融尽半生心血的《生日信札》手稿交给出版社，付梓后又签赠给自己的孩子。是一个交代？还是一件礼物？或许都是，又都不是。休斯想不到的是，他去世后，《生日信札》这本诗集竟破天荒地跃入《时代》杂志的畅销书榜，出版第一周就销售了五万册。一位获得美国的普利策奖，一位是英国的桂冠诗人，不知道他们在黄泉的那个世界，相处得如何。



据说，休斯时有暴力倾向，他的情妇薇薇尔称之为“内室暴君”。生活中的事我们管不了，不过休斯在诗歌创作中的“暴力倾向”十分明显，他常常用惊人的想象、大胆的词汇、魔幻的意境，描述人类和自然界中郁郁勃勃的暴力。他写栖鹰：“我的躯体内没有诡辩：/ 我的方式是撕掉所有的头颅——”他写乌鸦：“乌鸦把词换成猎枪，射下椋鸟。/ 掉下的椋鸟变成一阵暴雨。”他写狼：“风掠过，弯着腰的狼发颤了。/ 它嚎叫，你说不准是出于痛苦还是欢乐”……这首《水怎样开始演奏》却一反他平时那种凌乱、刺耳的节奏，以一种反复的咏叹，显示自己在诗句“演奏”中绝妙的指法与技巧。

诗人中爱水、写水的多如牛毛。思想家老子在《道德经》中赞誉说：“上善若水，水善利万物而不争。”教育家孔子发表高见："智者乐水，仁者乐山。"政治家管仲感叹道："水，万物之本源也。"西班牙著名诗人希梅内斯有一首名作《深深的沉睡的水》：

"痛苦的静止的水，洁净而沉默，/ 你已经蔑视闹闹嚷嚷胜利的荣耀；/ 白天，甜蜜而温暖的阳光射透你的时候 / 你的全身便充满了黄金的思想……"

与此相比，休斯笔下的"水"不再那么形而上，它走下了"神坛"，被人格化。中国古诗中也有不少将水人格化的名篇，如王维的"流水如有意，暮禽相与还"，苏轼的"欲把西湖比西子，淡妆浓抹总相宜"等。但古诗的典雅、清丽过于脱俗，有点不食人间烟火的味道。而在《水怎样开始演奏》中，"水"变得有血有肉，有欲望有泪水，它和我们过着同样的生活，经历着同样的困顿与悲哀。

就像世间所有人、大自然的所有生命一样，水想活着，可它走向太阳的时候，发现此路不通，炽热的太阳只会让它消失，所以它哭着回来了。重振旗鼓，它走向树木，心想，树木总不会拒绝"我"吧？不料，树木正在那里燃烧，它又哭着跑回来了。平静一下自己的情绪，它想，不是所有的树木都在燃烧吧，"我"去找没燃烧的树木准行。可是，没燃烧的树木又腐朽了，它依然哭着回来。树木不成，去鲜花那里总可以吧？可鲜花皱巴巴的，要不在准备凋零，要不从来就没盛开过，它只好又哭着回来。

水想活，如果找不到依托之地，它就会死啊。它想到了子宫，那可是孕育生命的地方，一定也会是“我”的归宿！

然而，它一进子宫就碰见了血，第二次去又碰见了刀子。不甘心，第三次再去，迎接它的却是里面的腐烂物和正在蠕动的蛆虫。这回，对有洁癖的水打击太大了：连子宫那样神圣、净洁之地都是如此，我还能去哪里？——绝望之下，本来想活着的水，想去死了。

它掉头走向时间，穿过石头的门。“石头的门”应是墓地的象征。它发现，连死都死不了！它还是只能哭着回来。它像疯了一般，穿越所有的空间，仅仅是为了坠入空虚，可它的命运依然是——哭着回来，直到泪水流尽。

求生不得，求死不能。按理，这是多么悲惨的境地！而水在这样的绝境中，蓦然惊觉：原来，不生不死的“永恒”正是它的宿命和使命啊！它不可能像人那般活，也不可能像其他生物那样死，它属于万物——“水善利万物而不争”——“上善”利物，将污浊、暴力、干渴、腐败等统统留给自己，这才是“活着”的水。

宛如桶底脱落，水终于不求，不争，不哭，不笑，它一心一意按照自然的安排，躺在万物的底部，用自己的“疲惫”灌注万物的精神，用自己的“干净”促进万物的丰富。水似乎没有活着，可它借助万物活得比谁都滋润、蓬勃，它借助万物而成了这个世界的主宰！

## 风的君王

[叙] 阿多尼斯(1930— )　薛庆国 译

我的旗帜列成一队，相互没有纠缠，
我的歌声列成一队。
我正集合鲜花，动员松柏，
把天空铺展为华盖。
我爱，我生活，
我在词语里诞生，
在早晨的旌旗下召集蝴蝶，
培育果实；
我和雨滴
在云朵和它的摇铃里、在海洋过夜。
我向星辰下令，我停泊瞩望，
我让自己登基，
做风的君王。

## 让自己登基，做风的君王





1930 年，阿多尼斯出生于叙利亚一个海滨村庄，原名阿里·艾哈迈德·赛义德·伊斯伯尔。中学时，开始写诗，取笔名阿多尼斯。1956 年阿多尼斯从部队退役，他决定告别叙利亚那座“没有墙壁的监狱”，逃往邻国黎巴嫩，他在黎巴嫩成长为一位知名诗人。作为一个人，他的祖国是叙利亚；作为一名诗人，他的祖国应该是黎巴嫩了。1980 年，黎巴嫩爆发国内战争，阿多尼斯再次逃亡，最终定居世界之都巴黎。

对于这位阿拉伯诗人而言，“祖国”便只剩下了一个抽象的概念。他曾以自嘲的口吻说：“诗人只有一个国度，自由。”自由这个国度究竟存不存在呢？我想，它或许永远存在于我们的追求和梦想中。从这个角度来说，阿多尼斯只是在无限接近他的国度，却无法抵达，诗歌即便有如庄子的鲲鹏，其翼若垂天之云，可扶摇直上九万里，自由之国依然更在九万里之外。然而，有诗歌的“逍遥”，更有诗人的“孤独”，自由虽不可即，但对自由的怀想总算是这个世界最为珍贵的一种自由，诗歌因此应运而生。

“阿多尼斯”这个名字，诗人取得煞费苦心，这里面有出逃的意志，有投奔的无奈，有审美的情趣，更有回归的牵念。“阿多尼斯”是古希腊神话中容颜不老、青春永驻的植物神，据说玫瑰便是由阿多尼斯的肤色与维纳斯的血液凝聚而成。但我想，诗人阿多尼斯以此为名，毫无以一个“花样美男”自炫的意思，而是希望自己的诗歌是一个美的世界，他希望用美来构筑自己的国度，哪怕这个国度只是一个小小的花园。



有意思的是，阿多尼斯本人并不承认这个名字源于古希腊，他的身体投奔了西方自由世界，这件事让受惠于本国文学传统的诗人无比纠结，因为他的灵魂仍在黎巴嫩那块小小的土地上徘徊。他曾多次对来访者纠正，“阿多尼斯”来自古黎巴嫩，是黎巴嫩一条河的名字“阿多尼”（音译），这个词后来传到了古希腊，就演变成“阿多尼斯”。故事虽不乏可信度，但更多包含着诗人的一厢情愿。我们应该理解诗人的是，即便“阿多尼斯”与黎巴嫩毫无瓜葛，也不能说诗人不爱国，黎巴嫩毕竟只是诗人的“第二故乡”。而在现实中，阿多尼斯一旦回到黎巴嫩，对自己的“祖国”发表批评意见，迎接他的往往是劈头盖脸的砖头和臭鸡蛋。于是，阿多尼斯只剩下了孤独，他用诗歌经营着自己的孤独，追求着那个美的国度。他那本著名的诗集，名字就叫作《我的孤独是一座花园》。

应该说，阿多尼斯是一位西方化的阿拉伯诗人。在文学上，“西方化”这个词十分尴尬。这些年来，年过八旬的阿多尼斯一直是诺贝尔文学奖的热门人选，却又总是与之擦肩而过。原因何在？我想，也是西方化在作怪。西方化让诺奖对阿多尼斯倍加关注，而阿多尼斯对西方化的暧昧态度，又使“西方”的代表——诺贝尔文学奖摇摆不定：一方面他们看重阿多尼斯的阿拉伯身份，另一方面他们又认为阿多尼斯还不够“西方”。

的确，脱下西方的外衣，阿多尼斯的诗歌骨子里依然承接着纪伯伦的血脉，他的作品不以抒情而以哲理见长，他是诗人中的思想家。思想构筑他诗歌的坚硬质地，有时甚至凝固着他的诗句，使他的很多诗篇无异于现代警句。在深刻的孤独与反思中，阿多尼斯常常牺牲掉自己的情感，而展示出不苟且于强权的魄力和智慧。这也是我有时候不太喜欢阿多尼斯诗歌的原因，我能理解他的“处境”，却不喜欢他对自己“处境”的表达方式——以警句取代诗句，隐藏或省略了大量细节和信息，无形中削弱了诗歌的质地与魅力。阿多尼斯看上去像“坚硬版”的纪伯伦，然而，纪伯伦的柔软与温厚是多么动人啊。当然，这只是我阅读阿多尼斯唯一一本汉译诗集《我的孤独是一座花园》所得到的感想。据说，这本诗集不足阿多尼斯诗歌总量的十分之一。或许，我并不了解那个真实的阿多尼斯。





漂泊，让诗人自封为“风的君王”。这首诗歌《风的君王》就是诗人给自己的加冕辞。

因为没有祖国了，在整个大地上诗人都觉得没有着落，他只好到风中去做自己的君王。称王，登基，首先得亮出旗帜。杜甫《秋兴》中“昆明池水汉时功，武帝旌旗在眼中”有怀想之豪迈，文天祥《念奴娇·江月》中“南浦闲云连草树，回首旌旗明灭”有虚幻之伤感。相比而言，“我的旗帜列成一队，相互没有纠缠”，则呈现出一种徒有热闹的氛围，这是一个人的登基大典，没有臣民，没有百姓，没有鼓乐齐鸣，只有从“相互没有纠缠”的旗阵中透露着一种仪式的庄严。其实，列队的旗帜基本上是不会纠缠的，诗人何以特意强调“相互没有纠缠”，我们先要从这一句读出诗人的骄傲，然后读出诗人的无奈。毛泽东 1966 年写的《七律》“一阵风雷惊世界，满街红绿走旌旗”，纯然骄傲；辛弃疾的《满江红》“楼观才成人已去，旌旗未卷头先白”，纯然无奈。阿多尼斯显然有着更为复杂的情感，这个“失国者”，连相互没有纠缠的旗阵都是虚拟和想象的——这也无妨，想象本是诗人的国度。我们看诗人如何在诗行间继续称王：

“我的歌声列成一队。/ 我正集合鲜花，动员松柏，/ 把天空铺展为华盖。”

这首诗从头到尾贯穿着一个“我”字。如此壮美的仪式，却只有“我”在忙活着，这种“壮”便是一种悲壮，这种“美”便是一种凄美——这也无妨，作为诗人，本就是要承担这种悲壮和凄美的。所以，诗人情不自禁地高呼:“我爱，我生活”！

那么多人迷恋生活是因为俗世带给他们可以无限追求的功利，而诗人爱与生活的源泉在于，他能够在词语中获得新生，他颠沛流离于俗世，却通过诗歌赢得了对这个世界最透彻的体悟。接下来，诗人几乎是一发而不可收：

“在早晨的旌旗下召集蝴蝶，/ 培育果实；/ 我和雨滴 / 在云朵和它的摇铃里、在海洋过夜。/ 我向星辰下令，我停泊瞩望，/ 我让自己登基，/ 做风的君王。”

世俗之王树立旌旗是为了示威，甚至开战。陈毅元帅的“旌旗十万斩阎罗”，唐代诗人崔融的“天子旌旗过细柳”，宋朝诗人陆游的“旌旗色照铁关秋”等，无不如此。阿多尼斯却是在早晨的旌旗下召集蝴蝶，培育果实，这是他白天的工作。晚上呢，他和雨滴一起，在大海里过夜。这里，诗人将雨声比喻成云朵的摇铃，颇新奇。你说，没有祖国有什么了不起，像一滴水那样融入大海，是多么逍遥自在！你看，“我”可以向星辰下令，“我”将停止流浪，遥望四周：茫茫宇宙，海天一色，星光灿烂，清风徐徐。

正如千年前，苏轼在赤壁所领略的：“纵一苇之所如，凌万顷之茫然。浩浩乎如冯虚御风，而不知其所止；飘飘乎如遗世独立，羽化而登仙。”苏轼熏陶的是中华文化，而阿多尼斯浸染的是西方文化，所以，他不是“羽化而登仙”，而是“让自己登基，/做风的君王”。

## 力量

[圣卢] 德里克·沃尔科特(1930—2017) 西川 译

生命将不断把草叶砸进土里。

我羡慕这暴力;
爱情是铁。我羡慕

碎浪和岩石之间的野蛮的交易。
它们之间互相理解。

我甚至可以理解
奔跑的雄狮与惊惧的雌鹿之间的约定,
她眼中含有某种对恐怖的默许

我将永远不能理解的
是这只野兽,他写下一切
并且自诩为生命的核心

## 人类成为生命核心的力量从何而来

圣卢西亚这个国家在哪里？如果不是德里克·沃尔科特，我或许至今都不会知道。这个面积仅有约 600 平方公里的袖珍国家，是东加勒比海向风群岛中的一个小岛。小到什么程度呢？我们来做个比较吧，宝岛台湾的面积是 3.6 万平方公里，有 60 个圣卢西亚那么大。但 1992 年 10 月，这个岛国成为世界瞩目的焦点，来自圣卢西亚的黑人诗人、戏剧家德里克·沃尔科特获得诺贝尔文学奖。

沃尔科特是非洲黑奴的后裔，不过熬到他父母这一代，都成了在当地颇有影响的知识分子。父亲是画家，同时酷爱诗歌和戏剧，这三样，沃尔科特一样不拉地传承了下来，并在他手上发扬光大，虽然他一岁时父亲就去世了，他对其音容毫无印象。母亲的职业是教师，她热衷于社会活动，业余时间还要写剧本，这个好强的寡妇总是处于焦虑和暴躁之中。在沃尔科特的童年记忆里，出现得最多的是满屋子书籍和母亲的坏脾气。基因为沃尔科特做好了充分准备，加上岛国绚丽的日出日落、广袤的碧海云天、婀娜多姿的海岸线和像要燃烧起来的漫漫黄沙，很早就打开了他的感官。沃尔科特几乎由诗歌艺术孕育而成，又降生在如诗如画的加勒比——它既是欧洲、非洲、美洲三个大陆的连接点，又是英国、西非、北美三种诗歌传统的交会点（黄灿然语），他在 18 岁出版处女诗集并最终成为一名伟大诗人，就一点都不奇怪了。

我读过著名小说家奈保尔的一本书《作家与人》，其中有一篇谈年长他 2 岁、早他 9 年获得诺贝尔文学奖的沃尔科特。奈保尔公式化地表达了对诗人的敬意之后，更多的是对沃尔科特含蓄的批评，认为他的诗不太关注他所在小岛的风景和民俗，“没有村子，没有小屋，没有近距离刻画的本地面孔”。他的意思是，沃尔科特急于跑出去，罔视自己的故乡。我觉得奈保尔似乎不太喜欢诗，也不太懂诗，自然难以成为诗人的知己。他自己都说，沃尔科特出生的那个海岛比他所在的岛还小。首先，处于弹丸之地的诗人，渴望到更广阔的世界去，是完全可以理解的，年轻的奈保尔不是怀着同样的渴望吗？其次，在地少、人少、事件少、生活单调的孤岛上，诗人每天所见大多雷同，他在创作过程中淡化情节而转向自己的内心，同样是另辟蹊径。何况，以我对沃尔科特的阅读，我觉得故乡风物早已融进了沃尔科特的骨子里面，“太阳把我的脸膛烧成了赤陶”，只是诗人没有过多地纯粹歌颂故乡，而是记录、反思与这片土地的美丽显得格格不入的贫困和暴行：“我爱的诗行里保留着全部的节和疤。”

奈保尔说，沃尔科特太天真了。他不知道，这正是诗人之所以成为诗人的地方，也正是沃尔科特能写出优秀诗篇的重要原因：



……椅子出汗。纸弄皱地板。
一只蜥蜴在墙上喘气，海像锌一样闪光。
这时在门亮里：不是胜利女神在解凉鞋，
是个姑娘在拍脚上的沙，一手扶着门框。

沃尔科特的“天真”中有一种充沛的元气，这种元气仿佛一艘永不会沉没的船，行进在无涯的事物、词语和思想之中。沃尔科特则是一名出色的舵手，一转眼，一摆手，就能将船开到自己想去之处，并运用句段配备成独特的诗行：“我把每一行诗句勾画和连缀得 / 像船上的缆绳一样紧实；在简

单的言辞中 / 我平凡的语言变成了风 / 我的诗页犹如风翔号帆船的风帆高耸。”沃尔科特的诗歌，既有古老生命的悸动，又有对新事物、新文明的渴望与呼唤。沃尔科特全身都布满这种悸动和渴望，他最让我着迷的是，那种俯冲式的、速度极快的、具有极强明确性的、异乎寻常的力量。我们来欣赏《力量》这首诗吧。

首行单句成段，而且强硬无比：“生命将不断把草叶砸进土里。”我们看到的通常是草叶枯萎化为泥土，这是一个相对漫长的过程。诗人却将这个过程压缩成一个瞬间，这样一压缩，草叶化为泥土的漫长过程就变成了被“砸进土里”的瞬时事件。我们从生到死，也不过是这一瞬间而已。

那么，是谁将草叶砸进土里面的呢？打头的两个字我们不能疏漏了：“生命”。哦，原来，这句诗是以另一种方式来表达“生生不息”这个意思。草叶被砸进土里是死亡，但将草叶砸进土里的主语不是别的，正是“生命”，所以死亡是生命造就的。是生命，而不是死亡，主宰着这个世界。

维持和发展生命的无疑是爱，是爱情。然而，人必得有生死，才会代代相传，生生不息；草必得一岁一枯荣，才能野火烧不尽，春风吹又生。诗人认为，生命的延续、爱情的冲动，本身就是这样一种“暴力”——“爱情是铁”：火焰熄灭，顷刻冰冷；生存结束，旋即死亡——“我羡慕这暴力”，因为它才是生命的真谛。

由此，“我”羡慕“碎浪和岩石之间的野蛮的交易”。浪涛不断地冲击礁岩，我们总以为它们是一对冤家，其实，它们不过是大自然手下的一对野蛮伙伴，它们在互相理解的基础上，达成着矢志不移的“交易”：浪涛雕塑岩石，岩石撞出浪花。大家看看，诗人的思维与常人大不一样，他为我们打开了另一片天地——大自然暴力与野蛮之中的和谐自足。



“我甚至可以理解/奔跑的雄狮与惊惧的雌鹿之间的约定，/她眼中含有某种对恐怖的默许”。雄狮吃掉雌鹿，多么血腥、残暴啊！但这是维持生态平衡的食物链中必有的一环，上帝已经在雌鹿的眼中预设了某种对恐怖的默许，“我”理解它的良苦用心——要维持物种的丰富和世界的完美，物与物之间必得环环相扣；如果有一物凌驾于他物之上，让他有了挑战上帝的本钱，大自然就一定会乱套。

“我将永远不能理解的/是这只野兽，他写下一切/并且自诩为生命的核心”。如何理解末尾这段，关键是“这只野兽”何所指也。

从字面上看，“这只野兽”是指自己。意思是说，按照上帝的安排，“我”应当也是一只野兽，是食物链中的一环。“我”

永远不能理解的是，为什么“我”会变得和其他生命不同，能“写下一切”，并“自诩为生命的核心”呢？

如此重大的命题，不是诗人个体所能担当得了的。所以我认为，“这只野兽”通过诗人“我”也扩展指整个人类。沃尔科特在问，为什么在上帝安排得完美无缺、和谐运作的生态系统中，会异军突起般出现人类这样一只野兽？

上帝让万物各得其所、各安其位的力量从何而来？人类从万物中脱颖而出，成为“生命的核心”的力量，又从何而来？

再引申之，当人类因洞悉上帝的秘密而可以与上帝平起平坐的时候，会不会有另一种力量拔地而起，它们由于掌控了人类强大的密码而取代人类在生命与万物中的“核心”地位？或者，人类的强大会不会激起上帝和其他生命的愤怒，它们联手削弱乃至摧毁人类的“独大”，将其压制到正常的食物链中，以维持大自然永久的生态平衡？

这样的问题，我想，上帝是不会回答的，只能由人类“这只野兽”来回答。

# 四月与沉寂

[瑞典]托马斯·特朗斯特罗默(1931—2015) 李笠 译

春天荒凉地躺着。

绒一样黑暗的沟

在我身边爬行

没有镜影。

唯一闪烁的

是黄色花朵。

我被我的影子拎着

像提琴

被自己的黑盒。

我唯一想说的

在无法触及的地方闪光。

像当铺里的

银子。

## 一首诗是我让它醒着的梦

在文学版图上，瑞典这个国家对于我们既陌生而遥远，又熟悉而亲切。陌生的是，我们没读过多少来自瑞典的文学作品，不认识几位瑞典作家；熟悉的是，诺贝尔文学奖的大本营在瑞典，每年十月的第二周，那里都要喊出一个作家（诗人）的名字，让他由一位孤独的写作者立马变得家喻户晓。这个特殊原因，也让瑞典文学在诺贝尔奖的百年历史上，处于一个非常尴尬的位置——如果要将诺贝尔奖颁给一名瑞典作家，人们首先就会想，是不是近水楼台先得月，是不是某种裙带关系……所以，瑞典作家不仅沾不了老乡诺贝尔的光，反而还不可避免地会受到某些委屈：即便有作家达到了诺贝尔奖的水准，瑞典文学院也会慎之又慎。这样就出现一个有趣的现象：诺贝尔文学奖离瑞典作家那么近，又那么远。尤其是 1974 年，诺贝尔文学奖罕见地颁发给两位瑞典人，小说家埃温特·约翰逊和诗人哈里·埃德蒙·马丁逊，在文坛引起轩然大波之后，瑞典文学院的评委们就基本上将瑞典作家排除在自己的视野之外了。直到 2011 年，世界文坛又起波澜，很多作家、诗人站起来发言，认为诺贝尔文学奖再不颁给瑞典诗人特朗斯特罗默就太不像话了。于是，瑞典文学院不再矜持，年届八旬的特朗斯特罗默如愿戴上桂冠。在热闹的颁奖仪式上，因脑溢血右半身瘫痪的诗人坐在轮椅上，一言不发，由其夫人代为致了简短的答谢词。

特朗斯特罗默是一名从事青少年犯罪心理学研究的业余诗人，他一生只写了两百来首诗，何以受到如此拥戴和推崇呢？因为，特朗斯特罗默是“诗人中的诗人”，是纯诗写作的代表。在特朗斯特罗默的诗篇中，很少能看到时下发生的世界大事，他也从不刻意去表现人的内心冲突，他最擅长的是将物象变成意象，在生活细节中呈现那些本来属于诗歌的东西。比如他有一首著名的短诗《黑色的山》：

“……我们在车内拥挤。独裁者的半身像也被挤在 / 报纸里面。一只酒瓶从一张张嘴边传过。/ 死亡和胎记以不同的速度在大家体内生长。/ 山顶上，蓝色的海浪追赶着天空。”

诗里出现了独裁者，却一点没有“批判”的意思，只是陈述了一个事实。他在陈述这个事实之后，没有任何评判，马上又陈述另一个事实去了。甚至连末尾那句“山顶上，蓝色的海浪追赶着天空”，都是实景，而没有抒情和象征意味。但我们来读这首只有六行的短诗，感觉一个无比强大的整体意象，就像那座“黑色的山”，它让我们无法摆脱：只要认真读过这首诗，在我们内心的原野上，它就一定会像山一样矗立着。





《四月与沉寂》是特朗斯特罗默纯诗的代表作。试想，如果要我们来写四月，会是怎样的呢？基本上会是草长莺飞、鸟语花香，一派热闹非凡，这本来也是四月的特征。宋代翁卷有句“乡村四月闲人少，才了蚕桑又插田”，正是此意，唐人白居易的“人间四月芳菲尽，山寺桃花始盛开”，转了个弯子，依然是此意。瑞典诗人特朗斯特罗默却选择了四月一个“沉寂”的角落，来作为自己诗歌的落脚点。

第一句“春天荒凉地躺着”。“荒凉”一词定下基调，无论如何繁花似锦，春天亦必有其荒凉之处。诗人就看到了，那条“绒一样黑暗的沟”，在诗人身边爬行。诗人用了三个词来形容身边的这条沟：绒一样、黑暗、爬行。其实，我们在乡间到处能看到这样毛茸茸、黑乎乎，散发着浓浓臭味的小水沟，里面的脏水浓得像条缓缓爬行的虫，所以说“没有镜影”，不像我们平时吟诵的溪流，清澈见底。

我们看到，每一句都写得细腻而精准，无一字可以移易。纯诗写作力戒空泛和抽象，就逼得诗人要在细节上下功夫。特朗斯特罗默说过一段意味深长的话：

“我们这些受过义务教育的人，经常发现我们不能描写细节，我们过早地热衷于概括。我们被鼓励去写‘人性’，而不是去写……住在隔壁的管道工。一首诗是不同的，它不追求普遍说教，它激励我们回到最初所看到的东西——在结论横冲直撞地到来之前。”

第二段只有分开成两行的一句：“唯一闪烁的 / 是黄色花朵。”花朵怎么能闪烁呢？但因为第一段渲染出了一个“黑暗”的、“没有镜影”的环境，所以在诗人眼里，那唯一的黄色花朵就像一盏灯那般闪亮。

第三段是对第一段的呼应，只不过第一段说的是环境，是氛围，而第三段说的是诗人自己。“我”也像那条小水沟一样，虽然处在春天的季节，但内心充满抑郁和幽暗。“我被我的影子拎着 / 像提琴 / 被自己的黑盒”，不是“我”拖着自己的影子，而是“我”被自己的影子拎着，“我”便显得更被动，更无奈，更孤寂，就像一把提琴被自己的黑盒子提着。

“提琴”的比喻很妙，它表明如果让“我”演奏，“我”

就能发出美妙动听的琴音，可是现在“我”却被关在黑盒子里，发不出丝毫声音来。

一般诗人写到这里，就会要代表提琴对黑盒进行批判，特朗斯特罗默可不是这样。他完全宕开，视提琴与黑盒如无物。在第四段，诗人说，不要以为“我”被像提琴那样关着就真的发不出声音，其实，“我”无处不在，“我”不仅仅是提琴，提琴也不仅仅是提琴，“我”还是小草，是流水，是云朵，无论“黑盒”如何关着，它总有“无法触及的地方”吧？





那“无法触及的地方”所闪烁的微光，就是“我”想说的，而且是“我唯一想说的”。“唯一”这个词用得好！它一方面反映“黑盒”般的抑郁和幽暗如影相随，它们不允许“我”多言；另一方面表明诗人的清高，孤傲于世，独立不羁——你不让“我”说，“我”也没多话可说，但为了表明自己的态度，“我”又不能不说。所以，“唯一”这个词很有力量；也因此，“我”那“唯一想说的”才像当铺里的银子，既闪光，又珍贵。

第三段呼应第一段，第四段又是对第二段的呼应，全诗形成抑一扬一抑一扬如同乐谱的格局，读起来，如同一件鸣响的乐器。难怪，特朗斯特罗默在谈到诗歌创作的体会时说：

“写诗时，我感受自己是一件幸运或受难的乐器，不是我在找诗，而是诗在找我，逼我展现它。

“诗是对事物的感受，不是再认识，而是幻想。一首诗是我让它醒着的梦。诗最重要的任务是塑造精神生活，揭示神秘。”

## 晨曲

[美] 西尔维娅·普拉斯（1932—1963）　吴劳 译

爱把你开动，像只厚实的金表。
产婆拍击你的脚心，于是你毫不掩饰的哭声
响起在天地之间。

我们应声叫唤，夸你的来临。崭新的雕像。
在一座通风的博物馆内，你的赤身裸体
衬托出我们的安全。我们漠然环立，有如四壁。

我跟浮云一般，算不上你的母亲，
它滴下水分，汇成一片明镜，映出
它自身在风儿的推动下慢慢消隐。

整个夜晚你飞蛾般轻盈的呼吸
在被子上朵朵浅红色的玫瑰之间扑出。我醒来倾听：

耳中似有遥远的大海在奔腾。

一声哭泣，我便一骨碌起床，笨重有如母牛，
穿着我维多利亚时代式的印花睡袍。
你大张着小嘴，像猫儿那样。四方的窗户

逐渐泛白，吞没了黯淡的晨星。这时你唱出
你那有数的几个音符；
清晰的元音像一个个气球升上天空。

## 爱把你开动，像只厚实的金表

20 世纪 50 年代，受 T.S. 艾略特和学院派诗风的影响，美国诗坛酝酿着巨变——探究自然、社会与文化关系的诗歌传统，遭到年轻一代诗人的蔑视与抛弃，他们更多地将视角投注到自身，致力于呈现和排解个人内部的矛盾，倾诉个性丧失的挫败感，对病态时代与受到扭曲的个体生命进行坦率而深刻的“自白”——其时，两大诗歌流派蔚然成风，一是金斯堡在旧金山举起“垮掉派”大旗，二是罗伯特·洛威尔开“自白派”之先。如果说“垮掉派”是以号叫对抗世俗，那“自白派”则是以独白与自己进行格斗。

1985 年我考入湖南师范大学政治系，落寞之中选择了诗歌。但当时我对诗歌毫无概念，只好阅读大量的朦胧诗人和外国诗人的作品。在众多诗歌的启蒙读本中，有一本非常重要，那就是赵琼和岛子翻译的《美国自白派诗选》，由漓江出版社于 1987 年 3 月出版。我就是从这本诗集中，懂得了内心探索与意象运用对于诗歌的重要性。

《美国自白派诗选》选了四位诗人的作品：罗伯特·洛威尔、西尔维娅·普拉斯、安妮·塞克斯顿、约翰·伯里曼。这四人中，除了发起人洛威尔 1977 年死于心脏病，其余三位均是自杀身亡；而洛威尔也有一段精神病史。可见，自白派诗人所承担的创造之痛苦与生存之绝望，总是让他们无法自拔。借用赵琼、岛子的八个字来形容他们的状态再贴切不过：“生命分裂，艺术不朽。”

西尔维娅·普拉斯，是自白派诗人中最年轻、最有才华，也是死得最早的一位。初读普拉斯的诗歌，我像喝了酒进入微醺状态一样，迷离惝恍，欲罢不能：“我那张平凡的脸 / 漂亮得如同奸商和亚麻布”“被单沉重得像一个纵欲者的吻”“你是只黑皮鞋 / 我曾像一只脚住在这里三十年”“一片灌木丛的阴影就是一件破旧的外套”“灵魂是一个新娘，躺在一片空寂的地方”……这样的“自白”，拿到意象派中去，也绝对是顶尖高手啊！

后来，在岳麓书社门口的一家书店购得译林出版社出版的《钟形罩》。它既可以看作普拉斯的自传，又是一部优秀的长篇小说。如同诗歌，她也是年轻的普拉斯留给这个古老世界的宝贵精神财富。吊诡的是，这笔精神财富正是一个精神病人的自白。

普拉斯早慧，但生活的迷茫和写作的压力让她不堪重负，与英国诗人特德·休斯痛苦的婚姻生活更使她的精神雪上加霜。这一切，像一个钟形罩，将女诗人牢牢困住。于是，她开始断断续续写作《钟形罩》：



"我想它会展示一个面临精神危机的人那种与世隔绝的感觉……我试着透过一只钟形罩歪曲视像的凸形玻璃来描述我的世界和其中的人们。

"对于困在钟形罩里的那个人，那个大脑空白、生长停止的人，这世界本身无疑是一场噩梦。"

《钟形罩》写得像地狱一样冷漠、隔绝，又写得像诗歌一样优美、流畅。可以说，它是普拉斯写得最长、最好的一首自白派诗歌。1963 年 2 月 21 日，曾多次自杀未遂的诗人终于成功，普拉斯因此获得"自杀专家"的"美名"，正如她生前在诗中所说："这女子已臻于完美 / 她死去的 / 身体带着成就的微笑。"

1982 年，西尔维娅·普拉斯成为第一位在死后获得普利策诗歌奖的诗人。追认对于诗人没有什么意义，但对于杰出的诗歌，依然是一份迟到的光荣。

我选择赏析的这首《晨曲》是吴劳翻译的，《美国自白派诗选》中也有这首，但吴劳的译作深得我心。普拉斯和特德·休斯育有一子一女。《晨曲》写于 1961 年，女儿已经一岁多，普拉斯又在怀孕待产。这应该是普拉斯短短 31 年人世生涯中最为甜蜜、馨香的一段时光，所以，《晨曲》也是普拉斯诗歌中难得的一首温暖之作。她大约是在一边憧憬儿子的出世，一边回想女儿出生时的情景，不禁母爱涌动，情思不绝，诗歌佳构便先于儿子出生。

第一句就让人惊艳："爱把你开动，像只厚实的金表。"

对于翻译来说，这一句一定要译好，这句没译好，后面诗歌的走向就难办了。赵琼、岛子译为"爱情驱使你像一块迟钝的金表在走动"，也不错，只是吴劳的分句简截、精当，更贴合普拉斯原作的风格。"爱把你开动"，多漂亮的句子！说成"爱情驱使你"，味道便折损大半。而且，形容一个刚出世的胖小子，"厚实的金表"显然比"迟钝的金表"更好。要注意"金表"这个意象，"表"昭示人一出世，作为他（她）的时间就开始了。"金"则表明孩子在父母眼里的形象，在父母心中的位置。这一句，还有人译成"是爱，使你走得像一只胖胖的金表"，活生生将一句诗译成散文，就不算好的译本了。

凡做母亲的，对普拉斯描绘的孩子出生的场景都再熟悉不过："产婆拍击你的脚心，于是你毫不掩饰的哭声 / 响起在天地之间。// 我们应声叫唤，夸你的来临。"

"天使"本是人类虚构的，从人类真实的日常生活来说，每一个孩子的出世是最贴近"天使"这个词的了。因此，每个有孩子出生的家庭都会准备一系列仪式，比如亲戚朋友团聚一起，围着孩子，捏着他的小脸蛋，啧啧称赞："长得好漂亮哦！""一脸福相。""太乖啦！"诗人更为敏感，尤其是像普拉斯这样的天才诗人，她一定会体会到比普通人更多的东西——她将产房看作是"一座通风的博物馆"，"你的赤身裸体"则是博物馆内一尊"崭新的雕像"——孩子，你作为天使，不仅带给"我"做母亲的甜蜜，同时也带来一位母亲的不安：你"衬托出我们的安全"，是因为你让我们感到生命的脆弱，感到这个"厚实的金表"其实经不起命运多大的折腾。

这种想法，让"我们漠然环立，有如四壁"。孩子，就像"我"当初作为婴儿来到人世，"我"的父母对于"我"的人生无能为力一样，"我们"现在作为你的父母，对你的未来同样无能为力。所以，"我跟浮云一般，算不上你的母亲"。

虽然“我”生下了你，孩子，但“我”终归会像浮云滴下的水分那样，在风儿的推动下，在阳光的照射下，慢慢消失——你只能靠自己，去走自己的人生。

对于一个产妇，一个新的母亲，幸福和忧郁总是一对邻居。孩子的到来毕竟改变了她的人生。因此，当“我”醒来，看到你“飞蛾般轻盈的呼吸”，“在被子上朵朵浅红色的玫瑰之间扑出”，心头不禁涌动着兴奋和喜悦之情。这一句写得极致的华丽，以衬托下句的宏阔：“耳中似有遥远的大海在奔腾”——你在浅红色玫瑰花被单上轻轻扑出的呼吸的微浪，即将汇入奔腾的命运之海。

“我”是多么为你担心啊！听到你“一声哭泣”，“我”便像只笨重的母牛一样，穿着古旧的印花睡袍，不顾自己的形象，一骨碌起床。这时，看到你大张着小嘴，像一只小猫，嘴里嘟嘟嘟唱出的那几个音符，像一个个气球，升上了天空。

最后这两段的中间，插了一句：“四方的窗户 // 逐渐泛白，吞没了黯淡的晨星。”它既不让诗歌的格调变明，也不让它变暗，而是以几乎写实的笔调，使得整个作品意境深远，气象阔大，并呈现出无限的可能性。

## 天梯

[罗] 马林·索雷斯库（1936—1996） 高兴 译

天花板上

悬挂着一缕蛛丝，

恰好在我床的上方。



每天我都在观察

蛛丝如何垂得越来越低。

有人给我送来

天梯了——我说，

是从空中为我抛下的。

尽管我瘦得要命，

只是昔日之我的幽灵，

但我想我的身躯

对于纤细的梯子来说

依然太沉太重。

——灵魂啊，你走在前面吧，

慢慢的！慢慢的！

# 灵魂啊，你走在前面吧

马林·索雷斯库，是我读到过的用最朴实的笔调写出最华美诗篇的人。如果是对诗歌，尤其对现代诗不很了解，又想读到最好的现代诗的读者，我会给他们推荐一男一女两位大诗人，女的是辛波斯卡，男的就是索雷斯库。

索雷斯库1936年初春出生于罗马尼亚多尔日县布尔泽西狄乡，一个典型的农家孩子。读中学时喜欢上诗歌，读大学时开始创作。后短期担任过文化部部长，跟我国的王蒙有些相似。据说，他的“从政”生涯争议颇多，但他的创作成绩却是成色十足，毫无争议。

20世纪中叶，罗马尼亚诗坛受到双面夹击，一面是来自欧洲文化中心巴黎的现代派浪潮，一面是来自社会主义道路的苏联模式。1918年，罗马尼亚统一之后，法国文化一直深深影响着该国，上流社会皆以讲法语为时髦，作家诗人纷纷赴法留学，达达主义的开创者就是罗马尼亚人查拉。法国的文学艺术界，至少有诗人保罗·策兰、剧作家尤内斯库、音乐家乔治·埃内斯库、雕塑家康斯坦丁·布朗库西、思想家米歇尔·齐奥朗出生在当时罗马尼亚的版图。法国思想、文化、诗歌的现代运动，一度将布加勒斯特变成了“小巴黎”。而进入 50 年代，极“左”路线登峰造极，罗马尼亚的抒情诗传统遭到毁灭性破坏，现代派浪潮也随之偃旗息鼓。当然，任何一个时代诗歌都不会缺席的，关键看什么样的诗人能够挺身而出。罗马尼亚何其有幸，在那个诗歌断裂的年代，勇敢站出来延续文脉的是索雷斯库这样的大诗人。索雷斯库嘲讽艺术的因循守旧，反对空洞俗套的政治抒情，清算没有想象力和创造性的教条主义，他创作出一种出语清新、朴素，在简单的日常物事中隐含着对重大问题进行思考的诗歌，评论界称之为“反诗”。

老子说，反者道之动。当一条道路走向绝境、走进死胡同的时候，“反”便是“正”。“反”，既有反动也有返回的意思——路子错了，必须通过反动而返回，回到诗歌本身。诗歌本身在哪里呢？中国诗人蓝蓝有一段话说得好，诗歌是“生命的居所，是一切隐秘事物的幽居地，也是爱和意义的诞生之处。诗人的作用在于激发出语言某种独特的形式，使无语中的事物开始说话和表达自身，这即如对生命和爱的呼唤，以便与人内心对爱的渴望和牺牲付出的愿望相对称。在这两者交汇的雷电中，生命和诗互相被照亮，洞彻我们晦暗不明的存在”。

对此，索雷斯库说得更含蓄，他在《岩洞》一诗中写道："宇宙里，我们发出 / 一些叫喊，/ 言辞相互窥伺，/ 相互追逐，/ 交融，在丁香丛中，/ 带着石头的空白，水的空白，/ 回声无限生长，/ 让我们看看，它最终 / 会碰到什么。”

“看”需要一双明亮的眼睛。索雷斯库认为，这还不够，还需要一双“不断扩大”的眼睛：

“我的眼睛不断扩大，/ 像两个水圈 / 已覆盖了我的额头，/ 已遮住了我的半身，/ 很快便将大得 / 同我一样 // 甚至超过我，/ 远远地超过我：/ 在它们中间，/ 我只是个小小的黑点……我要让很多东西 / 进入眼睛的圈内：/ 月亮、太阳、森林和大海，/ 我将同它们一道 / 继续打量世界。”

要让人的整个身体都变成一双“眼睛”，甚至要让整个大地、整个世界都变成“眼睛”，而“我”只是它们中间的一个小点。没有一双超乎寻常的眼睛，是不可能发现美，发现诗歌的。

四十余年诗歌创作，出版了十多本诗集，虽然没获过什么所谓国际大奖，但那丝毫不是索雷斯库的遗憾。索雷斯库被查出癌症后，自知时日无多，这位尚未进入老年的诗人表现出和他诗歌一样的平和、淡定，尤为可贵的是，他一直坚持写诗。写他对这个世界的忧虑："又是什么灾难 / 正在酝酿中？ / 木马无缘无故地咔嚓作响，/ 犹如上一场战争遗留的炸弹……"写对自己诗歌的期许："那些诗我已丢失，捡到的人 / 读着我的诗进入睡眠，会在梦中 / 遇见我脑海中的梦。"写人与人之间的隔膜："你望着我的眼睛 / 但又能看到什么？ / 在我生活的半球，/ 夜晚已经降临……"最后，他写到对死亡的思索，甚至开始用文字直播自己的死亡。在《离去》一诗中，诗人仿佛只是出门散散步而已：

"他走了，没有检查一下 / 煤气是否关上，/ 水龙头是否拧紧。

"没有因为新鞋挤脚 / 需要穿上旧鞋 / 而从大门口返回。

"从狗的身边走过时，也没有同它聊上几句，/ 狗感到惊讶，然后又安下心来：/ '这说明他不会走得' / 太远。/ 马上就会回来的。"

面对即将到来的死亡，诗人描绘自己的"出行"，完全是一派日常生活的景象：涉笔成趣，轻淡无痕——与曹操所言“千古艰难唯一死”有霄壤之别。

临终前几天，躺在病床上不能动弹的索雷斯库，看到那架从天上垂下来接他的梯子了，他用幽默的口吻写下了平生最后一首诗《天梯》。

那是天花板上悬挂着的一缕蛛丝。他观察着它，“蛛丝如何垂得越来越低”。看这情形，是“有人给我送来/天梯了”。可是，天上那人为何要抛下这样一架天梯呢？尽管“我”现在瘦得要命，只相当于昔日之“我”的幽灵，但“我”的躯体对于这纤细的梯子来说，依然太重了啊！

所以，诗人最后喊道：“灵魂啊，你走在前面吧，/慢慢的！慢慢的！”

这种幽默里，渗透着一种蛛丝般的感伤，微微的，又是缠人的，与袁昶那种“顾我于今归去也，白云堆里笑呵呵”的落拓不羁又有不同，更接近于陶潜“纵浪大化中，不喜亦不惧”的精神气质。

诗人留恋着生命，为自己即将灵肉分离而惆怅。“慢慢的！慢慢的！”这是诗人在为自己道一声珍重，说一声好走。

## 幸福

[瑞典] 拉尔斯·古斯塔夫松（1936—2016） 李笠 译

有人在五月随着钟声醒来
回忆起自己一生中所有的星期天

并蹑步走入自己的花园
发现那里鸟雀比以往还多

它们紧偎着树枝，紧偎着土地
但最后拍着翅膀沙沙飞去了

一个奇异的日子，他迈着平静的步履

在绿色凉亭那幽深的角落
他找回了幸福：泥土中两颗玻璃弹子

这是他两岁时埋在那里的

以后再也没有找到或记起过

只到这一刻才碰巧发现

这是幸福啊：它们居然还在

没人动过。它们闪着何等温暖的光

## 它们闪着何等温暖的光

拉尔斯·古斯塔夫松出身于瑞典韦斯特罗斯市一个商人家庭，但他对经商是七窍通了六窍—— 一窍不通，他进入大学选择了自己最感兴趣的哲学专业。在学习过程中，他发现，探索人与自然、宇宙的关系，以及人在社会中的地位与作用，光靠哲学概念和学术论文解决不了问题，而文学作品倒是一种不错的方式。他开始写诗，写小说。他的小说连标题都带有哲学意味：《迷途者》《诗人布吕姆贝格的晚年与去世》等。后来，他索性出版了一本自传体小说《古斯塔夫松先生本人》，叙述一代知识分子苦苦寻求生活的意义并最终失败的故事，字里行间在无奈中所透露出来的倔强，令人动容。

古斯塔夫松虽然尚在世，但随着仅比他大 5 岁的诗人特朗斯特罗默获得诺贝尔文学奖，古斯塔夫松再获奖的可能性微乎其微。我个人觉得，如果与 1974 年获得诺奖的两位瑞典作家——小说家埃温特·约翰逊和诗人哈里·埃德蒙·马丁逊——相比，古斯塔夫松的小说要强于埃温特·约翰逊，他的诗歌要好过哈里·埃德蒙·马丁逊。

古斯塔夫松的诗歌与特朗斯特罗默有一个共同点：富有神秘色彩。不同的是，特朗斯特罗默擅长以意象和细节，来表现大自然本质的神秘性；古斯塔夫松则喜欢用讲故事的形式，来揭示人生际遇的奇谲与巧异。特朗斯特罗默写出来的是纯诗，而古斯塔夫松多了哲学的底子与小说的质地。

古斯塔夫松有一首诗《广场》，曾让我产生过震撼。他写的是，在一座狭长的、巴洛克风格的、空寂的广场上，走来了一群人。这个场面，在每一座城市都是再常见不过的街景，我们经常是某个广场、某个十字路口走着的某一群人中的一员。我们天天那样走，是否注意过和我们一起走着的那陌生人群？是否曾与那陌生人群中某位擦肩而过的人相视一笑呢？

古斯塔夫松在《广场》中写道，走过去的那群人，无论是悲哀的、欢快的，还是可恨的，都无声而迅速，像箭一样，你的眼睛根本来不及捕捉他们。这时，从对面又走来另一群人，同样的表情，同样的沉默。这两群人无声地相遇，“好像没注意他们正在相遇”。

然而，当其中的两个人靠得很近、擦肩而过的时候，他们就会像光和影子一样融合在一起。此刻，无论他们如何陌生，无论他们的身份、财富、学识和心情有多大差别，他们两个人都会变得像一个人。仅仅只有一瞬，电光石火的一瞬间，两个人就分开来，两张脸都消失在茫茫人海中了。

自从读过这首《广场》，我就养成了一个习惯，每当在广场、在斑马线上与对面的人群劈面相遇，我总要对着那个与我擦肩而过的人相视一笑。只有极少的时候，我能得到对方回送过来的微笑。一般情况是，对方就像武侠小说中的轻功高手，好似御风而行，视往来人群如无物。我想，如果早晨在上班的人流中，能邂逅一张友好、亲切的笑脸，那该是多么幸福的事情啊！

下面，我们来赏析古斯塔夫松的名篇《幸福》。

“有人在五月随着钟声醒来 / 回忆起自己一生中所有的星期天”。这些句子都好懂，但我们要读细。诗歌的主体是“有人”，而不是惯常用的“我”或者“你”，甚至明明是第三人称，也不用“他”，而是用“有人”。这样，诗人就将自己放在旁观者的位置上，以此凸显“幸福”这个主体的日常性与偶然性——谁都可以是“幸福”的主体，谁都可以不是。这颇类似西晋玄学家郭象提出的“独化之理”，所有个体都具有自足的价值，处于自生的状态："造物者无主，而物各自造；物各自造，而无所待焉，此天地之正也。"

五月是一个温暖的季节，草木丰茂，人却容易犯困，所以那个人是随着钟声才醒来的，钟不响他或许还不会醒。醒来以后，不是洗脸漱口，不是抽烟吃饭，而是开始了"回忆"，可见其慵懒、闲散，又怀着对人生淡淡的疑惑，这也是他犯困的重要原因。



星期天在基督文化中又叫"礼拜日"。《圣经·创世记》说，上帝创造世界用了六天，第七天他休息，接受人们的朝拜。星期天后来被规定为一周之始。据说，基督耶稣也在这一天复活。回忆"一生中所有的星期天"，其实就是回忆自己的一生，"星期天"只是一个具有象征性的时间代称。

第二段的第一个字我们要注意，这个"并"字表明那个人是一边回忆，一边蹑步走入自己的花园。"回忆"与"走入"是并行的，而不是先后的。

他"发现那里鸟雀比以往还多"，这个"多"应当是感觉上的，而不是指实际数量。他在平常或许从没留心过花园里的这些鸟雀，现在他看见它们"紧偎着树枝，紧偎着土地"，"最后拍着翅膀沙沙飞去了"。在这里，诗人先呈现出了鸟雀的幸福感，它们是多么和谐、自在啊！

因为这个新的发现，一个寻常日子便演变成“奇异的日子”。于是，困顿被一扫而空，他“迈着平静的步履”，在回忆中边走边寻找，终于“在绿色凉亭那幽深的角落”，“他找回了幸福”：他两岁时埋在那里的两颗玻璃弹子，此前从没找到，甚至从没记起过，而现在，仿佛受到了神启，他发现它们居然还在，“没人动过”。

为什么说这是一种幸福呢？它又不是一笔巨款，也不是天上掉下的馅饼。但是，它让我们找回了幼儿时的那种天真与好奇。这两颗玻璃弹子，突然将一个人与他遥远的过去，与他周围的一切，与他所在的世界，切切实实地联系了起来。他在这一刻，似乎听到了奶奶的呼喊、妈妈的歌声，以及另一个已毫无联系的小女孩纤弱的召唤……这难道不让人感到幸福吗？在他看来，那两颗玻璃弹子，是他小时候埋在土里的种子，几十年过去，这两颗种子不期然让他收获了一笔巨大的财富：幸福。所以，诗人说，“它们闪着何等温暖的光”！

中国诗人海子在《面朝大海，春暖花开》一诗中说：“那幸福的闪电告诉我的 / 我将告诉每一个人。”瑞典诗人古斯塔夫松的这首《幸福》也是想告诉人们：

在每一个人内心的花园里，都有一颗、两颗，甚至更多，自己在童年时埋下的玻璃弹子。如果你也能找到它们，那同样能获得无上的幸福与感动。

## 至少

[美] 雷蒙德·卡佛（1938—1988）　舒丹丹 译

我想能再多一个早晨早起，
在日出之前。甚至，在鸟儿之前。
我想在脸上浇一捧冷水，
然后坐在工作桌前，
这时天空变亮，炊烟
开始从别人家的
烟囱里升起。
我想看波浪拍碎
在这多石的海滩上，而不只是听着它们，
就像我整夜在睡眠中听到的一样。
我想再看看那些
穿过海峡从世界上每一个
航海国度而来的船只——
古老而肮脏的货船似乎并没有向前行驶，

而阳光下刷着各种颜色的

迅捷而崭新的货轮

正剪着波涛前进。

我想要留心观望它们。

想看着那艘小船

在大船和灯塔附近的舵手站之间

翻卷波浪。

我想看着它们将一个人带离船只

又将另一个人领上甲板。

我想花一整天的时间看着这些发生，

然后得出我自己的结论。

我讨厌表露出贪婪——我已经拥有

这么多值得感恩的。

但我还是想再多一个早晨早起，至少。

端着咖啡走到我的位置上等待。

仅仅等待，看接下来发生什么。

## 我想能再多一个早晨早起



雷蒙德·卡佛在中国的红火有些出人意料。前些年，他的短篇小说一夜之间红遍大江南北。我读完他所有翻译过来的短篇小说，确实写得好，尤其是他做减法的功夫。他的小说文字几乎没有温度，呈现出充满冷酷、隔膜、疏离与误解的日常生活。我甚至觉得，卡佛在小说中做减法是被迫的。他写自己的生活，而他的生活一团糟，他的生活中有许多难言之隐、未尽之言以及他自己都无法理解的过程与结局。别的作家在文学中的想象是丰厚自己的作品，卡佛在文学中的想象则是删减自己那难堪的际遇。

阅读卡佛的小说在中国差不多成为一种时尚，这让人有些惊讶。是卡佛的生活经历在中国白领阶层富有代表性，还是卡佛的语言风格能引领中国写作的潮流？似乎两者都不是。

我觉得，卡佛的流行在于他敢于把生活撕裂开来的、被冶炼成小说的痛，变成效果不错的膏药，可以为21世纪众多被现实生活折磨、挤压的中国白领疗伤、止痛。

与小说相比，卡佛的诗歌有着更为丰富的多样性：有极简的，也有极繁的；有冷肃的，也有温热的；有直白的，也有隐晦的；有粗犷的，也有典雅的；有像写一篇小说的，也有可以做诗歌标本的……凡此种种，无不打上同一个鲜明的标签：雷蒙德·卡佛。

据舒丹丹在译后记中说，卡佛“尽管他的小说名气更大一些，但更珍视自己的诗歌”。中国作家有一个不算好的习惯，在自己爱好的诸多门类的排列中，喜欢将自己最擅长的放在最后。我有一个散文家朋友，他还爱好书法和摄影。他总是说：“我最厉害的是摄影，其次是书法，最差的是散文。”其实，他那时拿着一部傻瓜机摄影，书法写狂草只有他自己认得。美国作家应该没有这类毛病，我相信卡佛是真的认为他的诗好过他的小说。我也是这么认为的。

最起码的是，卡佛大大拓展了诗歌的写作领地。他是少有的，不借助抒情而让日常生活完整进入诗歌的大诗人。卡佛用他的创作成果告诉我们，诗歌是一种简单而不是复杂的艺术——如果你能完整、细致、真实地表现生活，你就能成为一名诗人——一个人在削苹果，他能写出诗来："他用他的小刀削着 / 苹果皮。白色的果肉，苹果的 / 身体，在他眼前，/ 变暗，变褐，/ 然后变黑。死亡那陈腐的脸！ / 往日那闪电般的速度。"在公用电话亭打电话，也能写出诗："我讨厌使用一个 / 刚刚带来噩耗的电话。/ 但是没办法，它是几英里内 / 唯一的电话，一个能够 / 倾听却不会偏袒的东西。"他写夫妻两人吵架："他吸一口烟，望着她，/ 像一个男人冷漠地望着 / 一朵云，一棵树，或夕阳下的一块燕麦田。/ 他眯眼朝着烟雾。不时 / 在烟灰缸里掸一掸，等着 / 她哭完。"写与妻子离婚："我将尼龙袜丢进垃圾袋；刷子 / 我留着自己用。只是这床 / 看着奇怪，难以解决。"……





卡佛还是在诗歌中熟练运用小说技法最为成功的大诗人。他的《给尚武的姗拉》完全是一部诗体小说，诗人与妓女的对话，文武之争，欲望与尊严的对垒，写得惟妙惟肖。还有《柠檬水》，写一位父亲意外失去儿子的悲恸，丝丝入扣："如果地球上根本没有 / 柠檬，根本没有赛弗威商店，那么，吉姆 / 就仍然拥有他的儿子，是不是？霍华德·西尔斯当然 / 也仍旧拥有他的孙子。你知道，有太多人卷入到 / 这场悲剧中。有农夫和采摘柠檬的人，/ 卡车司机，大大的赛弗威商店……还有吉姆，当然，/ 他愿意承担他的责任。他是所有人中 / 最内疚的人。”《萨克拉门托的夏天》则写得惊人的冷峻，看似平铺直叙之下，却暗潮汹涌。我们来读一读那个让人感到恐怖的结尾：

“昨晚看另一场电影时 / 大厅里一个老男人 / 抓住我的肩膀问——/ 你去哪儿弗雷德？——/ 去你的我说 / 你认错人了 // 今天早上我醒来 / 仍能感觉他的手 // 几乎还在那儿”。

雷蒙德·卡佛嗜酒，这似乎是他的家族传统，是他的宿命，从他爷爷传给他父亲再传给他，还有他的女儿……不知道，喝酒给了他多少灵感，反正酒最终夺去了他的生命。临终前，医生和他太太给他端了满满一杯香槟，他把酒杯靠着嘴唇，硬是喝光了杯里的香槟。一分钟后，他安详地离开了人世。卡佛一生受尽病痛和情感的折磨，但他始终满怀着同情与爱。他写作是因为他热爱生活，热爱生活赋予他的一切——快乐，痛苦，种种意外，难以忍受的疾病，乃至死亡。他说，所有的诗都是情诗。那么，《至少》会是一首什么样的“情诗”呢？

这是一首献给生活的“情诗”，是一首深怀感恩的诗篇，但诗人没有浓烈地抒情，写得一点也不晦涩，而是以朴素、平静、节制的语调，讲述自己对这个世界的爱。意大利诗人蒙塔莱在《幸福》一诗中发起这样的疑问：“幸福，为了你 / 多少人在刀斧丛中走险？”这个问题提得很有针对性，追求幸福往往酿成世间一个接一个的不幸，何苦来哉！美国诗人雷蒙德·卡佛却不在此列，因为，他对幸福的要求再简单不过了——“我想能再多一个早晨早起”。用“多一个早晨”作为衡量标准的人，肯定比贪图“再活五百年”的人，幸福指数要高得多吧。

多一个早晨干什么呢？诗人可不是用来睡懒觉，而是“早起”，充分利用这多出来的“一个早晨”去感知他热爱的世界。“在日出之前。甚至，在鸟儿之前”，够早了吧。“我想在脸上浇一捧冷水”，这是要让自己尽快清醒，从睡眠中恢复自己的感知能力。



先是“坐在工作桌前”，感受时间慢慢地移动，“天空变亮”，“炊烟 / 开始从别人家的 / 烟囱里升起”。我们要读出“别人家”这三个字的意味来，一方面说明诗人自家的冷清，另一方面是诗人特意在自己的诗行中渲染出人间烟火气息，表明“别人”的温馨也是自己幸福的源头。

这个时候，炊烟四起，江流浩荡。“我”不禁起身出门，要去看“波浪拍碎 / 在这多石的海滩上”，而不满足于像夜晚那样，只是躺在床上听着它们。“我”还要留心观察那些穿过海峡、从各个国度航海而来的船只。“我”发现，那些古老而肮脏的货船久久地停泊在那里，刷着各种颜色的崭新货轮却在阳光下剪着波涛迅捷地前进。这里有对比，诗人不自觉地以“古老而肮脏的货船”自况，羡慕那些刷着各种颜色的“迅捷而崭新的货轮”。

这时，“我”看到一艘不起眼的小船，“在大船和灯塔附近的舵手站之间 / 翻卷波浪”。它太有意思了，其中一个人离开船只，另一个人走上了甲板，他们究竟在干什么呢？“我”想花一整天时间，“看着这些发生”，然后得出自己的结论。那只小船上发生的事情，诗人最终可能并没有什么结论，但诗人得出了另一个更可贵的结论——“我”不能再贪婪了，因为“已经拥有 / 这么多值得感恩的”；然而，我还是希望“再多一个早晨早起”，至少，多一个早晨。

再多一个早晨干什么呢？早起。早起干什么呢？“端着咖啡走到我的位置上等待。/ 仅仅等待，看接下来发生什么”。

从这些诗行可以看出，诗人对世界有着无限的眷恋，对生活有着无穷的缱绻。至于接下来会发生什么，“我”依然不知道，“我”唯一能做并愿意做的就是——等待。正如美国散文家布鲁克斯·怀特所言：“生活的真谛老躲着我，想来也将永远躲着我。不过，我还是照样爱它。”

这首诗还有一个玄机：在所有主语“我”的后面，都有一个“想”字，它不是“我要”，而是“我想”“我想要”。

也就是说，如此低标准的幸福要求，诗人写这首诗的时候，都只能靠想象，都只是一种想望，而无法付诸实施了——因酗酒而英年早逝，让我们深为诗人惋惜。

好在，通过这些写给生活的“情诗”，卡佛完成了自我救赎——这个“想能再多一个早晨早起”的诗人，终于赢得了所有的早晨。从此，我们在每一个早晨的灿烂霞光中，都能看到他悠闲的身影。

## 石头

[美] 查尔斯·西米克（1938—）　韦白 译

进入一块石头

会是我要走的路

让另外的人变成鸽子

或者用老虎的牙撕咬。

我乐于变成一块石头。

从外表看来，石头是一个谜

没有人知道该如何回答。

而在内面，它一定寒冷而又宁静

即使一头母牛用全部的重量站上去

即使一个孩子把它扔进河水：石块慢慢地、泰然自若地沉没，

沉入河底

那儿，鱼儿游来

边敲边听。

当两块石头擦身而过
我看见火花飞溅
或许它内部压根就不是黑暗；
或许有一颗月亮从某处
照亮，犹如在一座小山后面——
恰好有足够的光可以辨认
这些陌生的文字，这些星星的图表
在那内部的墙上。

# 进入一块石头



对于出生在南斯拉夫的美国诗人查尔斯·西米克来说，2007年无疑是重要的一年，他在获得华莱士·史蒂文斯诗歌奖的同一天，被授予为美国第十五任桂冠诗人。“桂冠诗人”这个称号，源于古希腊神话，产生于中世纪的英国。希腊神话中河神之女达佛涅柔美似水，清雅如桂，太阳神阿波罗因为中了爱神丘比特的金箭，对达佛涅一见钟情，穷追不舍。达佛涅跑到父亲身边，父亲将她变成一株桂树。阿波罗只好采摘桂树上的枝叶做成一顶“桂冠”，戴在自己头上，永不取下，以示对达佛涅的深爱。中世纪，欧洲的大学里给成绩最好的学生戴上桂冠，相当于一张“标兵”奖状，后来移易为称颂著名诗人。“桂冠诗人”诞生的官方记录是1668年，约翰·德莱顿被任命为英国首届桂冠诗人。德莱顿卸任后，有 19 名诗人继任，包括华兹华斯和丁尼生这样的大诗人。1986 年，美国国会图书馆效仿英国，任命罗伯特·潘·沃伦为第一位桂冠诗人，以后每年更新。所以，美国虽然比英国起步晚得多，但桂冠诗人的数量迅速赶上。

西米克是塞尔维亚人，脸形周正，有一股英俊潇洒之气，随和时春风扑面，冷峻时形似冬岩，目光有如冰凌，悬挂于世界的檐角——他见证这个世界，同时也是它本身的一部分。西米克永远忘不了，他的老家贝尔格莱德在 1941 年、1944 年、1999 年，分别遭到德国纳粹、盟军和北约的惨烈轰炸，无数平民无辜伤亡。他在南斯拉夫度过的童年和少年岁月，几乎就是一场战争的噩梦。当他投奔父亲，移民美国，开始写诗时，“战争”就像深埋在他体内的弹片，让他隐隐作痛，让他如鲠在喉。他说：“我从没有刻意描述战争和政治，只是提及这个世界而已。”他认为，人类历史从古至今，对无辜者的屠杀从未停止。无论死去的人还是幸存者，他们身上无不被战争与死亡的阴影所笼罩。他有一首诗，标题就叫《战争》（冯冬译），这样写道：

一个女人颤抖的手指

历数伤亡名单

在初雪的夜晚

屋子很冷，名单很长

我们所有人的名字都在上面

战争是多么复杂和宏大的一件事，在西米克笔下变得异常简单。“一个女人”代表羸弱的、苍白的、残缺的和平，“颤抖的手指”彰显一种莫可名状的悲哀，“伤亡名单”是所有战争唯一的“战利品”，“初雪的夜晚”则是末日的象征——接下来会是更大的雪，将世界覆没。

“屋子很冷，名单很长”是战后世界的缩写。“我们所有人的名字都在上面”像是上帝派发给这个世界每个人的一支签。签并不难解，连孔融八岁和九岁的儿子都明白“岂见覆巢之下，复有完卵乎”，何况是整个童年都泡在战火硝烟中的诗人！

在“战争”的威胁下，人如何生存？这是摆在我们面前的重大课题。西米克认为，此时，人类不能没有诗歌，因为诗歌与所有事物有关，它就是盛放神谕的容器。上帝无言，他通过暗示、奇迹以及种种不被一般人察觉的存在，与我们进行交流。诗人的使命，就是揭示这些暗示，捕捉这些奇迹，察觉那些细微得近乎渺茫的存在。

神迹在哪里？西米克说，我也渴望表达一些奇特、罕有的事物，但世间哪有那么多奇特之物呢！不打紧的，我可以用奇特、罕有的方式来表现日常事物。换一句话说，其实任何事物都是新鲜、奇特、罕有其匹的，我们之所以不觉得它怎么样，是因为我们自己的感官磨损了，感觉钝化了，感应消失了。





西米克主张，诗人应当通过挖掘日常物事的诗意，回到真正的生活中去，再从生活的细节中探骊得珠，构筑自己的诗歌宝库。这与德国哲学家胡塞尔提出的“生活世界”相呼应，胡塞尔的“生活世界”就是自然状态下的世界，在这个基础上奠定我们的科学、哲学和文学态度，每个人的“生活世界”各不相同，所以文化才有无限广阔的前景。西米克的青年时代生活穷困，他潦倒的时候邂逅一碗意大利通心粉，他从那碗通心粉里看到饥肠辘辘的自己，那是他记忆中最清晰的一个“自己”，那碗通心粉里有他一幅不可磨灭的自画像。童年时，妈妈曾从乡下拎回几篮熟透了的西红柿，他吃得汁液四溅，弄脏了衣服，妈妈索性让他脱光衣服坐在澡盆里吃……吃，是一件多么美妙的事情啊，是人与其他事物最深入的一种接触，是借助其他事物让人自身成长最便捷、最和谐的方式，食物贡献了营养，人健壮了体魄和精神。一如爱情与亲情对于我们的影响，通过被爱，发展了我们自己的爱心。在一次访谈中，西米克认真而不失幽默地说，如果他开一个诗歌写作学习班，有一个要求是必需的：孩子们要学会做饭，要学会切洋葱、洗盘子，学会烤肉和煎香肠的秘密——让手指接触真实的世界，并留下痕迹。这是生活，也是最好的诗歌。不从生活开始的诗人，是无法登堂入室的。西米克说："我最有创造力的成就，就是我死活坚持，如何用一片草叶向人们展示天使的形象。"

石头，我们见得多啦。西米克从平淡无奇的石头身上看到了什么"暗示"和"神迹"呢？

"进入一块石头 / 会是我要走的路"，《石头》这首诗一开头就表明了诗人个体的选择。他没有说，大家都要去走这样的路。喧嚣而多元的时代，个人有选择的自由——"另外的人"，你们可以选择做温和的鸽子，也可以选择做凶猛的老虎，而"我"，乐于变成一块石头。

石头，在中国古典文学中也是一个非常重要的意象。它往往表示坚定、执着，如王建的《望夫石》："望夫处，江悠悠。化为石，不回头。"郑板桥的《竹石》："咬定青山不放松，立根原在破岩中……”还有的表示冥顽不灵，比如白居易有诗：“苍然两片石，厥状怪且丑。俗用无所堪，时人嫌不取。”《西游记》中，孙悟空便是石破而生；另一部更有名的《石头记》，亦即《红楼梦》，说贾宝玉为“通灵宝玉”幻化而成。所谓“通灵宝玉”就是女娲补天时剩下的一块石头。据说《石头记》的作者曹雪芹乃超级石头迷，他很可能觉得自己就是石头变的，所以把自画像画在一块石头上，并题诗曰：“爱此一拳石，玲珑出自然。溯源应太古，堕世又何年？有志归完璞，无才去补天。不求邀众赏，潇洒做顽仙。”





美国诗人西米克乐于变成一块石头，他眼中的石头又是怎样的呢？

“从外表看来，石头是一个谜 / 没有人知道该如何回答”。石头的外表大多颟顸粗陋，风吹不动，雨淋不屈，它沉默如谜。可是，它的里面，它的内心，一定是“寒冷而又宁静”的。寒冷，便经得起任何恶劣气候；宁静，便受得住一切变化折腾。即使一头母牛用全部的重量站上去，它也稳如泰山；即便一个孩子把它扔进河中，它也是“慢慢地、泰然自若地”沉入河底。慢到什么程度，鱼儿可以从那边游过来，一边敲着它一边倾听里面的声音。

第一、二段说的是石头静止和单独时，它的宁静与从容。

那石头是不是像我们看到的那般死寂呢？不是。第三段写“当两块石头擦身而过”，“我看见火花飞溅”，由此，“我”判定它的内部压根儿不是黑暗——或许，那里仿佛我们时常经历的夜晚，一颗月亮从一座小山后面升起，于是有足够的光可以照亮石头内壁上那些陌生的文字、有如星星的图表。原来，是石头深藏不露的智慧，让它成为自然界宠辱不惊的大师。

《石头记》中说，青埂峰下那块补天剩下的顽石后来修炼成“大如雀卵，灿若明霞，莹润如酥，五色花纹缠护”的通灵宝玉。其实，绝大部分石头，“灿若明霞，莹润如酥，五色花纹缠护”都是其内部的风韵与华采，如果我们不走进去，是领略不到的。

## 铁路儿童

[爱] 谢默斯·希尼（1939—2013）　黄灿然 译

当我们爬上路堑的斜坡
我们的眼睛便与电报杆上的白瓷杯
和嗞嗞发响的电线齐平。

像随手画出的可爱线条它们向东向西蜿蜒
好几英里直到我们看不见，悬垂
在燕子压着的负荷之下。

我们很小并且自忖我们不知道
那些值得知道的事。我们料想文字在电线上行走
藏在那一小袋一小袋发亮的雨滴里，

每一袋都满满接住了

天上的光，句子的闪耀，而我们

被按比例无穷地缩小

简直可以一下子穿过针眼。

# 文字在电线上行走



1995 年，诺贝尔文学奖授予爱尔兰诗人谢默斯·希尼，这位公认的当代最好的英语诗人。希尼在受奖演说中，讲述了一个痛苦的故事：1976 年某夜，一群下班工人被蒙面匪徒劫持，对方命令其中的天主教徒站出来。工人中只有一人是天主教徒，他们都以为匪徒是新教徒恐怖分子，如果这名天主教徒站出来，面临的将可能是宗派屠杀。就在他站出队列的瞬间，身边的新教徒工友悄悄握住他的手并拽了一下，暗示他别动，其他人不会出卖他。可为时已晚，天主教徒已经站出来了。但他面对的并不是新教徒恐怖分子，而可能是暂编的爱尔兰共和军成员，子弹从他身边射向了留在队列里剩余的工人。

出身在北爱尔兰一个世代务农的天主教家庭，却受到正规的英式教育。在宗教冲突和殖民政治演化而成的迫害与枪杀中，谢默斯·希尼无法安静地写诗，他几乎不得不把自己的诗句当作武器，给予殖民歧视和恐怖事件以迎头痛击。然而，他又深知，诗句可能和子弹一样，像一群飞翔的小鸟，但诗句永远无法取消或取代子弹："在某种程度上，诗歌的功效等于零——从来没有一首诗阻止过一辆坦克。"

那诗歌究竟有什么用？我们为什么要继续写诗？德国思想家西奥多·阿多诺那句名言"奥斯维辛之后，写诗是野蛮的"，昭示的是人类发展带来的人性迷局，这究竟是一种怎样的文明，它将把人类带向哪里？这都是一时无解的天问啊！更准确的说法也许是，诗歌与劳动、爱情同在，也必然与暴力同在。人性的善与恶都是诗歌的领地，无论尊崇还是屈辱，诗歌既要接受玫瑰与桂冠的加冕，更要能承受做一名落魄王子的命运。

所以，希尼认为，诗人的首要职责，是留住世界上的诗歌，是要促使诗歌再次发生，并永远继续下去。一日有暴力，便不可一日无诗歌。他说，在另一种意义上，诗歌是无限的。这就像在沙中写字，在诗歌面前，原告和被告皆无话可说，都可获得新生。这种新生，才是人类应该面对的未来：

"我们所设想的未来，一定是诞生在那位受到威胁的天主教徒在路边感觉到的、另一只手攥住他的手时的收缩之中，而不是诞生在随后的枪声中。”

希尼因此产生了一个崭新的思想——人类的暴力由来有自，每一个暴力都与以前的暴力相连，无论范围多小的暴力都会让整个人类受到伤害；那所有诗歌，即使是最向前看的诗歌、实验诗歌、创新的诗歌，在某种程度上都与以前的诗歌相连，都与其他诗歌相连，“我不能想象有哪首诗，是不属于所有其他诗歌的”。诗歌自成世界，让人感受到神圣的真理、温馨的记忆以及能让我们健康成长的历史片断，使人类得以复活和重生。

这样的思想，让希尼的诗歌回到日常生活中来，而不仅仅是直接面对暴力。1995 年，诺贝尔文学奖授给谢默斯·希尼的理由不是他对暴力的抵抗，而是“具有抒情诗般的美和伦理深度，使日常生活中的奇迹和活生生的往事得以升华”。《铁路儿童》这首诗就很能说明这一点。

一群在铁路上玩耍的儿童，他们是如何看待这个世界的呢？整首诗用的是叙述语气，以第一人称的方式：我们。

“当我们爬上路堑的斜坡 / 我们的眼睛便与电报杆上的白瓷杯 / 和咝咝发响的电线齐平”。孩子们身材矮小，所以喜欢爬坡、爬墙，利用自然物体让自己刹那间“高大”起来。“齐平”出自孩子之口，有一种自豪感。

“像随手画出的可爱线条它们向东向西蜿蜒”，说的是通向四面八方的电线，“好几英里直到我们看不见，悬垂 / 在燕子压着的负荷之下”。从中可以看出，孩子对刚刚知晓的世界大为惊讶，对未知的世界充满着好奇。可当他们探寻的触角伸向远方的时候，却不忘将目光停留在可爱的燕子身上。孩子就是这样，任何细节都可以吸引住他，并以他自己的方式进入事物的内核。

第三段，“我们很小并且自忖我们不知道 / 那些值得知道的事”。“值得知道的事”是从成人的视角来说的，比如，如何栽赃，如何欺骗，如何吞并别国领土，如何诛杀异端，如何用学到的知识制造武器，等等，这些“我们”都不知道。我们知道什么呢？我们只知道游戏，知道大自然万事万物之间游戏的本质。比如现在，天下起雨来，大人们都撑起伞，或者跑回家了，可我们看到，长长的电线悬垂在燕子压着的负荷之下，而发亮的雨滴又悬垂在长长的电线之下，像一只只装着文字的小袋子，在不停地滑动、行走。

这里为何直接写成“文字在电线上行走”呢？因为文字对于孩子们来说，是一种偶有接触、颇为神秘又让他们十分向往的东西，雨滴在电线上滑动同样让他们感到神秘、好玩，以孩子的想象力，他们不难将这两种东西联系在一起，组合成“文字在电线上行走”的奇妙意象。而且，希尼一直有个观点：“世界总是在那儿，等待着变成词语。”那些发亮的雨滴，终于等到了这群孩子，他们天真的眼神将那些雨滴变成了“文字”。

在这一段里，最为奇妙的，最具孩子气的，是用“一小袋一小袋”来修饰雨滴，每一滴都变成一只发亮的小袋子。大人去看雨滴，不可能用“袋”这个量词，在大人眼里，雨滴小如尘埃。所以，“一小袋一小袋”雨滴就具有了梦幻般的童话色彩。随着意象的铺开，诗句往后，越来越奇丽：

那些小袋子，“每一袋都满满接住了/天上的光”，使得藏在里面的“文字”熠熠闪耀起来。光，是希尼诗歌中的重要词语。还没上学的时候，有一天晚上他独自在农田里玩耍，突然激动得掩面而泣，因为他发现散布在夜空中的光线是“带有纹理的”，他深深地被那种美震撼了。现在，同样如此，“我们”在那些“句子的闪耀”中，“被按比例无穷地缩小”。小到什么程度呢？最后一句单独成段，宛如劈空而撰——“简直可以一下子穿过针眼”。

人有什么了不起的！堂皇的人，手里拿着枪的人，一天签订无数个协议的人，天天在空中奔跑于世界各地的人，拥有亿万财富的人，一国之君以及万千乞丐的首领……无论你是怎样的人，都可以被一滴小小的雨，缩小到“一下子穿过针眼”。这都是小孩子的话，大人才不这么看呢。大人的语录是“敢教日月换新天”，是“给我一个支点，我就能撬动整个地球”，是“我死后，哪管洪水滔天”……

这首诗没有宏大叙事，没有伟大主题，它来自真实的童年生活的一个片断。捷克前总统，著名作家、思想家哈维尔痛心疾首地说：“在真实中生活”是瓦解极权统治的最佳药方。真实，真相，真理，这是世界通往尊严和自由的不二法门。但我们往往迷于虚假，忽略真实；耽于表象，无视真相；惑于谎言，赶跑真理。

《铁路儿童》中的“我们”，当然是指那一群在铁路上玩耍的儿童，但希尼巴不得每个人都能对号入座，都能通过那“一小袋一小袋发亮的雨滴”回到自己的童年，回到那个天真烂漫、充满敬畏的年代。

在那个年代，风声、雨声、读书声，声声入耳。我们或许难以听到，借助各种堂皇理由发出的枪声。

## 黑马

[苏联]约瑟夫·布罗茨基(1940—1996)吴笛 译

黑夜的穹隆也比它四脚明亮。
它无法与黑暗融为一体。

在那个夜晚，我们坐在篝火旁边
一匹黑色的马儿映入眼底。

我不记得比它更黑的物体。
它的四脚黑如乌煤。
它黑得如同夜晚，如同空虚。
周身黑咕隆咚，从鬃到尾。
但它那没有鞍子的脊背上
却是另外一种黑暗。
它纹丝不动地伫立。仿佛沉睡酣酣。
它蹄子上的黑暗令人胆战。

它浑身漆黑，感觉不到身影。
如此漆黑，黑到了顶点。
如此漆黑，仿佛处于针的内部。
如此漆黑，就像子夜的黑暗。
如此漆黑，如同它前方的树木。
恰似肋骨间的凹陷的胸脯。
恰似地窖深处的粮仓。
我想：我们的体内是漆黑一团。

可它仍在我们眼前发黑！
钟表上还只是子夜时分。
它的腹股中笼罩着无底的黑暗。
它一步也没有朝我们靠近。
它的脊背已经辨认不清，

明亮之斑没剩下一毫一丝。

它的双眼白光一闪，像手指一弹。

那瞳孔更是令人畏惧。



它仿佛是某人的底片。

它为何在我们中间停留?

为何不从篝火旁边走开，

驻足直到黎明降临的时候?

为何呼吸着黑色的空气，

把压坏的树枝弄得瑟瑟嗖嗖?

为何从眼中射出黑色的光芒?

它在我们中间寻找骑手。

# 它在我们中间寻找骑手



文学创作本是一件难事，除了过人的天赋，还得有不一般的勤奋，有时还不得不包括非凡的际遇。要在文学创作中登上巅峰，要在登上巅峰之后立即得到广泛的认同，比如以获得某某奖为标志，那就更是难如上青天。所以，我们应该充分理解无论中国作家还是外国作家的“诺贝尔情结”，应理解他们获奖之后的激动、狂喜，甚至拒绝。这大多是难以置信或苦苦等待之后暂时心理失衡的极端反应。很多优秀作家直至耄耋之年，对诺奖始终有如庭中窥月，可望而不可即。当然也不乏幸运者，在年纪轻轻或者根本没想到的时候，花落自家，成了上帝的宠儿。史上最年轻的诺贝尔文学奖获得者是英国作家拉迪亚德·吉卜林，他 1907 年获奖时才 42 岁；排第二位的是法国作家加缪，不到 44 岁；第三位是土耳其的帕慕克，刚过 44 岁；第四位便是我们要赏析的俄罗斯诗人布罗茨基，1987 年他获奖时只有 47 岁。问题是，“上帝的宠儿”常常反映在另一面——加缪，这位既是上帝的又是女人的宠儿，最终胜利归于上帝，悲伤归于女人，1960 年加缪死于车祸，成为诺贝尔文学奖历史上最年轻的谢世者。试想，加缪如果 44 岁那年没有获奖，他的名字便极有可能不会登堂入室。而他的获奖，还激怒了另一位日后的获奖者，他的发现者兼好朋友萨特。据说，萨特拒绝诺奖，是对七年前加缪胜出的有力回应。布罗茨基与加缪有相似处，获奖快，去世也快，1996 年病逝于纽约，还不到 56 岁；不同的是，布罗茨基的获奖没有任何争议，他被公认为当代诗歌巨匠，他广阔的思想和浓郁的诗意在 20 世纪可以说无远弗届。

布罗茨基的成长得益于三件事。第一件是他还在苏联时成为阿赫马托娃晚年的挚友和门生。第二件是他在苏维埃的监狱里五年劳改期间，潜心研读英国诗人奥登的作品，并成为他的知音。第三件是 1972 年 6 月 4 日，这名苏联诗人被强行送上飞机，驱逐出境，由此“被成为”一名美籍诗人。阿赫马托娃意味深长地说：苏联对布罗茨基所做的一切，不会毁灭他，而只会成全他。果然，对英语一窍不通的布罗茨基，在美国，仅仅用了 15 年时间，便跻身于当代最伟大的英语诗人和随笔作家行列。1969 年，乘阿波罗 11 号飞船第一个登上月球的美国宇航员阿姆斯特朗曾经骄傲地说：“我跨出一小步，人类跨出一大步。”1987 年，布罗茨基同样不无骄傲地说，他获得诺贝尔奖“对人类是一小步，对他自己是一大步”。

《黑马》是布罗茨基的早期代表作，他写这首诗时才 21 岁，仅有三年诗龄。它展现了布罗茨基惊人的天赋和惊世的表现力，它是青年布罗茨基对这个世界的宣言，它标志着诗歌注定将成为布罗茨基的“阿波罗飞船”。无论人类是进一大步、一小步还是倒退无数步，他都将像飞翔一般奔跑，像奔跑一样飞翔，他将成为一匹创造奇迹的“黑马”！

诗歌打头说“黑夜的穹隆也比它四脚明亮”，极言之黑，黑得不能再黑了！第二句却忽然来了个急转弯：“它无法与黑暗融为一体。”这里有两重意思，第一重是字面上的，它比黑暗更黑，所以无法与之融为一体；第二重意思是，它再黑也是一种自然之黑，它无法与另外的“黑暗”融为一体。

首先说马，行神如空，显示出一种特有的劲健。第二段语气和缓下来，讲述原委：“在那个夜晚，我们坐在篝火旁边 / 一匹黑色的马儿映入眼底。”

第三段上承第一段，继续详细描述那匹黑马，“黑如乌煤”“如同夜晚，如同空虚”“周身黑咕隆咚”等，在前面四句这种一般的形容之后，第五句开始发力："但它那没有鞍子的脊背上 / 却是另外一种黑暗"——比黑暗更黑；"它纹丝不动地伫立。仿佛沉睡酣酣"——比黑暗更深；"它蹄子上的黑暗令人胆战"——比黑暗更有力。

第四段依然写那匹马，但撇开了各个部位，而是集中火力写它的"黑"，浑身的黑。这一段意象纷繁，如珠走盘："针的内部""子夜的黑暗""前方的树木""肋骨间的凹陷的胸脯""地窖深处的粮仓""我们的体内"……一再将"漆黑"与具体物事对接，通过对"漆黑"的铺陈与延伸，让马的形象不断得到拓展与转换，一时是马，一时是物，一时是人，仿佛万箭齐发，却箭箭中靶，不落一箭。

中国古代写马的诗不少，但写白马多，写黑马少。如曹植的"白马饰金羁，连翩西北驰"，李贺的"龙脊贴连线，银蹄白踏烟"，杜甫的"白马东北来，空鞍贯双箭"，贾至的"白马紫连钱，嘶鸣丹阙前"，翁绶的"渥洼龙种雪霜同，毛骨天生胆气雄"等。中国诗人的"白马情结"或许与佛教有关。

子夜时分，"它仍在我们眼前发黑"！它一步也没朝"我们"靠近——在密不透风的对"黑"的描述中，诗人突然点出黑马的双眼"白光一闪，像手指一弹"，有如画龙点睛，黑马的精锐、敏捷与力量尽显无遗，所以"那瞳孔更是令人畏惧"。

好，布罗茨基写“黑马”，由各个部位的黑，写到它“浑身漆黑”。在极言其黑之后，诗行随着奇谲的句子缓缓上升。形而下——形——形而上，“黑”逐渐脱离具体的黑，脱离黑本身，而进入抽象的本质的“黑”之中。在这里，“黑”不仅与白，与明亮形成对抗，而且，它与所有颜色都势不两立，包括黑暗自身。

诗人写这些干什么呢？这匹超然于一切颜色之上，拥有纯粹和本质之“黑”的骏马，“它仿佛是某人的底片”——第六段第一句多么让人惊讶！与前面几段相比，这样的句子不仅富有质感和造型，更隐含着象征意义，它将马与“某人”联系在一起，形成一种精神上的对应。然后是一连串发问，一共四个疑问句，如小李飞刀，将夜晚凝重而沉寂的空气搅得“嗖嗖”作响：

“它为何在我们中间停留？/为何不从篝火旁边走开，/驻足直到黎明降临的时候？/为何呼吸着黑色的空气，/把压坏的树枝弄得瑟瑟嗖嗖？/为何从眼中射出黑色的光芒？”——“它在我们中间寻找骑手。”

仿佛水滴到石头正好穿的那一下，戛然而止。这一下石破天惊，但不要忘了前面的无数滴水。水滴石穿，可不是滴眼药水，而是西绪弗斯般的、无休无止的、在绝境中寻找一缕微末希望的苦役与劳作。

黑马寻找骑手，诗人的言下之意是，他正是黑马所期待的骑手。如果他是那匹黑马，他同样找到了自己最为期待的骑手——诗歌。正是因为涌现出像曼德尔施塔姆、茨维塔耶娃、聂鲁达、策兰、布罗茨基、米沃什、辛波斯卡等这些卓越的、“无法与黑暗融为一体”的“黑马”，20 世纪的诗歌才能“乘骐骥以驰骋兮，来吾道夫先路”（离骚）。





中国古诗写马最好的一首，窃以为是杜甫的《房兵曹胡马》：“胡马大宛名，锋棱瘦骨成。竹批双耳峻，风入四蹄轻。所向无空阔，真堪托死生。骁腾有如此，万里可横行。”笔笔在马，却句句抒发胸中情怀。“所向无空阔，真堪托死生”，杜甫认为，自己就是这样一匹好马，可骑手在哪里？当时，他所期待的骑手不是诗歌，而是一位明君。遗憾的是，终其一生，杜甫也没能找到自己所期盼的“骑手”，潦倒贫困而终。倒是中国古诗，因了这匹“黑马”的骐骥一跃，竟创造了历史的巅峰。

## 尝试赞美这残缺的世界

[波] 亚当·扎加耶夫斯基（1945—2021）　黄灿然 译

尝试赞美这残缺的世界。
想想六月漫长的白天，
还有野草莓、一滴滴红葡萄酒。
有条理地爬满流亡者
废弃的家园的荨麻。
你必须赞美这残缺的世界。
你眺望时髦的游艇和轮船；
其中一艘前面有漫长的旅程，
别的则有带盐味的遗忘等着它们。
你见过难民走投无路，
你听过刽子手快乐地歌唱。
你应当赞美这残缺的世界。
想想我们相聚的时光，
在一个白房间里，窗帘飘动。

回忆那场音乐会，音乐闪烁。

你在秋天的公园里拾橡果，

树叶在大地的伤口上旋转。

赞美这残缺的世界

和一只画眉掉下的灰色羽毛，

和那游离、消失又重返的

柔光。

# 树叶在大地的伤口上旋转



波兰的故都克拉科夫曾是欧洲的文化与科学中心，天文学家哥白尼就是从这里走出去的。进入 20 世纪，因战乱和国弱，“中心”早已易主，但其悠久的历史、雍容的气质与富丽的人文色彩，就像一种潜隐下来的暗物质，它通过奇妙的引力，转化为另一种精神质素——诗歌。1931 年，8 岁的辛波斯卡随父母迁居克拉科夫。1945 年她考入该城的雅盖隆大学，这是欧洲最古老的大学之一，她在这里结识了大她 12 岁的米沃什，“诗界莫扎特”开始了自己独特的弹奏。同年，正好是二战结束后翌日，亚当·扎加耶夫斯基出生。60 年代初他考入雅盖隆大学哲学系。扎加耶夫斯基爱好诗歌，但他读了大量的国内诗歌之后，觉得它们思维贫乏、语言无味，年轻气盛的扎加耶夫斯基便写了一篇文章，讽刺当时诗人的懒惰与平庸。扎加耶夫斯基由此得到一笔甚为丰厚的“稿酬”：辛波斯卡来信请他吃晚饭，当面表扬他文章写得好。让辛波斯卡颇感意外的是，她是发表扎加耶夫斯基处女作的责任编辑，她完全不记得这事了。这顿晚餐对扎加耶夫斯基来说是历史性的，辛波斯卡的鼓励给他加足了马力，他一跃成为波兰“新浪潮”诗派的代表诗人。

扎加耶夫斯基毫不掩饰他对中国的喜欢。这个源头应当追溯到他读哲学系时，对中国儒家和道家的了解。当他成为一名诗人之后，中国古典诗歌更是对他产生了非凡的吸引力。他说，读中国古诗几乎可以陶醉到让生命瞬间中止。他家里书架上排列着数十本中国古诗的译本：李白、杜甫、王维……“他们是我的好朋友。”他非常自豪地说。

20 世纪 80 年代的一个深秋，他刚移居巴黎不久，绵绵细雨勾起客旅之思，他情不自禁地抽出一本中国诗来读，正好读到一首“写于一千年前”的古诗，写的是 11 月的雨夜，漂泊的诗人待在船上，听着雨点一声声敲击竹篷，内心终于获得一种安宁。他觉得，虽然相隔那么久远，他和那位诗人的心境却是如此息息相通。这不是一种巧合，上帝就是在这个时候，派了那位诗人和那首诗来与他相会。经过一个又一个秋天，经过一场又一场雨，树上不知落下过多少叶子，世间不知消失了多少繁华，那被遗忘的事物不期然在一种神秘的光影变化中，呈现出特有的、看不见的纯粹。沧海桑田，变化是残酷无情的，只有这种纯粹能留下来，成为日后诗人相遇的凭证。扎加耶夫斯基所读的这首“中国诗”到底是谁的，是哪一首呢？他腼腆地笑着答道，不记得了。我颇为认同一个朋友的观点，根据时间和意境推断，这首古诗很可能是陆游的《东关》：

“烟水苍茫西复东，扁舟又系柳阴中。三更酒醒残灯在，卧听萧萧雨打篷。”

扎加耶夫斯基与中国诗人的相通、相知，绝不止于古代诗人。2013 年 11 月，他获得由北京大学中国诗歌研究院主办的第四届中坤国际诗歌奖，但因故没能出席颁奖典礼。2014 年 3 月，广东《诗歌与人》杂志将第九届“诗歌与人 · 国际诗歌奖”授予扎加耶夫斯基，让诗人的中国行美梦成真。3 月 30 日下午，他发表获奖演说，终于得以在中国的大地上，向中国古代的伟大诗人致以深深的敬意。

2001 年 9 月 11 日，恐怖分子劫持了四架民航客机，其中三架撞击美国纽约世界贸易中心和华盛顿五角大楼，史称“9 · 11”事件。事件发生后，《纽约客》编辑部召开紧急会议，磋商的结果是，应该用一首诗歌来回应这场灾难。这个重大任务顺理成章地落到了诗歌编辑爱丽丝·奎因身上。奎因非常着急，赶紧查阅手头的来稿和约稿。须臾，她眼睛一亮，在扎加耶夫斯基刚寄来的一叠诗稿中，有一首《尝试赞美这残缺的世界》赫然入目。9 月 17 日，《纽约客》历史上首次，也是唯一一次在封底刊发了这首诗。扎加耶夫斯基的名字像长了翅膀，一夜间飞入美国的寻常百姓家，无数悲伤的人们念着这首诗祈祷，很多家庭把它贴在冰箱上，以便随时吟诵。



扎加耶夫斯基说，《尝试赞美这残缺的世界》写于 1999 年或者 2000 年的春天。诗人独自在月台上等火车，他突然想起 17 岁那年，他和父亲一起去爬山，经过一个村庄，因第二次世界大战时有村民参加过纳粹极端组织，所有村民都被驱逐出去，村子沦为一片废墟。可没人打理的果园各种植物长势旺盛，繁花似锦。一个受损毁的世界的美，多年后打动了在等待中孤独或在孤独中等待的诗人。

于是，诗人决定写一首诗“尝试赞美这残缺的世界”。从第二句到第五句是对少年时那次爬山的回忆。六月里漫长的白天，他们准备了野草莓和红葡萄酒。走过那个村庄，他们惊讶地看到，爬满流亡者废弃家园的荨麻是那样生机勃勃。“有条理”三字耐人寻味。对于人类，那是一个乱世；人类自相残杀去了，反而让果园里的植物能够“有条理”地生长。

这多像李白游凤凰台时看到的“吴宫花草”！诗人说，没关系呀，人类你们打吧，晋代衣冠早成古丘，可吴宫花草依然茂盛。这个世界再残缺，美总是不会缺乏的。

是故，诗人感叹道：“你必须赞美这残缺的世界。”由首句的“尝试赞美”到第六句的“必须赞美”，理由就在第二句到第五句之中——世界有它自己的逻辑，有它自己的美学，人类可以让这个世界残缺，可消灭不了它的逻辑和美学。

“你眺望时髦的游艇和轮船”。“你”，我理解为诗人的父亲，诗人以诗歌的形式在和父亲交谈。游艇和轮船再时髦，它也是一艘船，其中不被大海吞噬的幸运者，有着漫长的旅程，而不幸沉入海底的，被咸涩的海水侵蚀，只有遗忘在等着它们。可是，幸存者在继续乘风破浪，覆没者则享受着永恒的宁静啊。这样想的话，父亲，我们就不要为难民的走投无路而悲伤，就不要仇恨刽子手那快乐的歌唱，我们“应当赞美这残缺的世界”。

如果说“尝试赞美”是一种意愿，“必须赞美”是一种行动，那么，“应当赞美”就上升到了理性。这种赞美，它不是试探性的，不是被逼迫的，而是从我们内心油然而生。比如，父亲你不在了，世界对“我”而言已经残缺，但“想想我们相聚的时光”：你曾经带“我”去一个窗帘飘动的白房间里听音乐会，那闪烁的音乐深深打动了“我”；你曾经在秋天的公园里拾橡果，“我”看着你弯腰移动的单薄身影，仿佛一片树叶在大地的伤口上旋转……

父亲，你在世的时候，“我”没想起这些，如今它们一一在“我”眼前浮现，让“我”欣然赞美这残缺的世界。这世界的残缺，好比一只会唱歌的画眉掉下的灰色羽毛，好比那游离着、消失了，可忽然又会重返回来的“柔光”。





“柔光”这个词用得很好，它使整首诗散发出一种温雅、和顺的气息。热爱中国文化的扎加耶夫斯基深谙“以柔克刚”之道。“强光”让人不舒服，而且越强的光背后便有越深的黑暗；“微光”则过于黯淡，让人想起风雨中那飘摇欲熄的烛火。

“柔光”，是诗人对这个“残缺的世界”表达赞美的最好方式。柔中有静，中国古诗有一句“柔静化光，人赖其功”，柔静可以消解世间的喧噪，让我们在平静与安宁中探索人类的文明之道。柔中有美，曹植《洛神赋》说“仿佛兮若轻云之蔽月，飘飖兮若流风之回雪。远而望之，皎若太阳升朝霞；迫而察之，灼若芙蕖出渌波”，正是这样的柔美，内化为我们的心境，让我们对抗丑恶，对抗暴虐，对抗违背人性与天性的一切。

## 大地之锁

[伊朗] 埃姆朗·萨罗希(1947—2006)　　穆宏燕 译

我们打开大地之锁
看见一扇小门和一把梯子
我们迈步进去
抵达一个广阔的空间

一扇门开向一个果园
从那果园
又一扇门通向另一个果园
如此这般一个果园套一个果园
到处是五彩缤纷的鲜花
还有果实累累的沉甸甸的树
在最后一个果园我们看见一道门关着

门后有什么我们不知道

也许是一匹白马

把我们带到故事的城堡

也许是一条龙，用它气息的火焰

把我们烧成灰烬

我们是该敲打门环还是该转身离去？

## 我从你开始，我在你结束



苏菲，意为羊毛，因为伊斯兰教的苏菲教徒都穿着粗羊毛衫以示简朴。苏菲派的核心教义是人主合一的神爱思想，真主乃存在之本、宇宙之基，世间万物皆从真主那里“流溢”而出。万象不过是镜像般的“无”，唯有真主是实在的“有”。所以，包括诗歌在内的文学艺术都是为了促使人摆脱羁绊，去除遮蔽，回归安拉。诺贝尔文学奖得主、土耳其作家帕慕克的创作便深受苏菲主义的影响。伊朗当代最具代表性的诗人埃姆朗·萨罗希更是一名苏菲主义信徒。

萨罗希 1947 年出生于德黑兰，1966 年发表处女作，1974 年出版第一部诗集《在水中哭泣》。他先以写社会讽刺诗著称，1992 年底，萨罗希在阅读古代阿拉伯民间故事集《一千零一夜》之后，其精巧的结构、神妙的想象以及丰蕴无穷的民间智慧使他灵感井喷，短短几个月就创作出大量的作品，而且这位阿凡提式的诗人脱胎换骨，他将苏菲神秘主义文化映入诗歌之镜，形成一种单纯、明净而又富有无限可能性的“镜中之像”。后来，萨罗希将自己的一本诗集命名为《一千零一面镜子》。在苏菲主义术语中，“镜子”指滤净了杂质的心，一个人只有把心打磨得像镜面那般光亮，方能觉悟到宇宙间的绝对精神，与真主安拉合而为一：

“我越是逃离，却越是靠近你，/ 我越是背过脸，却越是看见你。/ 我是一座孤岛，处在相思之水中，/ 四面八方，隔绝我通向你。/ 一千零一面镜子 / 转映着你的容颜 // 我从你开始 / 我在你结束……”

“一千零一面镜子”是万物的代称。在万物中都有真主的容颜，我们的开始源于真主，结束同样归于真主。

我们读萨罗希的这首《大地之锁》，首先就能感受到它浓厚的神秘色彩。大地之锁是什么样子，锁在什么地方，我们不得而知。诗人也不让读者费这个神，他开头就说“我们打开大地之锁”，既然已经打开，我们就不问出处了。诗人重在描述大地之锁打开之后的景象。

第一句“我们打开大地之锁”是断崖式叙述，第二句“看见一扇小门和一把梯子”则转换成流水式叙述。第一句质地坚硬，语气果断，第二句变得温和而柔软。反复吟咏，我们能体会到诗人对节奏的把握。

我们要重视“门”这个意象。“门”在日常生活中是非常重要的一个事物。它标志着沟通，也表明了隔离；它是出发，也是抵达；它象征着身居屋内之人对外界的可知，也寓示着能勾起外面的人窥探欲望的不可知。我们常说“门后面”“门里面”，内心总是涌动着一股小小的恐惧与渴望。

中国的“门”文化博大精深，门不仅成为里外之交通，皇宫城阙之门更富有天地相通的意味。《诗经》里多次提到“东门”，“出其东门，有女如云”。东门是青年男女的相约之地、欢会之所，鼓荡着青春浪漫之风。《礼记·玉藻》说“朝日于东门之外”，在东门外朝拜太阳，又充满了一种肃穆的敬畏感。有学者统计，《红楼梦》共 120 回，其中 116 回以“门”作为开头结尾起承转合的过渡意象，几乎可以说无门不成红楼。我们平时称弟子为门生，食客为门客，外行为门外汉，社会阶层为门第，有寒门、豪门、侯门之分，等等。可见，每个人眼里和心里都开着或关着不同的门。

西方文学中“门”的意象同样丰富。萨罗希最喜欢的《一千零一夜》里，有一句打开宝藏之门的暗号叫“芝麻开门”。卡夫卡的《变形记》中，变成甲虫的格里高尔与外界联系的唯一通道就是门，整个小说始终贯穿着“开门—敲门—锁门—打开一道门缝—关门—开门”这样一条线索，揭示格里高尔那种致命的孤独感。萨罗希本人也特别喜欢使用“门”这个意象：

“如果你与我们一起旅行 / 走过一条没有标志的路 / 你将到达祖母的绿城堡 / 门将会被咒语打开”（《如果你与我们一起旅行》），这里直接化用了“芝麻开门”的典故。





“突然大门 / 在我身后关闭 / 我留了下来而大海 / 它的水一半是咸一半是甜”（《大门关闭》）。这里，“大门”的关闭喻示着隔绝，隔绝之后再谋求突围。“大海”则是命运的象征。

“如果不是注定 / 那扇门将被开启 / 为何钥匙被留下”（《注定》），这里的门则是一种神秘事物的通道，有些类似《大地之锁》中的这扇“小门”了。而且我们发现，一般表现隔绝时，用“大门”；表现相通时，用“小门”。

打开大地之锁后，映入我们眼帘的是“一扇小门和一把梯子”，看上去好像不会有多少名堂，不料迈步进去，却“抵达一个广阔的空间”——那扇门通向一个果园，从那果园，又一扇门通向另一个果园，而且一个果园套一个果园：“到处是五彩缤纷的鲜花 / 还有果实累累的沉甸甸的树”——越来越开阔、宽敞、漂亮。我们看到大地的深处，原野的深处，是那么广袤，那么富丽，充满着野性和母性。

那这种“深”是不是永无止境呢？是不是有无数的门打开着，在等待我们进入“另一个果园”？诗人说，不是，“在最后一个果园我们看见一道门关着”。

对于任何一个人来说，无论你眼前的世界如何广袤、富丽，都不会永无止境。原来，这是一首人生之诗。

打开“大地之锁”就是我们从母亲的子宫里诞生，拿到进入大地的生命通行证。看见这扇关着的门，则预示我们已走到生命的尽头。所以，“门后有什么我们不知道”。

“也许是一匹白马 / 把我们带到故事的城堡”——这是回归，回到儿时乃至幼时，爷爷奶奶、爸爸妈妈跟我们讲故事的时候，回到我们渴望了解“门后”、门里面藏着什么秘密的时候……“白马”“故事的城堡”都是我们喜欢的东西，但骑白马回到故事城堡只是一种可能，还有另一种可能哩：

“也许是一条龙，用它气息的火焰 / 把我们烧成灰烬”——这是远离，远离生命，远离大地，远离那一座又一座果园，我们将在一条火龙的气息中，被烧成灰烬，变成尘埃……“龙”“火焰”“灰烬”，都是我们害怕的东西，这同样是“门后”可能存在的景象。

那我们是该敲打门环，还是转身离去？我想，到了那个时候，就让我们的灵魂敲打门环，而肉体转身离去吧。

萨罗希还与中国有一段小插曲。2006 年 9 月，他应邀来中国参加“帕米尔诗歌之旅”，回国四天后即因心肌梗塞去世。在遗体变成灰烬的时候，他的灵魂一定骑着白马，到了某个童话般的故事城堡吧：

“我越是逃离，却越是靠近你，/ 我越是背过脸，却越是看见你。/ 我是一座孤岛，处在相思之水中，/ 四面八方，隔绝我通向你。/ 一千零一面镜子 / 转映着你的容颜 // 我从你开始 / 我在你结束……”

## 改变我的母亲

[荷]诺姆西·拿瑟尔(1974— ) 倪志娟 译

将我的母亲变成一座丰腴的白雪花园
奶白色的茉莉与雪白的玫瑰盛开
充盈的声音从深处传来
如同石头中的果实

将我的母亲变成两条没有眼睛的蜥蜴
他冒险成为绿色，抚摸着胸部
她对着他蜷缩，最深的红
某种美也许因此而呈现

将我的母亲变成一只盒子中光的教堂
清晨揭开木盖，倾听
多重合唱，开启一段
失落的庆典

将我的母亲变回她的少女时代，但是这一次

熨斗用更强大的蒸汽托起她

熨平她，或者教给她一些高明的咒语

因为在这具身体中她正濒临死亡

# 将我的母亲变回她的少女时代





位于欧洲西部的荷兰是一个低洼之地、蕞尔小国，低地让其民性谦卑，逼仄使其社会宽容。长期与海和风的亲热与搏斗，使得这个以生长郁金香闻名的国度，既优雅，又坚忍。因德、法、英、比等强势文化环伺，荷兰的文化与文学一直难以突出重围，所以，21 世纪崛起于欧洲诗坛的诺姆西・拿瑟尔就显得尤为可贵。

诺姆西・拿瑟尔出生于鹿特丹，父亲是巴勒斯坦人，母亲是荷兰人。他浓眉大眼，面部棱角分明，早年从事演艺，后逐渐转向写作。他的身份可以是演员、导演、诗人、小说家、剧作家、散文家、翻译家，属于艺术上“多妻主义”的典范，但成就最高的是诗歌。2000 年，其处女诗集《27 首诗和无歌》以独特风格引起诗坛关注；2005 年，他在邻国比利时被评为安特卫普城市诗人；2009年，他成为荷兰历史上最年轻的“桂冠诗人”，任期四年。

拿瑟尔说：“作为一名荷兰诗人，一开始写作就知道你使用的是一个小语种，因此会格外谦卑。”他是一名诗人，却是一名荷兰诗人，他拥有无数种艺术，却只拥有一个小国。但拿瑟尔告诉他的同胞，我们虽然没有多少国土，却有珍爱的、无限的自由与和平。在《欧洲之屋》一诗中，拿瑟尔写道：



“我的邻居设想了一个大陆 / 一个滚动的王国，它带有极少特征 / 没有风或者回音，只有铺好的平原 / 使我们的生活完整绵长……”

这样一个大陆，有着遵纪守法的文明的公民，有着棱角消失、变得圆滑的语言，有着无止境的秩序和家规，让“我们”非常羡慕，也渴望拥有。接下来，诗人笔头一转：

“但有时候当我入睡之前 / 世界燃起火 / 我轻柔地想到我的出生起源 / 闻到远方的你

“小男孩一样的光滑皮肤下 / 一个充满刺目矛盾的坑 / 唤醒千百倍的坑

“坑里填满了凯尔特人和卡特里派教徒 / 伊特鲁里亚人、摩尔人和马扎尔人 / 散发出酸臭奶味和雄性皮革味

“坑里还填满西哥特人和原始斯拉夫人 / 撒米猎人朝北去

/ 汪达尔人在低处定居

“我的肉体膨胀并开始融化 / 巴斯克！撒克逊！墨洛温族人 / 撞到嫩排骨上……这就是填满肉馅的欧洲！”

所以，“我”并不需要欧洲那么大的地方，只要一间小小的客房，甚至只要一个睡觉的桶，能装得下“我”这个欧亚混血儿。

天底下以母亲为题材的诗歌夥矣，拿瑟尔这首《改变我的母亲》实在是别具一格。每一个少年或许都曾尝试着去改变自己的母亲，当然不会在现实中，而是在想象中，或者在梦里——有的想让母亲变得更漂亮，有的想让母亲变得更富有，有的想让母亲变得更年轻……诺姆西·拿瑟尔也想改变自己的母亲，他的意图何在？

第一段很明显，诗人是想让母亲变得更年轻、漂亮，就像一座盛开着茉莉与玫瑰的“丰腴的白雪花园”。第四句，“石头”可能喻指曾经困苦的生活，“石头中的果实”则是克服困苦、渡过劫难之后的丰厚收获。

第二段很玄妙，诗人想将母亲变成两条没有眼睛的蜥蜴。蜥蜴俗名“四足蛇”，很常见。它的特征是善于变色，眼睛用来喷血以吓退敌人。诗人想象，母亲变成两条没有眼睛的蜥蜴，一条“他”是绿色的，另一条“她”是红色的——“她对着他蜷缩，最深的红 / 某种美也许因此而呈现”。这说明诗人渴望母亲得到夫妻间的恩爱与依赖，她和父亲不要像冤家对头那样互相喷血。依此推断，母亲在现实生活中或许因为与父亲关系恶劣而孤独无依，而诗人由于对父亲的绝望，便希望母亲自己能化一为二，身兼妻子和丈夫两职。

为什么是变成两条“没有眼睛”的蜥蜴？诗人或许认为，夫妻之间应该有一种近乎盲目的爱，否则双方都太聪明，太计较，幸福便难以持续。更何况，没有那双喷血的眼睛，相处可能会平和得多。

第三段，诗人要将母亲变成“盒子中光的教堂”。“盒子”显然是指灵柩。母亲去世了，诗人祈祷母亲的遗体在灵柩中能因为自身所蕴藏的爱而放出光华，使整个盒子成为一座“光的教堂”。明天清晨，“我”跟母亲进行告别仪式时，揭开盖子，就能倾听到那“光”的多重合唱。然而，这合唱开启的会是一段“失落”的庆典。

“失落”，可理解为母亲一生郁郁寡欢，也可理解为“我”从此将永远失去母亲。“庆典”一词，以喜语示哀，倍增其哀。

第四段，诗人要将母亲变回她的少女时代。但遗憾的是，这一切都不可能了。“熨斗用更强大的蒸汽托起她 / 熨平她”应该是指母亲火化的过程，“教给她一些高明的咒语”，可能是指火化炉发出的声音或者炉里的一股轻烟。

母亲明明已经去世、火化了，为什么最后一句要说“因为在这具身体中她正濒临死亡”？因为从诗人的心理层面而言，他还要“改变”自己的母亲，所以他始终觉得母亲仍然在世，仍然有去“改变”她的机会。说得更深一点，诗人认为死去的只是母亲这具身体，“母亲”并没有死去，她可以寄托到其他身体中再生，而且她会永远活在诗人心里……哦，“改变”是一场徒劳，诗人对母亲的爱和怀念却是那么深切！



诺姆西·拿瑟尔到过中国。2011 年北京国际图书博览会于 8 月 31 日到 9 月 4 日在中国国际展览中心举办，荷兰是主宾国。诺姆西·拿瑟尔和其他几位荷兰诗人一起来到了中国，他们和中国诗人西川、王家新等一起探讨现代人的诗意生活，并举办诗歌朗诵会。诺姆西·拿瑟尔对中国的感受是，中国对活动的组织太完美了，中国人太客气了，他非常想了解中国和中国人民，因此希望能看到一些“混乱”，希望能听到更多的声音。不知道他是否如愿以偿。

2013 年元月，拿瑟尔又荣膺荷兰文化奖中的金鹅毛奖。对于这位 1974 年出生的年轻诗人来说，或许这一切，才刚刚开始。

# 后记



2017年2月，中国新诗迎来百岁华诞。对于一个人来说，活到一百岁可谓功德圆满，但对于一种文体，一百年时间依然是豆蔻年华。我们既可以欣赏她已然长成的美，更会对她的未来满怀期待。

只不过，对中国新诗这一百年已然长成的“模样”，却持议甚歧。德国汉学家顾彬先生在多年前一次采访中，认为中国当代文学“第一流的无疑是诗歌”，让中国诗人们欢呼雀跃了一把。年轻一代作家韩寒则恰恰相反，他直言：“现代诗，完全是胡诌，而写现代诗的诗人，大都是吃饱了撑的。”“现代诗人唯一要掌握的技能就是回车”……

我觉得，评判如此大相径庭，正好反映了中国新诗的现实状况。诗人们很努力，写出了不少好作品，也赢得了国内外诗坛和一些专家的高度认同。然而，新诗的读者数量和读者对新诗的看法始终让人汗颜。韩寒的批评出口够狠，它几乎全盘否定了中国新诗，偏偏还颇具代表性。这说明了一件可怕的事情：中国读者总是在有意识或者下意识地拒绝现代诗歌，拒绝诗歌的现代性。

这里面有传统的问题。比如，我们有光辉灿烂的古典诗歌，那些精短整齐、朗朗上口、不是太难懂又很美的诗句，远比新诗更容易令人陶醉，大家看看《中国诗词大会》的盛况就知道了。古典诗歌在为中国新诗提供了深厚底蕴与优良传统的同时，也对新诗传播形成了一种强大的阻隔力。

这里面还有读者的问题。在古典诗歌中浸淫日久的中国读者，一时难以接受现代诗歌，认为新诗句式“混乱”、内容“晦涩”，又不押韵，读起来拗口。于是，他们本能地排斥新诗，看不到中国诗歌的进步，只愿意去读那些“能懂”“好懂”的诗歌，比如昂扬而空洞的政治抒情诗、押韵而浅白的山水旅游诗、缠绵而滥俗的爱情诗、直奔主题的格言诗等等，其他的看一两句不懂，就扔掉了。

这里面更有诗人的问题。诗人多恃才傲物，狂放不羁，一肚皮不合时宜，他们常常轻视读者，不耐烦与读者进行交流。而且，他们在写作与生活上怪癖成堆，一般人望而生畏，只能敬而远之。更不可忽视的是，诗歌因篇幅短小显得门槛较低，读者稀稀拉拉，写诗的人却汹汹滔滔，以致作者队伍鱼龙混杂，优作佳构与假冒伪劣产品泥沙俱下，看得读者云里雾里，摸不着头脑，分不清好坏。

这些问题都客观存在，去纠结谁对谁错没有任何意义。新诗不可能撇开古典诗歌的传统，而只能从中汲取营养；读者不可能一夜之间全部变成现代诗的知音，看不懂的他们依然会排斥；诗人也不可能为迎合读者而去写诗，他们只会将孤独进行到底……但作为一名古典诗词的热爱者和有三十年新诗写作经历的作者，我个人觉得，沟通是完全必要的。

试想想，除了《诗经》《楚辞》因远古时期的语言障碍较大，古诗大多不算难懂，但从古至今有多少赏析文本啊！赏析虽然只是一家之言，却往往是呈现诗歌幽微精妙之处的重要途径，也是诗人与读者之间“天堑变通途”的最好桥梁。清朝学人蘅塘退士的《唐诗三百首》不就是最佳例证吗？可在这方面，现代诗歌所做的工作实在是太少了。我希望这本《心的深处有个宇宙——世界经典现代诗赏读》能为这样一项浩繁、长远的工程，添一块砖，加一片瓦。

其实，我并不是一个有多大理想和雄心的人，编著这本书也完全出于偶然的因素。那是 2014 年 6 月下旬，我接到湖南电台新闻综合频道节目主持人辜恋的电话。她正在筹备一个《为您读诗》栏目，希望我能担任西方现代诗歌的赏析嘉宾。此前，我在读书种子袁复生召集的聚会上，见过小辜一面，第一印象是漂亮。没料到，她在席间和我谈诗，谈艺术，让我窥探到她内心的清雅。所以，我毫不犹豫地答应了她。2014 年 7 月 28 日晚上 10 点，湖南电台新闻综合频道的《为您读诗》节目开播。据小辜说，这个节目赢得了从台里领导到听众的一致叫好。遗憾的是，节目播出刚一个月，小辜就被他们电台调去做选秀活动的主持人，中间换了两名新手来录制《为您读诗》，都不如小辜内行和敬业，加上我对自己嗓音和普通话一贯的不自信，便主动中止了与电台的合作。



合作中止，工作却没有停止。我沉醉于花园或迷宫般的西方现代经典诗歌中，欲罢不能。每赏析一首诗，每读一个诗人的作品，每了解一位诗人的生平和思想，我都感觉到了自己能量的增长、心智的进步以及境界的升华。我做出一个大胆的决定，不揣浅陋，不惮烦难，要争取将自己的学习心得与更多爱好诗歌的朋友分享。

2016 年春节前，书稿初成。修改几遍之后，我将它的电子文档发给了国内诗歌出版重镇湖南文艺出版社当时的副社长、诗人陈新文先生。我告诉新文，我是读“诗苑译林”从书成长为一名诗人的，这部书稿，也算是不成器的我，一次“报得三春晖”的反哺吧。不久，我收到湖南文艺出版社编辑耿会芬发来的短信。她说，读这部书稿的时候，她流泪了……这短短一句，电光石火般击中内心，我霎时鼻酸眼热，并当即明白：我多了一位难得的同道，现代诗歌找到了一位难得的知音！

在湘江世纪城某咖啡店，我和才情似水的会芬有一次长达五小时的关于诗歌的交流。诗歌就像一位美好的向导，引领我们穿过万物的门廊和幽径，涉过词语的溪流与河海，发现世界和人生的本来面目。那天，我们都被对方的工作深深地感动，被诗歌的魅力深深地感染，我们忽然看到这项工作的意义，那就是让人们通过现代诗歌，重新认识自己所面临的世界和所经历的人生，尤其是认识在波谲云诡、复杂多变、快节奏、高压力的现代生活后面，虽然越来越微弱，却永恒存在的，那大自然的脉息，以及虽然越来越模糊，却永远面对众生的，上帝的慈颜。

西方现代诗和中国古典诗歌是中国新诗发展的两大源头。一直以来，西方现代诗更是中国新诗的圭臬与目标，汉译诗早已成为中国诗歌文化不可分割的部分。正是由于西方现代诗歌的激发与牵引，中国新诗才得以取古典之神，铸白话为器，延续着中国诗歌不断变革、与古为新、与时俱进的伟大传统。鲁迅说“别求新声于异邦”，此之谓也。朱自清更明白地指出，新诗的语言并不是民间语言，而是欧化的现代语言。这本小书也可以说是一名普通的中国诗人，向西方现代诗歌大师和经典作品的致敬。

本书的每一篇赏析皆以随笔的形式出之，没有学院气息，不是高头讲章，循乎诗意，发乎性情。但由于它只是我一个人的阅读体会和学习心得，囿于视野与能力，不当、错讹之处在所难免，请各位专家和读者朋友们多多指正。

湖南电台《为您读诗》节目开播期间，一个朋友打电话给我，说她每次听到预告，都会先从网上将要赏析的诗歌打印下来，晚上再一边读诗，一边跟着听广播里面的赏析，很过瘾。她说，每周的这个时候，都仿佛是一个远方的朋友，在轻轻地呼唤自己。这回好了，捧着这本书，可以随时读、反复读，一定会更加过瘾，一定会有更多美的感召和爱的呼唤吧。

我希望能有更多的“诗友”——热爱诗歌的朋友，一起享受现代诗歌的清风明月，在诗歌的陪伴和引领下，走向心灵的深处，走向宇宙的远方。让我们在现代诗中，醒来！

感谢本书的促成者湖南省广播电台和出版此书的湖南文

艺出版社。感谢原中南出版传媒集团总编辑刘清华先生对本书出版的关心。感谢新文、会芬和湖南文艺出版社市场部的朋友们，还要感谢发表本书部分篇章的《诗刊》等杂志。

最后，我想将这本书送给我的儿子亦葳同学。他喜欢诗歌，读起古诗来摇头晃脑，神气十足。我祝愿他和像他一样的孩子们，因了诗歌的浸润，成为一个永远充实和快乐的人。



吴昕孺

2017 年 3 月于望城吴家冲